我与书的奇异约会

〔法〕马塞尔·普鲁斯特

马丹——译

Marcel Proust

江苏凤凰文艺出版社
JIANGSU PHOENIX LITERATURE AND ART PUBLISHING, LTD

图书在版编目（CIP）数据

我与书的奇异约会 /（法）马塞尔·普鲁斯特著；马丹译. — 南京：江苏凤凰文艺出版社，2018.1
（世界大师散文坊）
ISBN 978-7-5399-9690-5

Ⅰ. ①我… Ⅱ. ①马… ②马… Ⅲ. ①散文集－法国－现代 Ⅳ. ①I565.65

中国版本图书馆 CIP 数据核字(2017)第 046247 号

书　　名	我与书的奇异约会
著　　者	（法）马塞尔·普鲁斯特
译　　者	马　丹
责任编辑	汪　旭
出版发行	江苏凤凰文艺出版社
出版社地址	南京市中央路 165 号，邮编：210009
出版社网址	http://www.jswenyi.com
印　　刷	江苏凤凰新华印务有限公司
开　　本	880×1230 毫米 1/32
印　　张	8. 625
字　　数	214 千字
版　　次	2018 年 1 月第 1 版　2018 年 1 月第 1 次印刷
标准书号	ISBN 978-7-5399-9690-5
定　　价	39.00 元

002 约翰·罗斯金
缪斯们离开父亲
阿波罗
而为世界带去光明

038 阅读的时光(一)
作者的智慧穷尽之后
读者的智慧才真正萌芽
我们希望作者给予答案
他们能做的只是激发欲望
作者极尽才华，实现至美
让我们专注这美——
在我们身上唤醒欲望

072 阅读的时光(二)
没有一处风景、一座城市
能在我们亲见时满足
我们先闻其名而产生的
梦幻渴望

082 直觉！直觉！
我们生命中
有许许多多的时间
遗落在寥廓尘世
踪迹难寻

088 睡眠
我每日之所思
在宇宙的浩瀚和恒久
来看——
渺小如同蝼蚁

094 房间
我的身体幻想着一个个
不同的房间
供我停靠，供我探索

100 昼日
人之美深深地嵌入风景
风景将所有的诗意
都赋予了人

112 伯爵夫人
她手持神灯
却不如其魔力

120 《费加罗报》上的文章
我的软弱、无奈与悲伤
随文字幻化为
充满力量的喜悦

130 露台上的阳光
我们一点一滴地渗入
这密不透风的生活
努力地占有它

142 和妈妈的谈话
世界本是一架
大得无边无际的日晷
而我一望便知

154 在永恒的天平上
“趁你身上有光，
务必努力勤修。”

176 热拉尔·德·奈瓦尔
这些美好的早晨
从坚硬的生活中被开凿出来
光怪陆离，自成一体

190 波德莱尔
曾与清风嬉戏，和流云对话
在走向十字架的路上歌哭高唱
狂喜不已

200 巴尔扎克
伟大的作家都有相通之处
就像生活在不同时代的同一个天才
尽管有时彼此矛盾
生命走向却与人类历史相一致

250 德·盖尔芒特先生眼中的巴尔扎克
从第一行开始
我就与我的作品相识了

第一辑　阅读的时光

约翰·罗斯金[1]

一个个地，像“缪斯们离开父亲阿波罗而为世界带去光明”一般，罗斯金的思想相继离开了那诞生它们的神圣头颅，化身于鲜活的书本，为各民族带去启示。罗斯金本人已经遁入孤独，这孤独往往是先知们生命的终结，除非苦修者完成了自己超人的使命，取悦于上帝而受其召回。于是，神迹如何发生，蕴藏不朽的终将逝去的头脑如何缓慢地消亡，人们只能透过圣洁之手拉下的

①约翰·罗斯金(John Ruskin，1819—1900)，又译约翰·拉斯金，英国艺术评论家，著有《现代画家》《建筑七灯》《亚眠的圣经》《威尼斯的石头》《芝麻与百合》等。

面纱来自行揣测了。

今天，死亡令人类拥有了罗斯金留下的巨大遗产。因为天才只有依照其自身所承载的人类范本，而非其凡人的形象，才能创造出不朽的作品。从某种意义上来说，他的思想只是暂时借与他、陪伴他一生的。在他死后，这些思想就回归人类，对人类给予启示。正如居斯塔夫·莫罗在世时，拉罗什富科街上的大宅是众所周知的莫罗府邸，自他故去之后，大宅就成了莫罗博物馆。

约翰·罗斯金博物馆（位于谢菲尔德）久已存在。博物馆的收藏几乎涵盖了所有艺术与科学的门类。大师绘画作品的照片与矿藏品紧挨在一起，就像在歌德的寓所一样。事实上，罗斯金的作品也同样无所不包。他追求真理，即使在编年表和社会规则当中也能发现美。但既然逻辑学家们对“美术”的定义将矿物学和政治经济学排除在外，我在此便只谈及作为美学家和艺术批评家的罗斯金，以及他在一般意义上的“美术”作品。

首先，有人说他是现实主义者。他确实反复地强调过，艺术家应当单纯地模仿自然，“不摒弃、轻视或筛选任何事物”。

但还有人说他是知性主义者，因为他写过，最好的绘画包含着最崇高的思想。特纳所画的《迦太基的建筑》，其前景中有几个玩耍小船的幼童，他评价说“这个精心安排的场景表现出人们为创造新兴城市伟大前景的巨大热情……不论是语言的描述，抑或是图画的展现，这样的场景都是值得赞赏的，无关乎绘画技巧的高下；哪怕只是寥寥数笔，也能向心智传达、诉说同样的思想，毫不逊色于浓墨重彩的画面。这思想远远高于所有艺术；它是最高意义的史诗。”密勒桑[1]在引用此段文字时补充道：“同样，在分析丁托列托的《圣家庭》时，罗斯金从一处残垣断壁和一处刚开始建造的建筑物中发现了大师的不同凡响之处，他认为艺术

①密勒桑（Joseph Antoine Milsand，1817—1886），法国评论家。

家通过此种象征手法来告诉人们——耶稣的诞生标志着犹太经济的终结和新联盟的兴起。这位威尼斯画家的另一件作品《耶稣受难》被罗斯金视为杰作,因为艺术家通过一个看似无足轻重的细节,即在受难地背景中啃食棕榈叶的一头驴子,来表达深刻的思想:正是犹太的物质主义,带着对纯现世意义上救主的期待和进入耶路撒冷时的幻灭,令耶稣成为世人泄恨的对象,继而导致其受难。"

有人说他过于强调科学在艺术当中的作用,以致抹杀了想象力的作用。他不是说过这样的话吗:"……对每一种类的岩石、土壤和云朵,画家都必须了然于胸,熟悉其地质和气象方面的特性……每一种地质构造都有其独特性;裂纹的最终走向决定了岩石和土壤的最终形态;同样的植物制品,因气候与海拔的不同而形成较大的差异……(画家)观察植物的色彩和形状……把握其或刚直或柔和的线条……观察植物的习性,了解它偏好或厌恶哪些地方,有哪些特定的因素会有利于或不利于它的生长;他在头脑中将这一切与植物当前的生长环境结合起来……他必须以雨丝般轻柔、细密的笔触来表现坍塌中的土壤那细微的裂纹、下降的曲线,以及波动的阴影……最伟大的画作应当最大限度地向观者的心灵传达出最伟大的思想。"

相反地,有人说他给予想象太多的空间,以致泯灭了科学。贝纳丹·德·圣皮埃尔曾发表过天真的宿命论,认为上帝将瓜果分成片只是为了方便人类享用,而罗斯金也说过类似的一段话:"……上帝在创造万物的时候,但凡是最纯洁、最无辜、最珍贵的,都无一例外地使用了艳丽的色彩,而那些仅仅具有实用价值,甚至有害的,就使用普通的颜色……看看鸽子的颈部,再对比一下蝰蛇的灰色脊背……同样,鳄鱼是灰色的,而无辜的蜥蜴是漂亮的绿色。"

尽管有人说他贬低艺术,使其沦为科学的附庸,因为他的理论将艺术作品推崇至揭示事物本质的高度,甚至声称"一幅特纳的作品所呈现出来的岩石特性比任何专业机构了解的都还要多”，还说“一位像丁托列托这样的艺术家举手之间就能透露出肌肉活动的一系列事实真相，足以令全世界的解剖学家汗颜”，但也有人说他在艺术面前贬低科学。

最后，有人说他是纯粹的唯美主义者，他唯一的宗教就是美，因为他一生都热爱美。

然而，在另一方面，还有人说他连艺术家都算不上，因为他的审美当中掺杂了别的思考，这些思考可能高于审美，但绝对与审美无关。《建筑七灯》的第一章阐明建筑师有义务使用最珍贵、持久的材料，并追溯该义务的源起在于耶稣的牺牲以及上帝可接受的以牺牲换取的永久性条件，我们没有理由认为这些条件已经更改，因为上帝从未向我们明示。在《现代画家》一书中，为了判断色彩论者与明暗论者之间孰对孰错的问题，他给出的依据之一便是：“……以更宽广的视角来看自然界，将彩虹、日出、玫瑰、紫罗兰、蝴蝶、鸟雀、金鱼、红宝石、蛋白石、珊瑚等笼统地同鳄鱼、河马……鲨鱼、蛞蝓、骨殖、菌类、苔藓，以及所有那些腐蚀性的、刺激性的、破坏性的东西相比较，你就能感觉到这个问题在色彩论者和明暗论者之间如何取舍——谁的那边拥有了生命与自然，谁的那边只有罪恶与死亡。”

既然有这么多关于罗斯金的互相矛盾的说法，我们得出的结论是：他本人就是自相矛盾的。

有关罗斯金面貌的诸多侧面中，我们最熟悉的（依我之见，也是我们唯一所掌握的）、最煞费苦心且最成功的、最震撼人心且最广为人知的肖像，便是一个终身只知“美”这唯一宗教的罗斯金。

对美的顶礼膜拜贯穿了罗斯金的一生，这可能是毫无不夸张的说法，但我仍然认为罗斯金的人生目标，他深沉、隐秘而持久的意图并不在于此。当然，我这么说并不是要驳斥德·拉·西兹拉纳的理论，而是为了要避免读者由于某种错误

Dietrich
Jobst
Fridolin
3 gerechten

却看似顺理成章、不可避免的阐释而低估了他的理论。

不必说罗斯金的主要信仰在于宗教本身(我稍后将回到这一点,因为它影响并塑造了他的美学观),就是在今天,我们想要追随他的“美的宗教”,都必须警醒整个时代:若要忠实地引用罗斯金的观点,就不得不重新修订这几个词的意义,因为它们很可能被这个时代浅薄的唯美主义赋予了新的意义。事实上,在这个猎奇的唯美时代,所谓“美”的崇拜者不过是以独特的方式来信仰他唯一认可的神祇,终生都沉醉于对艺术品的欣赏当中。

然而,出于一些纯粹超验的原因(已超出此艺术论文的范畴),如果人们只是因为美能带来快感而热爱美的话,这样的热爱便难以修成正果。单纯为幸福而追求幸福的人只会感觉到乏味,要体验到幸福,人必须追求幸福之外的东西;同样的,为了美而热爱美,把它当作存在于我们自身之外的、远比它所带来的乐趣重要得多的真实事物,我们就能额外地获得审美的快感。从这一点来说,罗斯金根本算不上什么唯美主义者或美学家。恰好相反,他属于卡莱尔式的人物,骨子里就对各种享乐的虚荣有所警惕,同时又本能地觉察到身边存在的永恒现实。天分赋予他们把握这全能、永恒之现实的能力;他们满怀激情,好像听从自己内心召唤似的,将短暂的一生都奉献给这现实,也因此获得了人生的价值。这些专注而焦虑的人们,他们面对着一个亟待解释的宇宙,某位引领他们的神灵、某种他们听得见的声音、人才人物的永恒灵感在向他们告诫,要他们警惕自己独有的才能将为他们揭示出的现实的某些部分。罗斯金的特殊才能即在于对美的感受,不论是自然界的美,还是艺术的美。他的天性驱使他在美中寻求现实,从而将全部的宗教生命都投入到审美之中。在他看来,他为之奉献一生的美并非专门设计来吸引他的享乐对象,而是远比生命本身更重要的现实,是他愿意以自己的生命来交换的。你会发现,罗斯金的美学皆来源于此。你必须首先明白,他认识一个新的建筑或绘画流派的年代很可能是他道德生活的重要里程碑。他谈到哥特式建筑出现在他视野里的时候,就如同基督徒谈到真理向他们昭示的日子,同样的肃穆,同样的饱含深情,又同样的安详。他生活中的重大事件均属于智力的范畴,那些重要的时间坐标就是他洞察了某种新的艺术形式的时候,他理解了阿布维利的那一年,理解了鲁昂的那一年,还有那一天,他发觉提香的绘画及其画作上的阴影要比鲁本斯的更加高贵的时刻。

其次,你还必须理解,罗斯金和卡莱尔一样,认为诗人是誊写者,听从自然的指示书写其或大或小的秘密,而艺术家的第一要务便是丝毫不将自己的印记加诸神示。从这个高度来看,那些批评罗斯金是现实主义或知性主义的言论都可以像地面上的云雾兀自散去了。若说这些言论是在无的放矢,那是因为它们瞄准的高度还不够。它们站错了高度。艺术家必须记录的现实既是物质的又是精神的。物质是真实的,因为它是心灵的表达。至于单纯的表象,罗斯金比任何人都更蔑视那些把艺术品视为模仿表象的人。他说:"模仿的简单乐趣是完全等同的(如果模仿的准确度是等同的),不论模仿的对象是英雄还是他的马……我们可以把眼泪视为痛苦的流露,也可以视为艺术的表现,但无法兼而有之。如果眼泪的艺术性令我们惊叹,那它就不可能以痛苦的情感来令我们动容。"若说他如此看重事物的外表,那是因为外表之下即可揭示深刻的本性。罗斯金有一段话让德·拉·西兹拉纳翻译得很漂亮,他说树木的"主线条"可以让我们看出哪些惹是生非的树曾把它挤到一边,什么样的风曾折磨过它等等。事物的形态不仅展示其本性,还暗含着事物的运命和历史。

上述艺术观所产生的另一后果便是:如果现实是唯一的,那么,看到这现实的天才,无论他用何种介质来再现它,绘画、雕塑、交响乐、法律或行为,都无关紧要。在《英雄与英雄崇拜》中,卡莱尔将莎士比亚与克伦威尔、穆罕默德、彭斯相提并论。爱默生则将斯维登堡和蒙田一并列入他的《代表人物》中。该体系的偏激之处在于，既然被反映的现实具有唯一性，则无需对反映现实的不同方式加以足够深刻的分析。卡莱尔说，薄伽丘和彼特拉克肯定会成为优秀的外交家，因为他们都是优秀的诗人。罗斯金也犯了同样的错误，他说："绘画将思想转化为画面，而这思想竟能独立于画面的语言，这便是绘画之美的境界。"若说罗斯金的思想体系有任何的方向性错误，我认为就在于此。因为绘画无法表传达事物的整体现实，因而无法同文学竞争，除非它不具有文学性。

罗斯金宣扬的，所谓艺术家的职责是一丝不苟地遵从其天分的"声音"来传达现实，是因为他本人体验过灵感的真实、热情的可靠和心怀崇敬的丰硕回报。只不过，尽管在我们每个人身上激发热情与崇敬、启发灵感的原因各不相同，我们都最终会赋予它一种尤为神圣的特质。可以说，对于罗斯金，这启示和向导就是《圣经》。

说到这里，让我们在罗斯金美学的核心之处稍作停留。这核心便是他的宗教意识主导着他的审美意识。首先，有人认为他的宗教意识破坏了他的审美意识，认为他在对建筑、雕塑和绘画的欣赏中掺入了毫不相关的宗教思考，对于这样的人，我的回答是正好相反。在艺术品所激发的情感之中，罗斯金体会到某种神圣，而正是这种神圣成为了情感的深邃和独特之处，它决定了他的品位，使之难以改变。并且，他在表达情感时所怀有的虔敬，他小心翼翼、不敢有丝毫歪曲的敬畏，使得他从来不会往艺术品的评论中掺入任何无谓而矫情的思辨，这也和人们日常的看法完全不同。因此，说他是道德家、布道者，热爱艺术中非艺术的东西，或者无视他审美情感的深刻本质，将之混同于注重感官享受的唯美主义，这两种观点是同样错误的。最后，我要说，他的宗教热忱不仅标志着他审美的诚恳态度，还不断地强化它，使之免受外界的干扰。在我看来，他那崇高美学中的某个观念是否谬误已经无关紧要了。所有对天赋的发展规律略知一二的人都知道,天赋的力量更多地是由其信仰的力量来衡量的,而不在于这信仰的对象对于人们的常识带来何种的满足感。但是,既然罗斯金的基督教精神是其精神气质的核心,他同样深邃的艺术爱好必然与之有着密切的联系。自然给予了罗斯金最大的快乐,他对自然的热爱正好对应了他对特纳风景画的热爱;同样的,罗斯金的思想带有深刻的基督教性质,与之相对应的便是他始终偏爱于所有可称为基督教艺术的作品——法国中世纪的建筑与雕塑,意大利中世纪的建筑、雕塑与绘画等,这样的偏爱贯穿其一生,奠定了其作品的基调。罗斯金对这些艺术品的无私热爱,我们无需从其生活中寻找证据,他的著作已足以证明一切。他的阅历如此丰富,在一部作品中所展示的精深学识,在别的作品中,即使有合理的机会,也不会再次利用,甚至提也不提,稍作暗示都没有。他的学识极为渊博,不是把话说给我们听听就算了,而是赠予我们不再收回。比如说,你知道他就亚眠大教堂写了一本专著,你可能推断出那是他最喜欢、最熟悉的教堂。但在《建筑七灯》中,鲁昂大教堂提到了四十次,贝叶大教堂提到了九次,亚眠则一次未曾提及。在《阿诺河谷》中,他坦承最令他心醉的哥特教堂是特鲁瓦的圣于尔班教堂。但在《建筑七灯》和《亚眠的圣经》中,他却只字未提该教堂。至于《建筑七灯》为何没有提到亚眠,你可能会猜测他是到了晚年才认识亚眠的。但事实绝非如此。早在一八五九年,在肯辛顿的一次讲演中,他就十分详细地对比了亚眠大教堂的金圣母雕像和夏尔特尔大教堂中貌似支撑西门廊的雕像——后者虽然在艺术技巧上略为逊色,但情感更浓烈。而在《亚眠的圣经》一书中,人们以为他已经把自己所有关于亚眠的思想都浓缩进去了,他却未将夏尔特尔大教堂的雕像放入讨论金圣母雕像的篇幅中。这便是他无比丰富的学识与广博的爱。通常情况下,作家会一再地援引自己喜爱的例子,甚至重复地阐发某些观点,这让我们明显地感觉到:我们在面对一个有特定生活的凡人,他的知识量有限,知道这个,便不知道那个;他的经验有限,他只能最大限度地利用它。但罗斯金完全不同,只要浏览一下他著作中的索引,就可以看出他总是在引用新的作品,甚至有些只用过一次的知识,他也会轻易地舍弃,永不再用。这给予我们某种超人的感觉,或者说,让我们以为每一部作品都是由不同的作者写就,他们拥有不同的知识,不同的经验,别样的人生。

他以自己无穷无尽的财富玩着一场愉快的游戏,永无止境地从那奇异的记忆珍宝箱中取出新的珍宝:今天是亚眠大教堂珍贵的玫瑰窗,明天是阿布维利门廊上的金色花边,又将它们与灿烂夺目的意大利珍宝结合起来。

他确实能够如此轻松地在国与国之间转换,因为他在比萨的石刻中顶礼膜拜的灵魂同样赋予了夏尔特尔石刻不朽的形式。没有人像他那样把握住中世纪基督教艺术的整体性,这艺术从索姆河畔一直延伸到阿诺河畔;他在我们的心中实现了那些伟大的中世纪主教们对“基督教欧洲”的梦想。若果真如人们所说,他的名字必然同“前拉斐尔派”密切相连,我们就应当明白,这个“前拉斐尔派”不是产生于特纳之后,而是源自拉斐尔之前。今天,我们可以忘记他如何服务于亨特、罗塞蒂和米莱斯,却不能忘记他对乔托、卡尔帕乔和贝利尼所作的贡献。他神圣的工作不是唤醒生者,而是令死者复活。

他在某些篇章中富有想象力地以意大利的神奇返照来照亮法国的石雕,这不正处处体现着中世纪基督教艺术的整体性吗?我们刚在《英国的快乐》中看到他比较亚眠大教堂的爱德雕像和乔托笔下的爱德女神,又在《哥特式的性质》中看到他分析意大利的哥特式建筑和法国的哥特式建筑如何处理火焰装饰——对于后者,他以鲁昂的圣马可鲁教堂的门廊为例,我们还能从《建筑七灯》中看到他针对这同一案例又阐释了意大利的色彩如何幻变于其灰色石雕之上。

EUGEN-HELENE OLLENDORFF

“门楣正中央的浮雕主题是末日审判，其地狱部分的雕塑具有一股怪诞而令人生畏的力量，对此我只能描述为奥尔卡涅和贺加斯思想的混合体。那些恶魔可能比奥尔卡涅的更加可怕；对极度绝望中堕落人性的表现也不比贺加斯逊色。狂放的想象力甚至将愤怒与恐惧体现在雕像的布局上。一名恶天使挥动翅膀，带领被判罪的众人从审判椅前经过……他如此狂怒地驱赶众人，不仅一直将他们赶到此场景的尽头——该场景本来被雕塑家限定在门楣中央的其他地方——而且赶出了门楣，挤入拱顶的壁龛里；追随在众人身后的火焰也似乎在天使翅膀的拍打下变得扭曲，直冲入壁龛，并穿透了壁龛的窗格。于是，最下方的三个壁龛表现为正在熊熊燃烧的状态，原本应当为拱形、棱纹的龛顶也各被一个恶魔占据，只见他双翼合拢，从暗影中向下狞笑。”

他并没有停留在不同艺术类别和不同国家之间比对的层面上，他还有更深入的发掘。他从异教和基督教的形象中辨识出某些一致的宗教思想，这令他大为震惊。阿利·勒南曾十分深刻地指出，居斯塔夫·莫罗的普罗米修斯中充满了耶稣的影子。而罗斯金虽献身于基督教艺术，却从未因此蔑视异教艺术；他从审美与宗教的双重意义上比较了圣热罗姆的狮子与尼米亚猛狮、维吉尔与但丁、参孙与赫拉克勒斯、忒修斯与黑王子[①]，还有以赛亚与库米女预言家的预言。我们当然没有必要拿罗斯金和居斯塔夫·莫罗相提并论，但我们可以说，对原始艺术的了解在他们身上形成一种自然的倾向：这倾向一方面使他们两人都反对在艺术中体现激烈的情感，另一方面，在形象的研究中，又使他们对形象本身的崇拜带有某种拜物主义的色彩，只不过这种拜物主义无甚危害，因为他们的思想植根于形象化的情感之中，可以在各个形象间自由转换，不会为单纯表象的多样化所束缚。说到在艺术中全面禁止表现激烈的情感，这一被勒南称为“美丽的惰性”

①即爱德华王子（1330—1376），英格兰国王爱德华三世之子，在英法百年战争中战功卓著。

的原则，除了《米开朗基罗与丁托列托之关系》[1]中的篇章，我们还能从哪里找到更好的诠释呢？他对中世纪法国和意大利艺术的研究令他对形象如此情有独钟，这难道不是顺理成章的吗？他既然要在艺术品的表象之下寻找时代的灵魂，

---

①普鲁斯特注：同样，在《阿诺河谷》中，圣马可雄狮是尼米亚雄狮的直接后代，其鬃毛在加马里纳的赫拉克勒斯头上也可以看到，二者之间的区别在该书的其他地方有说明，"那个赫拉克勒斯杀死了野兽并用它的皮做成头盔和斗篷；希腊人圣马可则使野兽皈依，让他成为布教士。"【《阿诺河谷》，8，cciii.】
我引用这段文字的目的，不是为了给尼米亚雄狮找到另一个神圣的后裔，而是为了强调《亚眠的圣经》这一章结尾处的总体思想，即"世上存在一种神圣的古典艺术"。罗斯金本人并不想把希腊（《阿诺河谷》）和基督教相对比，而只想把它和哥特艺术相对比，"因为圣马可同赫拉克勒斯一样是希腊人。"在这里我们触碰到罗斯金最重要的思想之一，或者更准确地说，触碰到罗斯金在对希腊和基督教艺术作品的沉思与研究中所倾注的最本真的情感之一；要想完整地传达这一情感，我必须摘录《圣马可的栖息》中的一段文字，这段文字在我看来能清楚地展现他的思想态度，说明他为什么忽略基督教的产生，为什么能在异教的作品中辨别出一种早已存在的基督教艺术之美，并一直追踪希腊思想的持久影响力至整个中世纪的作品。非常肯定地说，这种我认为是完全审美的思想态度也许在来源上不符合年代顺序，但至少在本质上是符合逻辑的；它在罗斯金的头脑中被系统化，其应用范围也延伸至历史和宗教批评。然而，即使罗斯金将希腊王权同法兰克王权相比（见《阿诺河谷》中的"法国化"一章），即使他在《亚眠的圣经》中宣称"基督教并没有太多地改变有关道德与人类幸福的理想"，即使他在前文是那样地评述贺拉斯的宗教，他所作的一切都不过是从审美愉悦中得出理论性的结论，而这些审美愉悦是他在重新发现诸如希罗底的女神柱、天使中的哈比、拜占庭庙宇中的一只希腊花瓶时所感受到的。以下是这段出自《圣马可的栖息》的文字："这不光适用于拜占庭艺术，还适用于所有的希腊艺术……今天让我们别再用……'拜占庭'这个词。从荷马的时代一直到塞尔沃总督的时代，世上始终都只有一个希腊学派；圣马可的这些镶嵌画是真正由代达罗斯的力量所塑造的，是闪烁着希腊的建筑灵感的……就像库普塞罗的箱子或者厄瑞克休姆庙的门柱。"随后，罗斯金进入到圣马可洗礼堂。他介绍说："大门上方是希律的宴会。希罗底的女儿正头顶着施洗者约翰的头颅翩翩起舞——这简直就是希腊花瓶上头顶水瓶的希腊女子的翻版……现在进入深处的小教堂，那里的穹顶更加黑暗。确实更黑暗，非常的黑暗；——我老眼昏花，看不清楚什么，但你若有一双明亮青春的眼睛，就应当看出那美，因为它真正启发了贝利尼、契马和卡尔帕乔，让他们能够在画中描绘出金色穹顶的背景：它本身也不过是一只希腊花瓶，只是有了新的神祇。在圣坛后的壁龛里有一只十翼天使，其胸部印着一圈文字，'智慧充盈。'它确实属于'圣灵的呼吸'那样的类型。但它曾经是一个希腊哈比，它瘦骨嶙峋的四肢还保留了少量的曾经作为鸟爪时所覆盖着的肌肉……其上方，耶稣在一群天使的环绕下出现并降落；既然贝利尼和卡尔帕乔的穹顶不过是把哈比的穹顶给放大了，那丁托列托的天堂亦不过是把这狭窄穹顶所蕴含的思想给发扬光大了……毫无疑问，这些镶嵌画不会早于十三世纪。但它们的思维模式和表达形式却是绝对希腊式的。那火焰和喷泉完全继承了客迈拉和佩瑞涅的形式；那舞蹈的少女，尽管是十三世纪的公主，长袍的袖口上还镶有白釉皮，却一如阿卡狄亚泉边汲水的甜美的希腊少女。"【《圣马可的栖息》，第92页及以下。引文是不连续的。】罗斯金还说："我相信，我是唯一与希罗多德的思想同行的人。"任何人，只要他有足够的洞察力，能发现一位作家显著的面貌特征，只要他不去理会有关罗斯金的种种无聊的言论——说他是先知、预言家、新教徒等等，都会深切地感受到罗斯金的这些特点，尽管次要，却非常"罗斯金式"。他与所有时代的伟大灵魂保持着亲密关系，他只在乎这些人能否回答永恒的问题，而无所谓古人与今人之别，他谈论希罗多德，就像在说一位仍旧在世的人一样。古人对他而言只是具有今世的价值，能对我们的日常思考有所启示，此外并无其他的价值，因此他根本没有把他们当作古人来对待。古人们所说的并不算过时、也未特定于某个时代的话语对罗斯金来说更为重要，这些话语在某种意义上保存了它们曾经拥有却为时间所剥夺的科学价值。从贺拉斯描绘班都斯亚泉的方式，罗斯金推断说他是虔诚的，"以弥尔顿的方式。"年仅11岁的时候，他就为了消遣而阅读了阿那克利翁的赞歌，并从中得出结论"可以确凿地说，希腊人跟我一样喜爱鸽子、燕子和玫瑰，了解到这一点非常有助于我日后所从事的希腊艺术研究。"【Praeterita, lxxxi.】当然，对于类似爱默生这样的人，"文化"是具有相同的价值。然而，我们暂且不去区分这其中的天差地别，只强调下罗斯金面貌的特殊之处，即他本人对于科学和艺术的一视同仁致使他以同样崇敬的心情来谈论古代的科学家和艺术家。说到自然史的发现时，他引用第104篇赞美诗；谈论某个宗教史问题时，他又同意希罗多德的观点（正好用来反驳某位当代科学家的观点）；他赞赏卡尔帕乔的一幅画，认为它对鹦鹉的描述史作出了重大贡献（《圣马可的栖息》："奴隶的圣坛"）。跟着我们就不得不重提罗斯金的古典神圣艺术观，"世上只有一种希腊艺术、一位圣热罗姆和一位赫拉克勒斯，等等"，类似这样的观点，我们只要提到其中的一点，就能联想到其他的所有。可此刻我们所面对的只有一个迷恋于个人藏品的罗斯金，他的眼中没有科学和艺术之分，他相信一种科学理论能始终正确，正如一件艺术品能始终美丽（他从未明确提到这一观点，但该观点在暗中支配着其他观点，甚至成为其他观点存在的唯一先决条件）；为了求证自然史或思辨哲学的事实，他会研究一首古代赞歌或者一件中世纪浮雕，因为他深信任何年代任何国度的智者都比当代的愚人更具有参考价值。当然，他的这种倾向始终受到他端正的批评态度的约束，因此我们可以完全地信任他，他即使有什么言过其实的时候，也仅仅是为了开个诸如"十三世纪昆虫学"之类的小玩笑。

那么，夏尔特尔教堂大门的雕像与比萨壁画之间的相似之处必然会触动他，让他以为这就是当时艺术家深受启发的精神典型，而二者之间的区别又正好体现出这精神典型的多样性。若换做他人，这样的审美情绪很可能被枯燥的推理所冷却。但在他的心中，一切均是爱，所谓的“象征手法”不如被称为“圣像崇拜”更为贴切。在这一点上，艺术批评让位给一些可能更加崇高的东西；它具有近似科学的流程，是对历史的贡献。教堂的门廊上出现了某个新的特征，这是在向我们昭示艺术史和文明史的变化，其重要性不亚于地质学家通过地球上的新物种来了解自然史的变化。自然界的鬼斧神工并不比艺术家的雕刻更富有教益，一件记录着古老神怪的石刻也并不比一件展现新神祇的石刻对我们更有价值。

从这个角度看，与罗斯金著作相匹配的画作是很有价值的。在同一块图版上，你可以看到分别出现在利兹由、贝叶、维罗纳和帕多瓦的相同的建筑图案，就好像某一品种的蝴蝶在不同气候带的变种。然而，他所钟爱的石刻对他来说从来就不是抽象的案例。每一块石刻上都有时间刚刚逝去后留下的微痕，凝结于数个世纪以来所锤炼的色彩之上。他告诉我们：“……要赶在太阳从塔尖上落下之前跑过街道再去看一看圣维尔弗朗大教堂，这就是我们珍存过去——直到最终的原因。”他甚至走得更远；他没有将教堂本身与其背景，那些旅行者在靠近它时所看到的河流、山谷区分开来，就像原始的绘画一样。最典型的例子便是《我们的父辈告诉我们》中题为《亚眠，死者纪念日》的第二幅版画作品。在亚眠、阿布维尔、博韦和鲁昂给这些因罗斯金的驻留而不朽的城市，他要么在教堂写生（“而不受管堂的干扰”），要么在露天写生。他身边还带着如许的素描者和版画家，他们该是多么欢乐又行色匆匆的一群人啊，就像柏拉图讲述的跟随着普罗泰哥拉辗转于各个城镇的智者们，又像在教堂的古老屋顶和塔楼上随遇而安的燕群。也许我们今天还能与罗斯金的一些弟子偶遇——他们曾经伴随罗斯金去了重新皈依的索姆河岸，仿佛又回到了圣佛尔明和圣萨尔瓦的时代；他们在聆听这位新使徒的言谈，听他像解释圣经一样解释亚眠，记下的不是潦草的笔记，而是十分优美的速写，保存这些速写的文件肯定能在某个英国博物馆找到，我猜想它们会以维奥莱-勒-杜克的风格对现实略加改动。《亚眠，死者纪念日》这幅版画似乎美得有点不真实了。难道仅仅是由于视角的原因，从加宽的索姆河岸来看，亚眠大教堂和圣洛教堂才被拉得如此之近吗？不错，对于这个问题，罗斯金可能会再次以特纳的话来回答我们，他曾在《鹰巢》中引用这些话，德·拉·西兹拉纳将之翻译如下："……早年的特纳会在心情好的时候让别人看看他的作品。一天他正在画一幅普利茅斯港的画，其中有一些船只在距离一两英里的水面上逆光而行。他将这幅画拿给一位海军军官看，那军官好奇地端详了一阵，最后理直气壮地批评说那些船只没有画上舷窗。'是没有，'特纳说，'当然没有。如果你登上艾支康布山，逆着夕阳观看那些船只，你会发现你看不到舷窗。''不错，可是，'海军军官仍旧不满，'你明知是有舷窗的。''是的，'特纳说，'我清楚得很，但我的工作是画我所看到的，而不是我所知道的。'"

在亚眠，如果你朝着屠宰场的方向眺望，就会看到和版画里一样的景象。你会发现，距离改变了建筑物的格局，产生了艺术家那种带有迷惑性却很美妙的效果，但如果你走近些，建筑物就回到原先的、完全不同的位置上去；比如，你会看到一座水塔的形状印在大教堂的正面，因而从三维立体中造成一种平面的效果。当然，如果你还是发现，站在你这个角度所看到的奇妙景象同罗斯金的画作依旧是有所差别，你不妨归咎于罗斯金离开后近二十年的时间给这座城市的外观所带来的变化；罗斯金本人也曾如此谈及他喜欢的另一处风景："自从我上回在那儿创作，或者思考，有很多地方都发生了改观。"

但至少，《亚眠的圣经》中的这幅版画会将索姆河岸和大教堂深刻地烙印在你的记忆里，比你亲眼去看见的，无论你处于城市的哪个位置，都还要深刻。它比我任何的言辞都更能说明一点，即罗斯金从来不将大教堂之美同其背景中的乡村魅力分隔开来；这样的魅力，每一个前来参观的人都仍旧能从乡村的独特诗意中，从他或朦胧或金色的下午时光的回忆中体味出来。不仅《亚眠的圣经》的第一章命名为“在水边”，罗斯金计划撰写的关于夏尔特尔大教堂的书也将题为《厄尔之泉》。因此，可以说，他把大教堂的背景置于河岸，将哥特式大教堂的宏伟同优美的法国风光联系在一起[①]，并不仅限于他的画作而已。若我们没有魔法靴那样快速的火车，我们必定能更加敏锐地发现某一处风景的独特魅力，我们还得像从前那样，为抵达某个偏远之地，途经若干的村庄，发现沿途的景致与目的地渐趋一致，仿佛进入一片渐次融合的区域，为了抵御外界的干扰，也为了以一种温柔而神秘的方式来防止同化，不仅将我们的目的地从地理上层层包裹起来，还要让我们的心灵经历一个逐渐深入、准备的过程。

对罗斯金而言，他对基督教艺术的研究似乎是在印证他本人的基督教思想，同时也反证了一些其他的我无法在此言明的思想，其中最著名的应该是罗斯金本人所定义的：他对机械主义和工业艺术的厌恶。“所有美的事物都创造于中世纪的人们笃信纯粹、欢乐和美好的基督教教义的时候。”他认为，艺术从那以后就随着信仰一同衰落了，艺术的技巧取代了情感。而当他看到创造美的力量竟成为信仰时代的特权时，他对信仰之善的信念更加坚定了。他最后的著作——《我们的父辈告诉我们》——本来计划每一卷（只有第一卷已完稿）都写四个章节，前三个章节讨论信仰，最后一个章节研究因信仰而诞生的杰作。这无疑是对培养

①普鲁斯特注：以英国人的眼光来看法国风景，这会是多么有趣的一组作品：特纳笔下的法国河流；波宁顿的“凡尔赛”；沃尔特·佩特的“奥塞尔”或“瓦朗西安”，“韦兹莱”或“亚眠”；斯蒂文森的“枫丹白露”；此外还有许多！

STRASBOURG

罗斯金美学情感的基督教精神的最高礼赞。他把信仰新教的读者带到圣母像前，嘲笑她“不懂得，无论是玛丽亚崇拜还是其他任何的女性崇拜……都未曾对任何人造成过伤害”；或者，他在圣奥诺雷的雕像前，哀叹“在以他命名的巴黎市郊，人们现在很少谈起”这位圣徒：他也许还会像《阿诺河谷》的结尾那样感慨一番：“如果你愿意关注人类的生存处境，了解造物主的要求是什么——‘世人哪，耶和华已指示你何为善。他向你所要的是什么呢？只要你行公义，好怜悯，存谦卑的心，与你的神同行。’[①]你会发现这样的顺从总是会得到现世赐福的报偿。如果你脱离那令人苦痛的冷酷野心，那无依无靠的轻慢信仰，而去关注默默无闻的普罗大众，这寂然地劳动、虔敬地膜拜的芸芸众生，就如同基督教王国的雪唤起了耶稣诞生的回忆，或者春日的阳光让人联想到他的复生，你会明白伯利恒天使的许诺的确成了现实；你会祈祷如阿诺河畔一般欢乐的英国田野还能将其最纯洁的百合奉献给花中的圣玛丽。”

最后，罗斯金的中世纪研究不仅证实了他对信仰之善的坚定信念，还证实了他对人类的工作需求的信念，即人们需要工作来获得自由、欢乐与个性，排除机械主义的干扰。为了让你更好地理解这一点，我在此摘录一段极具罗斯金特色的话。在鲁昂大教堂书商门廊处有数百个微型雕像，罗斯金注意到其中一个仅数厘米高的毫不起眼的小人像：

“……这家伙像在琢磨什么坏主意；他的手用力压着自己的颧骨，连眼睛下方的皮肤都被压皱了。同精细的蚀刻画相比，这整个的形象都显得十分拙劣。但考虑到它只是为了填充教堂大门外部的空隙，只是三百多个雕像中的一个(我的估计还不包括外部的基座)，他证明了当时的艺术中所蕴含的极为高贵的生命力……

①弥迦书6:8。

“我们有部分工作是为了谋生，需要付出体力，还有些工作是为了享乐，需要付出热情：这两类工作都要求我们自愿从事，不能三心二意；反过来说，不值得付出的事情则根本无需去做。也许我们所必须从事的一切工作都不过是为了训练我们的心灵和意志，其本身毫无用处；但不论如何，若它根本不值得我们染指，那它仅有的那一点用处也会消失殆尽。若我们轻松取得工作的权威，或者情愿让工具挡在工作与工作对象的中间，那工作也不会令我们不朽。那些不愿意通过自己的双手而只借助工具来实现创造的人，他们大可以将手摇风琴也送给天堂的天使们，好让它们能更轻松地演奏音乐。人类的生活已然充斥着空想、庸俗和纵欲，用不着我们再把仅有的闪光时刻机械化；既然我们的生命充其量也不过是转瞬即逝的一片蒸汽，我们至少要让它像云朵一样浮现在天堂的高度，而不是像笼罩在狱火或转轮之上的浓重黑雾。”

我承认，在罗斯金去世之时重读这段文字，我产生了想去看一看这小人像的欲望。于是我去了鲁昂，仿佛是在履行什么遗嘱，仿佛罗斯金在临终前将这个可怜的造物托付给了他的读者，它因他的文字而重生，又在毫不知情的情况下永远失去了这位同最初的雕刻者一样给予它生命的人。我走近那宏伟的教堂，大门上的圣徒像正沐浴在阳光下，我往上看，那里有刻满伟大国王的廊柱，再往上到最高处，我原以为是空白的地方，仍旧看见了一位离群索居的隐士任由鸟儿在他的额上停留，又看见一群使徒正在聆听一位合拢翅膀的天使给他们传达消息，而天使的头顶上有一群飞翔的鸽子，不远处，一个身背小儿的人正以一种突兀却亘古的姿势转过头来；我满眼都是雕像，它们一排排地耸立在教堂的门廊前、塔楼的栏杆边上，或享受阳光，或隐藏于清晨的阴凉，呼吸着这神秘城市的空气，我因而意识到，要在这非凡的雕像群中找到一个几厘米高的小人像几乎是不可能的。但我还是去了书商门廊处。可我如何从这数百座雕像中认出那一个小人啊？正当我犯愁之时，年轻有为的雕塑家L.伊特曼女士对我说："这个看上去很像。"我们把目光稍往下挪了一点，没错……它就在那儿。它还没有十厘米高呢。尽管残损，可它的眼神依旧，石头上保留着雕刻出瞳孔的洞，使得那副独具特色的神情让我一眼便认了出来。几个世纪以前的艺术家留下了这小人，在这茫茫的石雕群像中，它每天死去一点，早已死去多时，永久地失落。但他就是把它安置于此。直到有一天，另一个人来了——他不在乎死亡、物质的无穷尽，不在乎遗忘，他把那压迫我们的虚无远远抛开，去追求支配其一生的目标；他的目标如此之多，他无力全部实现，但对于我们，却似乎是匮乏的。这个人来了，他从那些波涛般起伏又彼此相似的石雕中看出了生命的所有法则、灵魂的所有思想，他为它们逐个命名，口中还念念有词："看，这是这个，这是那个。"离他不远就是审判日的雕刻，而他的声音也犹如天使长的号角一般回响，他说道："活过的应当继续活着，物质无关紧要。"的确，审判日里的死者被天使长的号角唤醒，恢复了生机和外形，变得清晰可辨，同样地，那小人像也活转过来，变得目光炯炯，因为它的审判长说："你已活过，你应继续活着。"审判长自己并非不死的法官，他的身体终将死去；但那又有什么关系呢！他从事着不朽的工作，仿佛他自己有着不朽的生命，毫不在意占据他生命的东西是大是小，尽管只有一次人生，他却将数日的时光消磨在教堂无数雕像中微不足道的一个身上。他画下它。因为它呼应了他心中萌发的思想，使他忘记了暮年将至的烦恼。他画下它，谈论它。于是这丑陋、与世无争的小人竟然也有了一丝复活的希望，要知道，它的死亡是比其他雕像都更要彻底的，它湮灭于无数因相似而籍籍无名的群体，唯有天才才能让我们迅速地指认出它来。我们不禁为重新发现这小人像而感动。它似乎还活着，还在凝望着，或者说，它在那凝望的行动中被死亡攫去，就像那些行动戛然而止的庞贝人。事实上,小人像的行动所捕捉到的又被静止的石头所凝固的,正是雕刻家的思想。能重新发现这思想让我倍受感动;曾经活着的都没有死去,无论是雕刻家的思想还是罗斯金的思想。

与这小人像的邂逅对罗斯金是必要的,他把自己书中(《建筑七灯》)仅有的几幅插图中的一幅绘成了这小人像,因为它是他思想中真实、恒久的一部分;对于我,这样的邂逅是愉快的,因为他的思想是我不可或缺的,他指引着我,在与他同行的路上,我感到自己与那些雕刻了"末日审判"的艺术家们更心灵相通了——他们相信,人之个性,意愿之最独特之处,不会完全地消亡,而是保存于上帝的记忆中,终有复活的一天。哈姆莱特与掘墓人,一个的眼中仅仅看到头盖骨,而另一个则因之浮想联翩,他们两人究竟谁对呢?科学会说:掘墓人。但它忽略了莎士比亚,他能让人们永久地回忆哈姆莱特的幻想,即使头盖骨已成灰烬。在天使的召唤下,我们发现每一位逝者都依然存在,各就其位,不像我们以为的那样早已归于尘土。在罗斯金的召唤下,我们发现最微小的人像,一个精致的四叶形装饰,都恢复了生机,以不变的眼神——占据岩石不到一毫米见方——凝视着我们。无疑,可怜的小丑八怪,我本眼拙,本无法将你从城市的万千石块中找出来,辨认出来,还你以个性,召唤你,令你复活。无穷、无数、虚无压垮了我们,不是它们过于强大,而是我们的心灵过于脆弱。不错,你真是毫无美感可言。你那张可怜的小脸,我本来永远不会注意到的,你没什么可爱的表情,虽然你肯定和别人一样有专属于自己的表情。但既然你曾经有过充沛的活力,始终以相同的乜斜的目光凝视,能让罗斯金注意到你,在他说出你的名字之后,又让他的读者认识你,那么,你现在还有充沛的活力吗?你得到充沛的爱了吗?人们只会满怀深情地看待你,尽管你的神态并不友好,但你是活的造物,你在那漫长的世纪里早已死去,没有复活的指望,可你却奇迹地复活了。在这些天里,也许

Plate XIV

有另一个人到教堂的大门前寻找你,温情地注视你原本狡黠刻薄、现在又得到复苏的面庞,因为一个人心灵的产物会在某一天捕获另一个人的心灵,而这个人的心灵又会深深地吸引我们的心灵。你待在原地一动不动是对的,不要有人来管你,兀自消磨崩解。你无法从物质中指望些什么,站在物质的角度,你不过是虚无。但这些小小的石像是无所畏惧的,跟死者一样。因为,神灵偶尔会造访尘世;他所过之处,死者复生,那些小小的被遗忘的面孔也重获生机,当它们的目光与生者的目光相遇,生者便为了它们而放弃那些丧失了生机的生命,只在神灵启示之处,在早已化为尘土却仍然饱含着人类思想的石块中寻找生命。

一个人将无尽的爱与欢乐笼罩于古老教堂之上,即使阳光向这些教堂亘古的美丽投以飘忽不定的微笑也难以企及,这样的做法,如果我们用心去体会的话,是不会有错的。精神世界如同物质世界,喷泉的高度无论如何也超不过水位最初开始下降的高度。文学之大美同样有所对应,对艺术而言,激情也许就是真理的标准。若我们假设,作为批评家的罗斯金偶尔会对一部作品的价值判断错误,但就是这错误的判断中所包含的美,也往往超出作品本身的美,它对应了某种异质却同样珍贵的东西。罗斯金在评价“亚眠的美丽神像”时说“没有一座雕像能够,或者说,应当满足一个懂得信仰基督的热忱灵魂的期望;但就雕塑所能传达的温情而言,它已经超出了当时已有的高度”,而于斯曼先生将这同一座亚眠的神像称为“长着绵羊脸的纨绔子弟”:对于这些观点,我既不认为罗斯金有错,也不认为于斯曼是正确的;并且,我们根本没有必要去区分对错。罗斯金眼中的“亚眠的美丽神像”是否符合事实也不需要我们去关心。正如布丰所说,“(一种美丽风格)所具有的智性之美,及其所包含的关联,都构成了有益的真理,而且,在公众的意识中,这些真理也许比现实的真相还要宝贵。”因此,在《亚眠的圣经》一书中,罗斯金讨论“亚眠的美丽神像”的段落自有其美的真理和价值,独立于雕像本身之美，但如果罗斯金态度轻蔑，他就无从发现这些真理，因为激情才是他发现真理的力量之源。

我们将永远无从知道，也终究无法在此探寻，他那了不起的灵魂是怎样忠实地反映宇宙的，而谎言又是以怎样惑人的形式潜入他那理智诚实的深处的。不论答案如何，如果我们想要了解和热爱美的一个新的部分，那么，即使是我们中间天资聪颖的人也需要“天才”的指引，而罗斯金便是这些“天才”中的一个。我们这代人在思想交流中所说的许多话都带有他的印记，就像硬币上印着的君主的肖像。他虽已不在人世，但仍旧启迪着我们，仿佛天边隐没的星辰，其光芒仍旧在照耀我们。他在特纳去世时所说的话也同样适用于他本人：“那些尚未出世的后世子孙将通过在这幽深坟茔中永远闭合的双眼看到自然。”

“谎言是以怎样诱人而华美的形式潜入了他理智诚实的深处的……”我想说的是：有一种偶像崇拜，罗斯金本人在其《艺术演讲录》中给出的定义比任何人的都要好：“我的观点大致如此，尽管这里边确实能生出好的东西，因为每一种大恶都在其逆流之中裹挟着些许的善——我认为，艺术的致命功能是服务于一种在深层意义上来说确实可称为‘偶像崇拜’的目的，不论这目的是在异教或基督教的土地上实现，也不论它实现的手段是华丽的辞藻、绚烂的色彩或华美的形式——我们都为它殚精竭虑、倾尽心血，我们忙于为自己创造一些或珍贵或悲伤的幻象，从而违背了主耶稣的现世召唤，他固然没有死去，也没有昏倒在他的十字架下，还要求我们掮起我们自己的十字架。”

现在看来，也许正是这样一种“偶像崇拜”奠定了罗斯金作品的基础，形成了他天赋的源泉。毫无疑问，他从未允许它完全地覆盖——即使只是修饰性——以致僵化、麻痹并最终摧毁他在理智上、道德上的诚实。他写下的每一句话，如同他生命中的每一刻，都要以诚实来对抗偶像崇拜，都要令偶像崇拜的虚荣和谦卑的美屈从于某一项义务，即使这义务与美无关。关于这一点，我不会从他的生活中寻找例子（他的生活不似拉辛、托尔斯泰或梅特林克那样以审美为先、道德为后，道德从一开始就牢牢掌握了他美学思想的核心，也许从未给过他类似于上述大师那样完全的自由）。我也无需重复他道德上的发展阶段，因为这是众人皆知的，比如早期他为了一边喝茶一边观看提香的画作而感到羞愧，直到后来，他把父亲留给他的五百万尽数花在社会和慈善事业上之后，他决定卖掉特纳的作品。然而，唯美主义在他的身上体现为一种更为消极内在的方式，而非一种积极外在的方式（他已将之克服）；他的偶像崇拜和诚实之间的真正对决也不是发生在他生活的某些时刻，或在他作品的某些段落，而是贯穿他的整个人生，在那些最为幽深、隐蔽的地方——在那些连我们自身都难以觉察的地方，我们的内心不断地从想象中获得意象，从理智中获得思想，从回忆中获得词藻，又在持续的选择过程中不断地强化自己的个性，从而在某种意义上不断地弱化我们的道德与精神生活。我感觉到，在那些最为幽深、隐蔽的地方，罗斯金就从未停止过偶像崇拜的罪过。在他鼓吹诚实的同时，他正好缺乏诚实，且不是内容上的诚实，而是态度上的诚实。他信奉的原则是道德的，而非审美的，但他信奉的理由却是因为美。于是，为了要表现这些原则的真，而非美，他不得不就选择它们的理由而对自己撒谎。他一再地违背良心，一再地发表那些言不由衷、屈从于他不曾承认的审美偏爱的道德宣言，反而比他真诚地去鼓吹某些非道德的信条更加伤害他的思想诚信。他反复地犯下这罪过，不论是对某个事实的解释，对某件作品的评价，还是对字句的斟酌，他的心灵都始终在退让、妥协，而最终形成一种虚伪的态度。为了让读者更好地评判罗斯金的障眼法——出自他笔下的障眼法是针对所有人的，包括他自己——我将引用在我看来是他写得最美、同时也最彰显其罪过的一段文字。你会看到，如果说在理论上（即“在表面上”，一个作者思想的内容始终是表象，其形式才是实质）美是从属于道德和真理的话，在实际上则是真理和道德从属于美，一种多少被无休止的妥协所扭曲的美感。这段引文的主题是"威尼斯衰落的原因"。

"人们雕凿出如此通透而坚实的大理石、渲染出如此五彩缤纷的拱门，并不是出于挥霍财富的目的，也不是出于满足视觉享受或心理虚荣的目的。它们的色彩当中写入了一个预言，这预言曾经写入血液；它们的穹顶之下回荡着一个声音，这声音未来将响彻苍穹——'他将回来做出判决并带来公正。'他赋予威尼斯强大，只要她时刻铭记：一旦她遗忘，她即遭到毁灭；她无可挽回地毁灭了，因为她毫无理由地遗忘了。从没有一座城市曾写下如此辉煌的《圣经》篇章。在北方的国度，庙宇间满是粗糙阴暗的雕刻，画面上的形象也总是模糊不清、难以辨认；在威尼斯，东方的技艺和珍宝为每一个字母镀金、为每一幅书页敷彩，直到那圣书如同伯利恒之星在远处闪闪发光。若放在其他的城市，人们的聚会地点往往是非宗教性的，充满了暴力和动乱；他们在危险的城墙底下或混乱的街道上完成的契约或协定，我们即使不能为之正名，至少也是可以谅解的。但威尼斯的罪恶，无论是在宫殿还是在广场，都是在她右手持着《圣经》的时候犯下的。镌刻着基督诫条的大理石墙与守卫城市议会或关押政治犯的围墙之间只有数英寸之隔。当她在最后的时光抛开所有的羞耻与约束，当城市的广场成为全世间疯狂的舞台，我们应当牢记，她的罪行是在上帝的殿堂面前犯下的，那殿堂里还闪耀着主的法则，因而她的罪行也是要从重发落的。骗子和戴假面的人狂笑而去，早有预警的沉默随之而来；因为，就在这些人中间，穿透无数个世纪积聚的虚荣和腐烂的罪恶，圣马可大教堂的白色穹顶对着威尼斯死去的耳朵说道：'记住，上帝将为这所有的一切带来他的审判。'"

如果罗斯金对自己完全诚实的话，他就不会认为威尼斯人的罪行比其他人的更不可原谅、更应当受到惩罚，并将理由归咎于威尼斯人采用华丽的大理石而非石灰岩来建造教堂，把总督的宫殿安排在圣马可大教堂的旁边，而不是城市的另一端，还在拜占庭教堂里，以摘自福音书或预言录的烫金字母来装饰镶嵌画构成的《圣经》篇章，完全不似北方教堂雕像的那般朴素。可即便如此，这段从《威尼斯的石头》节选出来的文字确实是美轮美奂的，只是美的缘由无从说起。在我看来，这美似乎是建立在谎言之上的，欣赏它也多少让人有些羞愧。

但这美当中也必定包含了某种真理。严格意义上讲，没有什么美是完全虚假的，因为发现真理时所产生的愉悦正是审美愉悦。非常难以判断的是，这段文字给读者带来的强烈美感究竟对应了何种等级的真理。文字本身就是神秘的，同时充满了美和宗教的意象，正如圣马可教堂里，所有出自《旧约》和《新约》的人物形象都同时呈现于一个忽明忽暗的背景之上。我还记得，我第一次读到这段文字的时候恰巧就在圣马可教堂里。那是一个风雨飘摇的时刻，教堂里的镶嵌画在黑暗中发出自身的光亮，带着一种内在的、尘世的和古老的金色，即便是威尼斯的太阳，它可以令钟楼上的天使仿佛燃烧一般耀眼，此时也无力再为这金色增加半分光彩；天使在一片晦暗中闪闪发亮，我置身它们中间而读到这段文字时所产生的情感十分强烈，但也许并不纯粹。快乐，在我看到这些美丽而神秘的形象时油然而生，但在我看到它们笼罩着光环的额头旁边以拜占庭手写体出现的经文之时，又因为学识的愉悦而黯淡了；同样的，罗斯金的意象之美，也会在我们臆测他引经据典之时迅速消散、瓦解。这欢乐中难免有一种带自恋色彩的自我回归，学识与艺术掺杂其间，审美的愉悦或许变得更为强烈，却无法保持纯粹。因此，这段摘自《威尼斯的石头》的文字之所以美妙，很大程度上也许是因为它让我体会到了在圣马可教堂所感受到的那种混合的欢乐，因为它像拜占庭教堂一样，以镶嵌画般斑斓的文体来呈现意象，又在这意象的边上镌刻出圣经的语录，令其在黯淡中熠熠生辉。更何况，这段文字的主旨不正像圣马可教堂的镶嵌画，只在于说教，不在于艺术之美吗？今天，除了愉悦之外，这些镶嵌画再不能给予我们什么了。只不过，学者从说教中获得的愉悦是自私的，艺术家从美当中获得的愉悦才是最无私的——那些满脑子想着说教的人自然是轻视甚至无视美的，他们将美视为附属之物。

在《亚眠的圣经》一书的末页，“如果……你要对别人给你的承诺较真”这段话是一个类似的例子。同样在《亚眠的圣经》里，罗斯金在结束有关埃及的讨论时写道：“她是摩西的监护人和耶稣的女主人。”我们可以接受“摩西的监护人”这一说法：为了教育的目的，有些说教是必要的。但“耶稣的女主人”一说也许能为句子增色，可它真的能纳入对埃及神灵之美德的理性评价当中吗？

在这一点上，我始终与自己最为珍视的审美印象做着斗争，企图将理智之诚实推向极限。但是，毫无疑问的是，如果我用如此广泛意义上的警醒（某种意义上的绝对）更多地去套用罗斯金作品中的思想启迪性和美感，而非作品本身，罗斯金对我来说仍旧是有史以来全世界最伟大的作家之一。我不想刻意地去刁难他身上的某个缺点，只想把他作为一个典型的案例来探索人类思想中固有的缺陷。读者一旦完全理解了这“偶像崇拜”的内涵，就能够明白罗斯金为何如此重视艺术品中的烫印文字（我在序言中大致说过他重视文字的另一个原因），以及他为何误用了“不敬的”和“傲慢的”这两个词：“我们无需破解的奥秘，或者我们因傲慢而渴望去攻克的难关。”“不要让艺术家相信选择的精神，那是一种傲慢的精神。”“在这里，一个不敬的人很可能认为中殿太窄，而不是拱顶太高。”等等——以及这两个词所揭示的精神状态。想到这偶像崇拜的时候（我同时也想到了罗斯金将句子均衡排列时感到的愉悦，似乎这种均衡为他的思想带来了对称感，而不是从他的思

96
AJG
GEORGIE EVELYN
CAVE GASKIN

想中获得对称感)[1],我说过:“我不必去追究谎言以何种惑人的形式潜入他理智诚实的深处。”但我原本是应该去追究的,如果我继续以这种本质上属于罗斯金式的崇敬方式来作为庇护的话,我也会犯下同样的偶像崇拜罪。我也不是没有认识到崇敬的好处,它正是爱的先决条件。只是,当爱终止的时候,绝对不要用崇敬来替代爱,让我们盲目地信任,又在信任的基础上崇拜。更何况,罗斯金肯定会第一个赞同我不赋予他的文字以绝对的权威,因为他甚至对《圣经》都拒绝这权威:“……我们不可能将绝对真理同任何形式的人类语言联系起来……”但他喜欢“崇敬”的态度,他相信“破解奥秘是傲慢的”。为了在偶像崇拜的问题作一个了结,也为了更好地保证我与读者之间在这个问题上不存在误解,我希望援引我们时代最为推崇的人物之一来作为例证(他在其他方面同罗斯金毫无相似之处!)。这个人在其谈话中而非作品中表现出了这个错误,并且表现得淋漓尽致,易于识别和演示,根本不需要我们再费力地放大它。在谈话中,他被偶像崇拜所——愉快地——折磨着。曾经听过他谈话的人会发现我的“模仿”颇为生硬,一点看不出其风趣迷人之处,但人们仍然能从以下的叙述中猜出我希望援引的对象是谁。这个人曾十分欣喜地发现,一位悲剧女演员身上的衣料竟然与居斯塔夫·莫罗的画作“年轻人与死神”中死神所穿的衣料相同,或者,一位女性朋友的装束竟然就是“卡迪央王妃初次见到大丹士那天所穿的衣裙、所梳的发式”。他欣赏着那女演员的衣料或者那上流女子的长裙,他为自己高贵的联想而感动,赞叹道:“多美啊!”但他赞叹的并非衣物之美,不过是由于莫罗的画作或巴尔扎克的描写,它才变得永恒地神圣……当然,也只是针对偶像崇拜者而言。在他的卧室,你会看到一种牡丹花,或插在瓶中,或由他的画家朋友绘在墙上,因为这种花出现在韦兹莱的圣玛德莱娜教

①普鲁斯特注:我现在没有时间来阐明这一缺憾,但我希望读者能通过我的翻译——不管它多么的平淡乏味——看出,就像强光突然照亮厚厚的鱼缸玻璃一样,思想也被语句迅速地驱赶,在瞬间受到破坏。

堂。此外，他还以宗教般的情怀珍藏着一些曾属于波德莱尔、米什莱或雨果的物品。这样的崇敬给予我们的偶像崇拜者一种特殊的愉悦，激发他的灵感，让他的即兴谈话机智而风趣；我很享受他的这些谈话，甚至为之深深吸引，而不愿为了偶像崇拜的问题与他有任何的纠缠。

然而，就在我尽情享受这谈话乐趣的同时，我反问自己，这侃侃而谈的天才，还有那些一直鼓励他说下去的听众，他们是否都同样犯下了不诚实的罪行；一朵花（受难花）上面带有耶稣受难的印记，我们是否因为把它送给异教徒而亵渎神灵，或者说，一所房子曾经是巴尔扎克的住所（即便那里再没有任何关于巴尔扎克的东西），它是否因此而变得更加美丽。我们是否真的应该不去赞扬一位女子的美貌，反而因为她取名巴蒂尔德（与《吕西安·娄凡》的女主角同名）而有所偏爱呢？

卡迪央夫人的服饰是巴尔扎克绝妙的发明，因为它向我们透露出她的艺术品位，让我们了解到她希望给大丹士留下何种的印象，以及她个人的一些“秘密”。可一旦去除它所包含的意义，它就成为一个空洞的符号，变得什么也不是；如果我们继续再膜拜它，甚至因为在一个现实的女人身上发现它而心醉神迷，那就是真正的偶像崇拜了。这就是艺术家最容易犯下的理智之罪，很少有人能逃过一劫。当你看到这罪过使得他们创作出多少美妙的作品时，你可能会脱口而出：幸运之罪啊！但他们至少应该是有所反抗的。在自然界中，不论何种形式，不论这形式有多么美，其价值都仅限于它自身所展现的无限之美中的那一部分；就连盛开的苹果花和粉色的山楂花亦然。我无限地热爱这些花儿，每年春天都因靠它们太近而烦恼（花粉病），但这也证明了我对它们的爱并非人人能及。这些花儿毫无文学意义，不涉及任何审美传统，既不属于罗斯金口中所说的“在丁托列托的这幅或那幅画中所能看到的真实的花朵”，也没有出现在我们的那位同代人会提到的莱昂纳多的某幅素描中(他介绍给我们许多新鲜的事物,其中有一样是他首先引入公众视野的——威尼斯学院素描),但即使是对于这些花儿,我也尽量不要过多地崇拜,生怕自己在喜欢、欣赏之余给它们附加上别的意义,生怕那带有自恋色彩的自我回归促使我把它们当作“我的”花儿,以至于用尽心思地膜拜它们,将绘有它们的艺术品陈设在卧室之内。不,我不会因为艺术家在前景中描绘了一朵山楂花而认为画面更美,尽管我不知道还有什么比山楂花更美,但我想保持诚实,因为我知道画面的美与画面的内容无关。我不会收集山楂花的图像。我不会对山楂花顶礼膜拜,我只会观赏它,呼吸它的芬芳。在这里,我允许自己短暂地介入了当代文学的领域——这绝非冒犯,因为我认为经过这般放大,尤其是经过如此大费周章的鉴别之后,读者能更清楚地看到罗斯金身上蕴藏的偶像崇拜的特质。我请求我的援引对象,如果他能从这份拙劣的速写中认出自己,请他无论如何要相信我毫无恶意;正如我之前所说,我需要做到极度的诚实才能就这个问题对罗斯金提出批评,才能从我对他的绝对崇拜中发现这一个薄弱点。因此,我要说的不仅是“与罗斯金共同领罪无损于名誉”,而且是,把对罗斯金的批评用在他的身上是对他最好的赞美。现在我几乎后悔自己太过谨慎,没有透露他的真实姓名。一个人得到允许来到罗斯金的身边,即使只是作为陪衬,只是为了举起他的书好供人阅读,那也是一种荣幸,而非惩罚。

再回到罗斯金。今天我对于他已经如此“习以为常”,要掌握这偶像崇拜的证据,分析其实质,从他为我们带来的最强烈的文学愉悦感中挑出这一丝丝虚伪造作的成分,我需要深入我自己的内心。但是,就在我刚刚开始爱上他的著作,还没有发展到后来对他的缺点都视而不见的时候,这样的偶像崇拜肯定是让我震惊不已的。就好比两个人恋爱,刚开始在一起的目的都不太单纯,直到最后才会得到净化。男人接近女人,因为女人能帮他实现她自身之外的目的。可一旦他了解了她，就会因为她本身而爱她，并毫不犹豫地为她牺牲掉那最初的目的。所以说，我最早对罗斯金著作的热爱是掺杂了一些自私的成分，我期望从它们当中获得智性上的裨益。但事实上，我才刚读了几页就感受到里面的力量和魅力，就尽量地不去抵制，不同自己过分地争辩，因为我意识到，倘若有朝一日罗斯金思想对我的吸引力能扩大到他所触及过的一切，或者简单的说，我能完全地浸润于他的思想之中，那我未知的空白将被填满，世界也将因之而丰富起来——那些哥特式的教堂，还有无数的英国和意大利的绘画，我对这些知识的渴望都还尚未被唤醒，而没有这渴望，我也无法得到真正的知识。罗斯金的思想并不像爱默生等人的思想，这些人的思想都基本囊括于一本书中，成为某种抽象，一个纯粹而自成一体的符号。类似于罗斯金这样的人，他们的思想所针对的且与之密不可分的对象并不是非物质的抽象，而是散落于地球表面的真实存在。人们必须四处去寻找这对象，到比萨，到佛罗伦萨，到威尼斯，到国家美术馆，到鲁昂，到亚眠，甚至到瑞士的山脉。这样的思想有其自身之外的物质对象，在空间中展现了自我，不再是无限而自由的，而是受到限制和约束，化身于大理石的雕像、白雪覆盖的山峦和画面上的脸庞；也许不如纯粹的思想来得更为神圣，但它却令我们眼中的宇宙变得更美了，至少是宇宙的某些部分，某些说得出名字的部分，因为它触及了这些部分，促使我们去理解、热爱，并最终融入。

是的，这思想的力量正在于此；宇宙在我的眼中又突然变得价值无穷。由于我对罗斯金的景仰之情，他教会我热爱的东西此时都具有了比生命还要珍贵的价值。我这么说一点也不夸张：我曾经以为自己来日无多，就出发去了威尼斯，只是希望在临死前去实地亲眼看看、亲自感受下那化身于中世纪本土建筑宫殿中的罗斯金的思想，那些宫殿虽然衰败，却依然挺立，依然鲜活。对于一个即将告别人世的人来说，像威尼斯这样一座如此特殊、如此局限于时空的城市到底具

EX LIBRIS
MARIE PAULUSOV
J.V.

有怎样的重要性和现实意义呢？我也许到这座城市研究有关本土建筑的理论，并通过活生生的例子来验证这些理论，但它们又如何成为“支配死亡，让我们对它无所畏惧，甚至使我们热爱它的真理”(勒南)呢？天才的力量就是要教会我们热爱一种我们能感受到比我们自身还要真实的美，虽然这种美在别人的眼中只存在于同我们自身一样具体而易逝的东西中。

诗人写的那句“如果你的眼睛说它们漂亮，我便说他们漂亮”并不完全正确，倘若这诗里说的眼睛就是爱人的眼睛。在某种意义上，无论爱可能给我们带来怎样美妙的补偿，就这同一句诗而言，它大概也是在提醒我们：爱让自然丧失诗意。对于恋爱中的男子，地球充其量是为情人那“可爱的孩子般的双足所准备的地毯”，而自然无非是“她的殿宇”。爱，一方面为我们揭示出许多心理上的深刻道理，另一方面又阻止我们对自然产生诗意的感受，因为它将我们封闭在一种自私的心态中(爱是最高程度的自私，但仍然是自私)，使我们很难产生诗意。与之相反的是，对某人思想的崇敬能时刻激发美，因为它总是在唤起人们对美的欲望。庸常的人往往以为，听凭我们所热爱的书籍的引导会影响我们独立判断的能力。“罗斯金的感受与你何干，你应该自己去感受。”这样的观点实际犯了一个心理学的错误，不会为有信仰的人所接受——因为有了信仰，他们感到自己的理解力和感受力都得到了无限的提高，其批判意识也从未受到损伤。因此，可以说，我们就正好承蒙了天恩的惠顾，我们的各方面能力，我们的批判意识及其他意识才有了增强。于是，这种自愿的服从成为了自由的开端。努力地去体会大师的所思所感也成为了体会自我内心的最佳方式。在这个艰苦的过程中，我们随着大师的思想一道发现了自己的思想。只有拥有目标的人生才是自由的人生：这是冷漠的自由哲学的诡辩，我们早已揭穿其本来面目。那些不断地掏空自己、试图摆脱所有外界影响应维持其个性的作者其实是在无意之间遵从了另一种同样天真的诡辩。事实上，只有我们不相信自己在独立行动的时候，不任意地选择一个努力方向的时候，我们才能真正地发挥出自己智性的全部力量。小说家的主题、诗人的意象、哲学家的真理，这些东西都几乎是不可避免地降临在艺术家的身上，当然也是外在于他们自己的思想的。但只有通过自己思想的媒介来传达意象、接近真理，艺术家才真正成为他们自己。

然而，谈到我对于罗斯金思想的热爱，这一开始多少有些造作、后来又变得如此深沉的激情，我所能借鉴的无非是回忆，一种仅限于追述事实、"丝毫无法重新拥有遥远过去"的回忆。也只有在这样的时候，当我们生命中的某些阶段永远地结束，当我们被禁止悄悄地开启通往那阶段的大门，即使拥有力量和自由也不可以，当我们无法哪怕是短时间地回到曾经熟悉的过去，我们才会反应过来，不相信这些人事已经被彻底抹去了。我们无法再歌唱它们，因为我们未能听从歌德智慧的告诫——诗歌仅存于我们仍然能感受的事物之中。但既然我们无法重新点燃过去，我们希望至少还能收拾其灰烬。既然我们无力再复苏过去，我们至少希望还能重拾过去冰冻的记忆——那些由事实构成的记忆只是告诉我们"你过去这样，你过去那样"，却不能让我们变回过去，只是向我们印证了一个失落的天堂，而无法在记忆中将之重建——来描述过去，来拼凑出一个过去。正是在罗斯金离我们远去的时候，我们才着手翻译他的作品，企图逼真地还原出他思想的闪光。因此，你将读到的并非受到我们的爱与信仰所左右的，你能从字里行间所感受到的唯有我们的虔诚，这寂然无息的虔诚，一如底比斯的处女在忙碌地修复着一座古老的坟茔。

阅读的时光（一）

>

也许，我的童年当中过得最为充实的日子就是那些我与心爱之书共同度过的日子，虽然我以为自己不曾有过这样的日子。所有那些似乎是为他人而存在的，被我当作是妨碍我崇高享受的俗事而置之不顾的——比如小伙伴在我读到最精彩段落的时候来找我玩耍，讨厌的蜜蜂或一束阳光使我不得不从书页中抬起头来或者变换姿势，别人强迫我端来的茶点我放在旁边一动未动，而头顶上的太阳却在蓝天下逐渐退热，晚餐成了我不得不回家的理由，吃晚餐的时候我又只想着赶快吃完上楼把剩余的部分读完——阅读本应让我对所有这些事都不胜其烦，但相反的是，它们镌刻在我心中的回忆如此甜美(以我现在的评价来看要比当时全身心去阅读的东西还珍贵得多)，如果说我今天还偶尔翻阅以前看过的书籍，我也不过是在翻看唯一保存了我青葱岁月的日历，希望能从书页里再看到早已消失的房屋和池塘的影子。

恐怕很多人都和我一样能回忆起自己在假期中的阅读时光，那是一天当中足够安宁、足以庇护我们安静阅读而不受打扰的时光。每天上午，我从公园里回来，而其他的人都还在外出散步，我就会溜进餐厅。由于午餐时间尚早，那里除了年迈寡言的费利西之外就没有别人进来，唯一与我做伴又最尊重阅读的是挂在墙上的彩绘盘子、刚刚撕下前一页的日历、自说自话而不求回应的钟表和炉火——它们的窃窃私语不像人类的语言那样具有意义，不会把我读进去的句子转换成别的意思。我在椅子上坐定，椅子旁边燃着一小堆柴火。对于这堆柴火，我那一大早起来打理花园的叔叔会在午餐的时候说道："这又没什么害处！我可以有点火的。要知道，早上六点的菜园子可真是冷啊！毕竟再过一周就到复活节了！"而现在离我不得不放下书本的午餐时间还有整整两个小时。从紧闭的窗户外不时地传来水泵的汩汩声，水快要从水泵里流出来了，我不由自主地抬起头，向窗外望去：不远处，在花园的幽径边上，有一些用砖块和半月形陶瓦砌成的三色堇花坛；成片的三色堇花盛放着，有些像无比美丽、色彩绚烂的天空，仿佛从教堂的彩窗上倒映出来的艳影，而这样的艳影时常在农家的屋顶之间看到，又有些像暴风雨来临前的阴郁，或者是在暴风雨之后，夜晚来临之时的暮气沉沉。不幸的事，厨娘要早早地进来布置餐桌；要是她能在干活的时候默不作声就好了！可她觉得自己有责任问一句："您看上去不太舒服，需要我把桌子挪近一点吗？"而我仅仅是回答一句"不用，谢谢"，也需要将我嘴里的声音来个急刹车，再从遥远的地方把它拉回来，因为它正随着眼睛的移动而快速、无声地诵读着；我必须得让它停下，让它发出声来，正确地说上一句“不用，谢谢”，这样才能恢复它日常的状态和应答的语调。时间在流逝；人们往往在离午餐时间还早的时候就陆续走进餐厅——他们要么是走累了，抄了条近路，直接从“梅塞格里斯路”赶回来，要么是“有什么东西要写”，上午根本就没有出门。他们当然会客气地说一声“我不想打搅你”，但他们同时又向柴火堆靠拢，看看时间，然后声明现在吃午饭也不错。无论是谁“留下来写点东西”，他们都要向他或她表达一种特别的敬意，微笑地说“您在保持通信呐”，微笑里饱含了尊敬、神秘、猥亵和慎重的意味，好像这小小的“通信”既是国家机密，又是一种特权、一种暧昧关系和一种病态。有些人等不及地坐到自己的位置上，提前做好了准备。这真叫人难过，因为他们让别人误以为午餐时间已经到了，而我的父母也会过早地说出那句致命的话：“好了，合上你的书，我们就要吃午饭了。”一切准备就绪，桌布上摆好了每个人的餐具，只剩下叔叔的玻璃咖啡壶没有上桌了。咖啡壶要等到午饭结束后才拿出来，由园丁兼任厨师的叔叔来亲自冲泡咖啡。那个瓶瓶罐罐的玩意儿复杂得像什么搞物理实验的仪器，只是闻起来很香；而且，看着里面的液体突然沸腾起来，涌入玻璃罩子，然后在充满蒸汽的内壁上留下喷香的褐色残渣，这真是一种享受；还有奶油和草莓，我的叔叔总是以同样的比例将它们混合起来，凭借着他调色师的经验和美食家的直觉，只要粉色的色调一达到要求，他就立马停下来。这午餐时间显得多么漫长啊！我的婶祖母只要对每道菜稍微品尝一下，就能给出她的评价，态度平静得让你觉得即使你驳斥了她的观点也不会得到她的认可。对于小说和诗歌，尽管她很精通，但她总是以女性的谦卑来对其他更有见地的人的意见表示尊重。她相信这属于随心所欲的范畴，个人的喜好无法成为真理的标准。而对于从母亲那里学来的规矩和准则，比如某些菜肴的烹饪方法，莫扎特奏鸣曲的演奏方式，或者优雅的待客之道，她确信自己是完全掌握好分寸的，能够判断出别人究竟做到了几分。更何况，要完美地做到这三件事，几乎都是同样的标准：简洁、适度、迷人。她十分厌恶在菜肴里加入不必要的调味品，厌恶矫揉造作的演奏或过多地使用踏板，还厌恶待客时的态度不够自然或过多地谈论自己。她只要尝到一口菜，听到几个音符，或者接到一个简单的邀请，就马上说自己有了判断，知道这些事物的背后是否有一个好厨师、一个真正的音乐家，或者一个有教养的女子。“她也许技巧比我熟练，但她没什么品位，把一段非常简单的行板都弹得花里胡哨的。”“她也许是个非常出色的女子，有各种美好的品质，但分寸掌握得却不太好，居然在这样的场合聊自家的长短。”“她可能是个经验丰富的厨师，可她不知道怎么才能做好土豆煎牛排。”事实上，土豆煎牛排这道菜是个理想的比赛项目，因为简单所以难做，好比烹饪中的悲怆奏鸣曲，又好比社交生活中，一位夫人跑来向你询问一个仆人的事情，从这个简单的行为中就能看出她是否足够得体、有教养。我的祖父是个很要面子的人，他巴不得每道菜都做得很成功，可他又对烹饪知之甚少，就算哪道菜做砸了，他也品尝不出来。有时候他很愿意承认菜做得不好，可这样的时候少之又少，而且他也只是随便那么一说。于是我的姉祖母总是跟他唱反调，总是有理有据地批评厨师不会做菜，这可太让他难受了。为了避免和他吵嘴，我的姉祖母经常都是用嘴巴沾一下菜，然后一言不发，我们马上就知道她不喜欢这道菜。她尽管保持沉默，可她温柔的眼中透着笃定和坚持，能把我的祖父气得暴跳如雷。他没好声气地央请她发表意见，看到她默不作声的样子又很不耐烦，不断地问她问题，最后开始大发脾气。谁都能感觉到，她是宁可忍受，也不愿被迫承认我祖父的观点：甜点做得并不是太甜。

吃完午饭，我立刻又开始读书；特别是遇到天气暖和的时候，所有人都上楼回各自的房间，我也乐得跑回自己的屋子，爬上一小段逼仄的楼梯，就到了一个独立的平层，平层距离地面很矮，小孩子翻过窗台就能直接跳到街上去。我走到窗户边上关窗户，没有躲掉对面的修枪匠跟我打招呼——每天的午饭后，他总是趁着放下雨篷的机会坐到门口抽烟斗，跟过往的行人问安，行人有时会停下来聊几句。根据被梅坡公司[1]和英国室内设计师们奉为圭臬的威廉·莫里斯理论，一间卧室是否漂亮，就看它是否只陈放了对我们有用处的物品，而任何有用处的物品，哪怕一枚普通的钉子，都不该受到遮挡。这些卧室如此洁净，只剩赤裸裸的铜条床架，光秃秃的墙面上挂着几幅名作复制品。以这样的审美观来看，我的卧室绝说不上漂亮，因为里面到处是些无用的东西，它们还不偏不倚地遮挡住那些尚有用处的东西，让人很难拿到。然而，在我看来，正是这些看起来没什么用处、似乎只为了其自身愉悦而存在的东西才构成了我的卧室之美。白色的帷帐高高挂起，床铺仿佛隐匿在祭坛的深处，而不为人所观瞻；散落的绸料压脚被、花朵图案的床罩、刺绣被套、细亚麻布枕套，我的床铺在白天的时候就消失在这所有东西的下面，好像玛丽月[2]期间笼罩在鲜花和华彩之下的祭坛，到了晚上，我得上床睡觉的时候，就把这些东西小心翼翼地放到旁边的扶手椅上，让它们安稳地在那儿过夜；床铺的边上还有三件套的玻璃制品，印着蓝色的花纹，配套的糖罐和水罐（从我来这里的第二天开始就是空的，因为姑母嘱咐我不要往里盛东西，怕打翻了），好像某种宗教仪式的器具——几乎同旁边小玻璃瓶中珍贵的香橙花液体一般神圣——即使它们不是圣体盒，我也不敢有半点要亵渎或私自使用的想法，我甚至在脱衣服之前还要思虑再三，生怕一不小心碰倒了它们；精巧的镂空钩编长巾为扶手椅的靠背覆盖上一层白色的玫瑰图案，这些玫瑰一定有刺，因为我总是在阅读完之后想起身的时候发现自己被钩住了；为避免磕碰，大大的落地钟躲在玻璃罩子底下，它对着远道而来的贝壳和一朵古老的伤感之花窃窃私语，可它实在太

①梅坡公司（Maple & Co.），伦敦的一家家具制造商，在巴黎开有分店。
②玛丽月，Month of Mary，即五月。

EX-LIBRIS
·CHARLES·P·SEARLE·

重了，根本抬不起来，一旦停摆之后，除了钟表匠之外没有敢给它上发条；白色的镂空花边布像覆盖祭坛一样覆盖着五斗橱，其上装饰有两只花瓶、一幅圣像和一根圣枝，看起来就像圣餐桌（每天卧室整理完之后摆放在那里的祈祷跪凳更让人产生如此的联想），但花边布的花边总是要夹进抽屉的缝隙里，让抽屉完全打不开，就算拿一条手帕，我也不得不把圣像、圣花瓶和圣枝全拿下来，整个人摇摇晃晃的，还得腾出手来扶住跪凳；最后还有薄布窗帘、厚重的细布窗帘和更厚重的锦缎窗帘组成的三层窗帘，它们时常处于阳光的照耀之下，总是像山楂花那样白净、悦目，可最为恼人的是我每次想要打开或关上窗户的时候，这些窗帘都很笨重、死板地在平行的木杆上滑动，然后两两裹在一起，或者干脆三层都裹在窗户上，难分难解，如果我有幸解开了第一层，第二层就会立刻裹进去，缠得死死的，仿佛真有一棵山楂树在那儿扎了根，或者有一只异想天开的燕子在那里筑了巢，以至于最终我不得不在另一位家庭成员的帮助下完成开关窗帘这一看似简单的动作；所有这些物件的存在，不仅满足不了我的任何需要，反而切切实实地制造了一些小麻烦——它们显然不是为了服务于谁才被放置在那里的，它们让我的房间充满了多少私密的情怀，那种选择在此生活并自得其乐的倾向与态度，就像林间空地上的树，或者路边、老墙上的花朵。它们以丰富、静默的生命来填充它，以神秘的气息来装点它，让我的身体失落、沉迷于这神秘之中；它们把这间卧室变作一所小教堂，阳光只要穿透我叔叔安在窗户上方的红色玻璃窗格，就能把窗帘上的山楂花变成粉红，再在墙壁上洒下奇特的闪闪烁烁的斑点，仿佛这小教堂藏身于一座彩窗的教堂大殿之中；由于离得近，我们的房子里能听见教堂钟声的响亮回响，尤其是到了盛大的宗教节日，教堂的临时祭坛通过一条花径与我们的房子相连，我总以为这钟声就在我们家的屋顶下敲响，就在我的窗户正上方——我经常从那窗户里望见手拿日课经的牧师、晚祷归来的姑母，或者为我们带来圣餐面包的唱诗班男孩。至于布朗所拍摄的波提切利的《春》，或者里尔博物馆的《无名女士》复制品，威廉·莫里斯倒是对它们的无用之美作出了让步，允许它们出现在梅坡公司设计的墙壁和壁炉架上，而我必须承认，在我的房间里，它们的位置被一幅欧仁亲王的版画取代了，版画上的亲王身着土耳其式长袍，相貌英俊、威武。我曾经十分震惊地在某个车站餐厅的门口看到过这幅画，那时是晚上，冰雹猛烈地敲击着火车，这幅画就出现在一个饼干品牌的广告里，那亲王仍旧是一副英俊、威武的样子。现在我怀疑这幅画是我的祖父从一个慷慨的制造商那里得来的，后来才一直挂在我的卧室里。可当时的我并不关心它的来路如何，只觉得它神秘、有历史感，我也没有设想它可能是诸多复制品中的一件，因为我把它当作一个活生生的人，它永久地居住在这里，和我共同这个房间，而我每一年都会重新发现它，看到它不变的容颜。可我现在已经很久没有见到它了，估计以后也不会再见到它了。当然，如果我有幸与它重逢，它一定会比波提切利的《春》有更多的话要对我说。我不想效仿那些有品位的人：他们用喜爱的名作的复制品来装饰自己的家，为了减轻记忆的负担，将珍贵的图像托付给木刻的相框；他们完全按照自己的品位来安排卧室，完全排除那些不符合品位的东西。对我而言，只有房间里的一切都是新的，所有生命的语言和生活的品位都迥异于我自己的，没有任何我个人意识的痕迹，我的想象力因潜入非我的核心而激昂奔放，我才感觉到自己在生活和思考；我唯一幸福的时刻，是在我走进一间外省旅馆的时候，不管是俯视港口的车站大道，还是教堂广场，这些旅馆都有一条长长的冷飕飕的走廊，室内的暖气敌不过室外凛冽的寒风，详尽的本地地图仍旧是墙上唯一的装饰，每一种声响都在打破寂静的同时更烘托出寂静，房间里保留着一股陈腐的味道，新鲜空气能将之驱散却无法清除，鼻孔上百次地吸入这陈腐，让人的想象力也能闻见它，想象力为它着了迷，把它作为样本，试图通过思考与记忆来再造它所包含的一切；傍晚，当你打开房门，你感觉自己侵犯了那散落于其中的生命，当你关上门，走进房间，走到桌子或窗户那里，你又感觉自己勇敢地抓住了那生命的手；坐在本地家具商生产的他们所谓的巴黎风格的长椅上，你感觉与那生命在肆意地缠绵；你本来想放开手脚，把自己的东西随便放一放，假装是这房间的主人，虽然里面满是他人的影子，虽然从柴火架子的形状到窗帘的图案都还留有他人梦境的痕迹，或者光脚走一下那陌生的地毯，你仍然感觉自己随处都能触碰到它赤裸的存在；接着你浑身颤抖着去闩门，你感觉自己把那神秘的生命也锁进了身体里；你驱赶着它在你之前上了床，最后和你睡进同一个被窝，宽大的白色被单盖到了你的脸上，就在此时，附近的教堂敲响了钟声，整个小镇又进入了一个对情人和垂死者而言无眠的夜晚。

我刚在房间里读书没多久，就不得不去离村子一公里以外的公园。茶点被装在篮子里带过来，分发给岸边的孩子们，我的书被放在草地上，不准我拿起，可一旦这段强制游玩的时间结束，我就会早早退出下午茶的聚会。稍远一些的地方是公园的隐秘地带，草木相当的茂盛，河流也不再是一条人工的、笔直的河道，河面上没有天鹅嬉水，河道两旁没有讨人喜欢的雕塑，河中央也没有不时跃起的鲤鱼；河流到了那里加快了速度，一路奔涌着出了公园的围墙，成为一条地理意义上的河，一条本应该有名字的河，并且迅速地向四周蔓延开来（它还是那一条两岸都立着雕塑、河面浮着天鹅的河吗？）——它漫延在牛群卧睡的草场中间，把草场的毛茛草淹没了，漫延在草地上，把草地浸泡得泥泞不堪；它在这边和村子相连，最终通向一些据说是中世纪遗迹的破败的塔楼，而在另一边，沿着蜿蜒的长满野蔷薇和山楂树的小径，它通向"自然"，无限地延伸下去，延伸到别的村子，未知的地方。我趁着其他人还在天鹅旁边享用下午茶的时候溜到公园的隐秘地带，找一片树阴底下不容易被发现的地方，然后坐下，背靠修剪过的榛子树丛，仔细地观察石刁柏的苗床，草莓园的边缘，经常让马匹转着圈来抽水的水池，"公园尽头"的白色大门，还有更远处，开满罂粟花和矢车菊的草地。我藏的地方很安静，几乎没有被发现的可能，更让我有安全感的是，我能听见低处有人在到处呼唤我的名字，有时候甚至都离得越来越近了，已经爬上几道坡坎了，竟也没有发现我，只好悻悻地转身离开；之后就再没有声音了；除了从平原那边不时传来的金色钟声，悠远旷达，仿佛来自蓝天之外；这钟声本来该提醒我时间的，但它过于的轻柔，我的周围又过于的安静，根本听不清那最后的几响，所以我完全没办法判断究竟是响了几下。它不同于你回到村子时听到的雷鸣般的钟声——当你走近教堂，教堂就恢复了它挺立、坚实的外表，石板的烟囱帽也在傍晚的天空下特别显眼——这样的钟声到了广场上就裂成碎片，为了传扬“世间之善”。当钟声传到公园尽头时，已经变得十分轻柔、微弱了，它并不是专门为我鸣响的，而是为整个村庄，为所有的村庄，为那些田间地头的百姓而鸣响的，它根本无意要我抬头观望，只是从我身边经过，把时间传递到更遥远的地方，不曾看见我、认出我或者打扰我。

有时候，回到房间里，在我的床上，晚餐之后的很长时间，傍晚最后的时光也能为我的阅读提供庇护，但这些时光我只用来阅读一本书最后的章节，如果这本书很快就要读完的话。为此我要冒上双重的风险，要么被家人发现受到惩罚，要么把书读完之后整夜地失眠，只要父母一上床休息，就立马把蜡烛重新点燃；此时，在旁边的街道上，在一片沉寂的修枪匠铺子和邮局之间，深邃、湛蓝的天空繁星密布，左边是蜿蜒上升的巷道，人们通过它前往高处的乡村教堂，你能感觉到教堂宏伟的黑色后殿正在守望，因为那里面的雕像晚上是不睡觉的，这教堂虽小却是历史悠久的，它是神奇的居所，里面有慈爱的主、圣体面包、彩色的圣徒像，还有来自邻近庄园的妇人，这些妇人在节日期间“乘着她们的全套马车”来做弥撒，穿过市场的时候惹得众人瞩目、鸡鸭乱叫，等到要回去的时候，一众信徒刚刚推开前厅的大门，驱散了殿内逡巡的小鸟，她们便从门廊的阴影中走出来，还不

von Zur Westen

忘了到广场的点心铺子里买些塔形的糕点，这些糕点都用帘子遮挡住日晒——曼格黄油蛋糕、奶油小饼、杏仁果酱小蛋糕——且对我而言，它们慵懒甜美的香气总是和大弥撒的钟声、礼拜日的欢乐掺杂在一起。

终于，书的最后一页也看完了，整本书都结束了。我的眼睛疲于奔命，我的嗓音也跟着一路奔波，默不作声，只在中途稍作喘息，而现在它们的旅程都在一声沉重的叹息中戛然而止。为了平复我的内心，为了能让它平静下来、控制好自己的活动，我会起身在床边来回地踱步，而我的双眼依旧注视着某个既不存在于室内也不存在于室外的点，这个点是隔着一个灵魂之外的距离，无法用“米”或者“英里”来衡量，如果你看到某人心思“在别处”时的那种“凝望”的眼神，你肯定能发现这样的距离。那么，这本书就如此了结了吗？对于书中的人物，我们投入了比对现实人物还要多的关注与情感，还不敢轻易地表现出我们到底有多么爱它们，甚至在我的父母看到我读书读得如此动情，对我微笑的时候，我还假装无动于衷或者假装无聊地合上书；我们再也看不到这些曾让我们哭泣、向往的人物了，再也听不到它们的消息了。在最后几页的“后记”中，作者本人已经残酷地、冷淡地将它们“隔离出去”，这样的冷淡是令人难以置信的，因为我们知道他曾经多么热切地一步一步地追踪这些人物。他向我们详细讲述了它们生活中的每一个片段。然后，突然间，“这些事情过去二十年之后，你也许还会在富热尔的街上碰见一位老人，他的身姿依旧挺拔，等等”。[①]还有婚姻，我们整整读了两卷才看

①普鲁斯特注：我必须承认，对直陈式未完成过去时的某些运用——那残酷的时态将生活描绘得既短暂又被动，在追述过去的动作时使之沦为一种幻觉、陷于过去的虚无之中，而不像完成时态那样留给我们行动的慰藉——让我始终感觉像是产生无尽的神秘悲哀感。即使到了今天，我可以连续几小时冷静地沉思死亡；但我只消打开圣伯夫《星期一丛谈》中的一卷，碰巧看到拉马丁的这段文字（关于达尔巴尼夫人），“那时在她身上没有什么还让人想起【rappelait】……她曾经是【c'était】一个矮小的女人，她的身形迫于身体的重压而难以显现，等等”，我就立刻感到自己被最深沉的忧郁所侵蚀。在某些小说中，作者希望读者受苦的意图十分明显，我们就更要抱紧自己了。

到一桩婚事有了成功的可能，一开始还是很担心的，后来慢慢地发现每一个障碍都遇到了、排除了，又感到格外欣慰，但只有在后记里，我们才从一个小人物不经意的一句话中得知婚礼已经举行了，连婚礼确切的时间也无法知晓，这简直让人莫名其妙，仿佛这后记是出自某个毫不关心读者感受的人之手，而非作者本人。我们多么希望这本书继续写下去，或者，实在不行的话，多了解一些有关人物的情况，了解下它们现在的生活，以我们自己的生活体验去感受我们与它们之间爱的维系①，尽管这爱的对象已经在瞬间离开了我们；我们不希望自己的爱是徒劳的，哪怕只有一个小时，不希望自己今天爱过的人明天就成为一个被遗忘的名字，仅仅停留在一本与我们的生活不相干的书里面——对于这本书的价值，我们以前肯定是评估错了，因为我们现在看得出来，就像我们的父母曾经不屑地教导我们的，它后来的命运根本不像我们当初所想象的那样包含了全宇宙以及我们个人的命运，而只不过是在一个律师的书架上，在一册册乏味的《彩图时装报》和《厄尔-卢瓦尔省地理》之间占据着一个狭小的位置。

在谈到《国王的宝藏》一文之前，在试图阐明我为何以为阅读并不像罗斯金所说的那样应当在生活中占据主导地位之前，我感觉有必要为美好的童年记忆破个例，这样的读书经历肯定对任何人来说都是一种恩赐。毫无疑问，以上的赘述只是更好地证明了我在开头所说的：阅读留给我们的主要是当时当地的印

①普鲁斯特注：我们可以间接地，通过并非完全虚构、带有深厚历史背景的书来验证这一点。例如巴尔扎克，他的著作在某种意义上来说并不纯粹，混合了思想和未经充分改造的现实，有时就尤其适合这种阅读方式。他至少拥有了像阿尔贝·索莱尔这样最令人敬佩的“历史意义的读者”，后者为《黑暗的勾当》和《现代史内幕》写下了精彩无比的评论。的确，阅读的乐趣既热烈又平和，它多么适合索莱尔先生的探索精神和沉稳有力的身体；在阅读中无数诗意朦胧的幸福感从我们的身心深处欢快地腾飞，为读者的遐想营造出蜜糖般金黄甜美的愉悦感。索莱尔先生的评论艺术已臻至完美，他能将许多深刻独到的见解融入到一次阅读体验中，且并不限于半历史性的作品。我会永远记得——并衷心感谢——他为我的《亚眠的圣经》的法文翻译写下的真知灼见。

象。我也未能逃脱它的魔咒；我虽然想谈阅读，但我谈到了书籍以外的一切，因为阅读向我倾诉的并非书籍。但也许阅读赐予我的点滴回忆也能在我的读者心目中复苏，当他徜徉于鲜花遍地、曲折迂回的小径时，能慢慢引导他用想象力去重建最初的所谓“阅读”的心理活动，让他能够像聆听自己内心一样地去聆听我接下来要提出的陋见。

我们知道，《国王的宝藏》是罗斯金于1864年12月6日在曼彻斯特附近的拉绍尔默市政厅所作的有关阅读的演讲，其目的是为了帮助拉绍尔默学院创办一所图书馆。12月14日，他作了第二次演讲——《女王的花园》，讨论女性的作用，主要是为了在安科茨建立学校。科林伍德先生在其著作《罗斯金的生活与作品》中说，“那一整年他都待在家里，除了……晚上频频造访卡莱尔。他12月份在曼彻斯特作了一系列演讲，这些演讲后来收入《芝麻与百合》一书，成为他最广为流传的作品；从他更为积极的思想态度中，我们可以推断出他当时的身心健康均有所改善。他谈论英勇、高贵、坚忍的理想观，他坚信书籍与公共图书馆具有重要的价值，从这些言谈中，我们可以听见卡莱尔的思想在回响——卡莱尔是伦敦图书馆的创办人。”

然而，在此我只想讨论罗斯金的理论本身，不想追究其历史渊源，所以我也许能用笛卡尔的一句话来准确概括其理论：“阅读优秀的作品就像是在和过去时代最优秀的人物对话。”罗斯金也许并不知道这位法国哲学家这多少有些枯燥的比喻，但这观点却贯穿了他的演讲，只不过，它被穿透英格兰薄雾的金色阳光笼罩了起来，一如那些他所钟爱的英国画家笔下的风景。“即使我们有择友的意愿和眼界，多少人又有这能力呢？或者说，对大多数人来讲，选择的范围是多么的狭小！……我们无法知道自己会选择谁……幸运的话，我们可能瞥见一位伟大的诗人，聆听他的声音；或向科学家提问，得到友善的回答。我们可能占用一位内阁部长十分钟的谈话时间，……或者，在我们的有生之年，抓住那么一两次机会受到女王陛下仁慈的瞩目。我们渴求这些短暂的运气；我们用时间、激情和能力去追求的也不过如此；可与此同时，另有一群人永远向我们敞开怀抱，愿意与我们交谈，不论时间多久，不论我们的地位或职业如何；……他们人数众多、温文尔雅——他们可以在我们身边等上一整天，不是要准允，而是要争取听众来聆听——就连国王和政要们都得耐心地守候在那朴素狭窄的接待室，即我们的书架上，但我们并不以为然，可能一整天都不曾听他们说一句话！”“你也许会说，”罗斯金补充道，“你更喜欢跟活着的人交谈，因为你能看到他们的脸。”等等，在驳斥了第一个、第二个反对意见之后，罗斯金表明，阅读恰恰是在和比我们周围可能遇见的人要智慧、风趣得多的人对话。在本文的注释中，我试图说明阅读并不等同于对话，哪怕是和最智慧的人对话；一本书和一位友人的本质区别不在于智慧的多少，而在于我们与之交流的方式，阅读与对话相反，它能使我们每个人在接受他人思想交流的同时保持孤独，也就是说，我们在阅读时能继续享有孤独时的智力优势，继续寻找灵感，继续高速、有效地运转大脑，而一旦开始对话，这种优势便消失殆尽。假如罗斯金对他后来所陈述的其他现象进行归纳总结，他很可能会得出类似的结论，但他显然没有去探求阅读的核心意义。为了教导我们阅读的价值，他只讲述了一个动人的柏拉图式的神话，以希腊人的简洁方式——希腊人为我们揭示了几乎所有的真理，却把深入探索真理的任务交给了现代的有心人。然而，考虑到阅读的本质，考虑到阅读作为一种孤独状态下的交流所取得的不可思议的丰硕成果，我认为阅读的内涵比罗斯金所定义的更为丰富，但即便如此，我也无法像罗斯金那样认同阅读能在我们的精神生活中占据主导地位。

其地位的局限性源于其功能。我仍然要回到童年的阅读体验去发现这些功能究竟是什么。你刚刚看到我在捧读的那本书，在餐厅的炉火边上，在我的卧室里，在盖着长巾的扶手椅里，或者下午天气好的时候，在公园的榛子树和山楂花下——无边无尽的原野，各种气息都从远处来到我身边，无声地为我灵敏的鼻孔送来苜蓿和驴食草的香味，令我不时地抬起疲倦的双眼：那本书，就算你的双眼凑近了来看，恐怕也无法透过二十年的时间把它分辨出来，而我的记忆，凭借它更强的、适应时间的观察能力，能够告诉你它的名字：《弗拉卡斯上尉》，戈蒂埃著。书里有两三个句子是我认为全书当中最美、最独特的。我无法想象还有别的作者可以写出与之媲美的句子。但我感觉这美对应了一种真实，戈蒂埃只允许我们在每一卷中有一两次机会能瞥见这真实的一角。我想他必定是掌握了这真实的全部，于是我渴望阅读他所有的作品，那些作品应当有同样美丽的句子，其主题也应当是我所感兴趣的、希望聆听到他观点的内容。“笑就其本质而言并不残酷；它将人与动物区别开来，就像希腊诗人荷马的《奥德赛》所表现的，它是神圣、永生的神灵们的特权，他们在永恒的时光里闲混，像奥林匹斯诸神一般笑了个够。”[①]这句话真正令我心醉神迷。我以为，也只有戈蒂埃才能向我们展示出这样的中世纪，才能让我透过中世纪窥见那奇妙的古代。但我更希望他不要把这句话说得太隐蔽了，不要先用大量的我不熟悉的术语来描述一个我根本无法想象的城堡，而是满篇都采用这样的句子，直截了当地告诉我一些我看完书以后

①普鲁斯特注：实际这句话在《弗拉卡西上尉》里是找不到的，至少不是以这样的形式出现的。我们没有看到“就像希腊诗人荷马的《奥德赛》所表现的”，而只看到“根据荷马的说法”。但是，既然书里的其他地方出现过“就像荷马所表现的”和“就像《奥德赛》所表现的”等类似的说法，它们给予我同等程度的愉悦感，我就擅自将所有的美都融于一体，以便给读者呈现一个更为震撼的例子，反正，说实在的，我对这些表述已不再有宗教般的虔敬之心了。在《弗拉卡西上尉》的其他地方，荷马也被描述为希腊诗人，我也确信这一点曾令我着迷。可我无法准确地重拾这些忘却的欢乐，无法确定我在一句话中堆积了这许多美妙的辞藻是否做得太过火，是否越过了界限！我只是感觉自己做的还不够。我遗憾地意识到，我过去漫步于砾石小径，对着河岸上低垂的鸢尾花和长春花反复地吟诵《弗拉卡西上尉》里的那句话，倘若我能像今天这样自作聪明地在戈蒂埃的一句话中堆积起许多迷人的辞藻，那我当时的欣喜之情也必定更加甜美，尽管它今天已不再带给我任何愉悦。

还能继续了解和热爱的东西。我更希望这位掌握真理的智者能告诉我如何正确地看待莎士比亚、圣梯纳、索福克勒斯、欧里庇德斯和西尔维奥·佩利科，我曾在一个寒冷的三月读了佩利科的书，每次合上书以后，我都要起来走动、跺脚，沿着小路慢跑——我刚刚读完的书，我久坐不动所积攒的能量，还有那街上吹过的清新的风，都让我感觉兴奋不已。我还特别希望他能告诉我，如果我重读六年级，或者长大以后成为外交官或高等法院的律师，是否就有更大的机会接近真理。然而，这美丽的句子刚一写完，他就马上开始描绘一张"铺了厚厚的尘土、手指都能在上面写字"的桌子，我实在无法将注意力集中在如此微小的事情上；我只好退而求其次地猜想他还有那些作品能满足我的好奇，让我洞悉他全部的思想。

的确，优秀作品最伟大、奇妙的特点之一（同时让我们看到阅读在我们的精神生活中能够起到的基本而有限的作用）就在于它们对作者而言是"结论"，对读者而言却是"激励"。我们强烈地感受到，作者的智慧穷尽之后，读者的智慧才真正萌芽，我们希望作者能给予我们答案，但他们所能做到的只是激发我们的欲望。他们极尽自己的艺术才华来实现至美，而他们只有让我们专注这美，才能在我们身上唤醒欲望。根据一个独特而神奇的精神法则（这法则意味着我们也许无法从任何其他人那里获得真理，而必须自己去创造真理），作者智慧的终点正是我们智慧的起点，所以尽管他们已经把话说尽了，我们却感觉他们什么也没有说。此外，如果我们拿一些他们无法回答的问题来问他们，我们仍旧是在向他们索要一些毫无用处的答案。因为诗人在我们心中激起了爱，其作用之一便是让我们以现实的眼光来看待那些对他们而言只富有情感意义的事物。在每一幅为我们呈现的画面中，他们似乎只允许我们瞄一眼某个奇妙的完全陌生的世界，而我们却希望进入那奇妙的深处。"请带我们去吧，"我们想对梅特林克先生和诺阿伊夫人说，"去那开满古老花朵的泽兰花园，沿着'苜蓿和艾蒿'飘香的大道，去所

EX LIBRIS
PIERLUIGI
GEROSA
CHI NON CORRE VEDE
LE COMETE E VIVE FELICE

有你们在书里未曾提到却认为同样美好的地方。”我们想去看看米勒的《春季》中所描绘的那一片田野(因为画家能和诗人一样教育我们),想让莫奈带领我们去塞纳河边的吉维尼,去看看那晨雾之下几乎难以分辨的河湾。可实际上,不论诺阿伊夫人或梅特林克先生,不论米勒或莫奈,他们选择去描绘那条路、那座花园、那片田野、那段河流,而不是别的什么,仅仅是因为巧合,因为某个熟人或亲戚的关系让他们有机会经过或停留于那些地方。它们就像某种飘忽不定的倒影反映着它们在天才心目中的形象,因而在我们看来比其他的地方更美更独特;从天才可能描绘的所有景象的顺从、漠然的面孔上,我们大概都能看到这形象专横而醒目的存在。他们利用这表象来迷惑我们,让我们失望,想要走到表象以外的地方,于是这表象构成了某种意义上不具有深度的东西——截留于画布的幻象——一种愿景。我们渴望的双眼想要穿越的迷雾是艺术家最后的一句话。而作家与艺术家一样,其至高的才华无非是为我们撩开丑陋与卑微的一角,让我们在宇宙面前显得无动于衷。随后他说:“看啊,看啊,

飘荡着苜蓿与艾蒿的芳香,
拥抱着狭窄奔腾的溪流,
正是埃纳与瓦兹的村庄。

“看那泽兰的房舍,粉红闪亮如一只贝壳。看啊!要学会去看!”可他在说话的同时就消失不见了。这便是阅读的价值所在,也是它的不足之处。要把阅读上升到行为准则的高度是对“激励”作用的过分夸大。阅读是精神生活的开始;它将我们引入精神生活:它并不构成它。

但在某些情形下,比如精神抑郁症的病例,阅读也许能够成为一种治疗的行

为准则，通过反复的激励，将慵懒的心灵不断地带回到精神生活中去。此时书籍所起到的作用便类似于针对某些神经衰弱症的心理疗法。

我们知道，在某些神经系统的疾病中，虽然器官本身并无受损，患者却深陷一种意愿失效的状态而无力自拔，倘若没有一只强有力的援手伸向他，他便只有日渐衰弱的命运。他的大脑、双眼、肺部和胃部均很健全。他并不是真的丧失了工作、行走、耐寒和饮食的能力。他完全有能力去实施这些行为，但他无法产生实施的意愿。对于这样的意愿怠惰，他无力通过自身来得到改善的推动力，如果没有外界的帮助，没有一名医生来刺激他的意愿，重塑他各种器官的活力，那么器官的不断衰竭将最终导致无可挽回的后果，形同于他得了某些他本没有的疾病。类似的情况也出现在某些人的精神层面，他们往往出于懒惰[①]或轻浮而难以主动地深入到自己的内心，无法开始真正的精神生活。事实上，一旦有人将他们引入这自我的深处，他们并不缺乏发现和探索其丰富性的能力，只是碍于外界的干扰，他们才始终停留于表面，始终将自我遗忘，被动地成为各种娱乐的工具，甘心与那些不着边际、只顾插科打诨的人为伍，就好比一个出身高贵却自童年时代起便与街头盗贼厮混的人，他早已忘记了自己的名姓，根本不可能再有机会感受

①普鲁斯特注：我在冯塔纳身上便感到这懒惰的苗头，圣伯夫曾评价他说："他身上的享乐倾向非常强烈……若不是这些耽于物质的习性，以冯塔纳的才华，他能创造出更多……更持久的作品。"可别忘了，无能的人总是说自己并不无能。冯塔纳说过：

照他们的话说，我是在浪费时间，
只有他们才为这世纪增光添彩
还向我们保证他很勤勉。

柯勒律治则是一个更加病态的例子。"在他的时代，或者任何别的时代，"卡彭特说（转引自里博的杰作《论意志的疾病》），"没有一个人像柯勒律治那样将哲学家的逻辑能力同诗人的想象力集于一身，等等。但也没有一个人像他那样，如此天生禀赋却又如此浪费才华：他个性中的重大缺陷就是缺乏运用天赋的意志力，纵使他脑中浮动着宏伟的计划，他也从未真正努力地去实现哪怕一个。他的创作生涯刚开始起步时，他曾遇到一位十分慷慨的书商，书商许诺为他吟诵的每一首诗支付三十个几尼，等等，但他宁可每个星期都去乞讨，也不愿意将脑子里现成的诗句写下来。"

到或回忆起自己高贵的精神，除非有什么外界的推动力来迫使他们重新回到精神生活中去，让他们猛然间恢复思考自身和创造的能力。因此，很明显的是，怠惰的心灵必须在孤独的状态下接收这来自外界的推动力，正如我们之前所说的，孤独才能产生创造活动，而创造力又需要受到外界的激发。单纯的孤独对怠惰的心灵一无是处，因为它无法促成创造力的自我运转。而高深的谈话和咄咄逼人的建议也无济于事，因为它们无法直接产生这种独特的活动。现在所需要的是一种来自于他人却作用于自我深处的影响力，它是产生于另一个心灵的推动力，我们在孤独的状态下接收它。我们已经看到，这恰恰是阅读的定义，而且只适用于阅读。因此，唯一能够对这样的心灵施加有益影响的行为准则便是阅读：借用一句几何术语，证明完毕。但我还要强调，阅读只能作为激励，决不能代替我们的个体活动；它仅仅旨在帮助我们恢复其功能，就像我前面类比过的神经疾病，心理医生只能为患者恢复其意志力去运用自己仍然健康的胃部、腿部和大脑。我们无法确定，是否所有的心智都多少有些这样的惰性、深层的滞止，是否阅读激发的兴奋感能为我们的工作带来不太必要却很有利的影响，但据说许多作家都有创作前先读点好文章的习惯。爱默生很少不重读几页柏拉图就开始写作。但丁也并非唯一由维吉尔引入天堂大门的诗人。

只要阅读能够激励我们，用它神奇的钥匙为我们打开我们不知该如何进入的内心，那么它对我们的生活便是有益的。相反，如果它不是唤起我们去发现心灵的私隐，而是试图取而代之，那它就是危险，真理对我们而言就不再是必须通过独立的思考和心灵的感悟才能实现的理想，而流于一种书页之间的物质存在，好比他人酿好的蜂蜜，我们只消把它从书架上取下来，然后身心舒适地享用即可。有时，甚至在一些特殊的、不那么危险的情形下，真理始终像是什么外在之物离得我们十分遥远，隐藏在难以到达的地方。比如某些机密的资料，未发表的通信或回忆录，可能会出人意料地披露某些人物，但我们却很难获悉。心智既然懒于从内心寻求真理，如果它发现这真理就存在于外界，被小心翼翼地保存在荷兰一所隐修院的对开本书籍中，那是怎样的欢喜和慰藉啊，尽管要花些工夫去寻找，但那只是身体上的劳顿，心智却是无比的惬意。这将是一段漫长的旅途，你乘坐驳船穿越风声呜咽的沼泽地，岸边的芦苇如波浪般起伏不定；你停靠在多德雷赫特，屋顶上覆盖着常青藤的教堂倒映在安静的纵横交错的运河里，倒映在金色的波光粼粼的默兹河上，夜晚的船只划过水面，把一条条红色屋顶与蓝色天空的倒影搅得七零八碎；但我们一直等走到了目的地，都还没有确定能否借阅到这本书。为此我们必须使出强大的社交手腕，比如结交那位尊敬的乌得勒支大主教（他有一张英俊的四方脸，叫人想起以前的詹森教徒），还有阿姆斯福特那位虔诚的档案保管人。在这样的情况下，获得真知就好像某种外交使命的胜利，旅途不可谓不艰险，谈判不可谓不艰辛，但那又有何妨呢？在乌得勒支这个古老的小教堂里，所有成员的意愿决定了我们能否获得真知，而他们都是多么可爱的人儿啊，长着一副有别于普通人的十七世纪的面孔，与他们保持联系，至少写写信什么的，该是多么的有趣啊。他们将时不时地写来满怀崇敬的信件，让我们对自己都高看一眼，于是把信件作为证据和珍藏保存下来。有一天，我们不会忘记将自己的书题赠给他们，是他们赠予我们真知，我们却只能以此作为回报。至于那些少量的研究工作，我们必须在修道院的图书馆付出的短期劳动，这都是获取真知所不可或缺的前提条件——为慎重起见，防止真知溜走，我们还给它作了笔记——只有不知好歹、忘恩负义的人才会去抱怨辛苦：古老的修道院里是如此的安宁、清冷，修女们仍旧戴着两边扎有白色垂饰的高帽，一如客厅里悬挂的那幅韦登的画作；当我们工作时，十七世纪的排钟声温柔地驱走了运河水的寒冷，只消一点昏昏的太阳，平静的运河上就能反射出足以让我们眩晕的光亮，那光亮从运河两岸的双排树之间透过来，树上的叶子早在夏天结束时落光了，剩下光秃秃的枝条去抚摸三角形房舍上悬挂的镜子[①]。

有些人以为真理是听从外界的影响，而忽略内心的呼唤，以为随便拿几封推荐信，就能从那些掌握了真理的物质载体的人手里得到也许连他们自己都一无所知的真理，以为真理允许被誊抄在笔记本上，这样的真理观还远不是最危险的。对于历史学家甚至是学者来说，通常情况下，他们从书中寻求来的真理与其说是真理本身，不如说是真理的标识或印记，因而就为另一个所谓真理的实现或验证埋下了伏笔，而这一个至少还算得上他们思想的独特创造。文人则完全不同。他是为了阅读而阅读，为了留住阅读的对象而阅读。书籍不是他打开天堂花园大门那一瞬间振翅高飞的天使，而是静止的偶像，他因为它自身的缘故而崇拜它，不但没有从书籍激发的思想中获得一种真正的尊严，反而以一种虚假的尊严来污染书籍。文人微笑地援引书中的内容，向维尔阿杜安或薄伽丘作品中的人物表示敬意，[②]或者对维吉尔笔下的某些风俗表示赞同。他的思想没有独创活

①普鲁斯特注：毋庸讳言，在乌得勒支附近寻找这家修道院毫无意义，这整段文字都纯属虚构。我的灵感来自雷翁·塞舍的书中针对圣伯夫所写的如下文字："他（圣伯夫）在列日的时候，有一天突发奇想地要和乌得勒支的这间小教堂取得联系。时间已经很晚了，乌得勒支距离巴黎很远，我不知道是否'沉迷'一词足以让阿姆斯特福档案室的大门为他敞开。我对此颇为怀疑，因为即使在《波尔罗亚尔》的前两卷之后，那虔敬的学者主管这些档案，等等。圣伯夫好不容易得到善良的卡斯坦先生的允许，瞧了一瞧那些纸箱子……打开《波尔罗亚尔》的第二版，你能发现圣伯夫对卡斯坦先生的感激之情。"至于旅程的细节，则全凭实际的印象去拼凑。我不知道去乌得勒支是否要经过多德雷赫特，但我说得像亲眼见到一般。我在前往沃伦丹而非乌得勒支的旅途中乘坐过穿越沼泽的驳船。我安排在乌得勒支的运河实际上位于戴夫特。我在博恩医院里看到过一幅韦登的画作；我遇到过我相信是来自弗兰德斯一个修道院的修女，她们仍然戴着旧式的头饰，这头饰出现的地方是我在荷兰看到的其他画家的画作中，而非韦登的画作中。

②普鲁斯特注：纯粹的势利还要无辜一些。喜欢与某人交往是因为其先祖参加过十字军东征，这属于虚荣的范畴，与智性无关。但如果喜欢与某人交往是因为其祖父的名字频繁出现在维尼或夏多布里昂的笔下，或者（我必须承认这对我是真正不可抗拒的诱惑）因为其家族的纹章（该女士即使没有纹章也非常值得我们敬仰）出现在亚眠圣母院的大玫瑰窗上的话，那就是智性犯罪的开始。我在别处已经用很长的篇幅讨论过这个问题，所以此处就不再过多强调了，尽管我还有很多话要说。

动，不能从书中找到增强心智的东西，却只能囫囵吞下、消化不良；书籍为他带去的不是可吸收的、生命的信念，而是异质的、死亡的拖累。当然，如果我要说这种对书籍的喜爱、拜物般的崇拜是不健康的话，那也是相对于完美心智的理想习惯而言的，但完美的心智并不存在，就好像生理学家所描述的器官的正常运转在常人身上很难见到一样。然而，在现实生活中，尽管完美的心智和完全健康的体格同样稀少，那些被我们称为“伟大心灵”的人物竟然也和其他人一样会染上这种“文学病”。也许比其他人更为严重。智力增长了，对书籍的热爱似乎也水涨船高，虽然略低于前者，但仍处于同一水平线上——任何激情都会出现爱屋及乌的现象，不仅涉及对象周边的事物，还有那些能和对象发生联系的事物，即使对象并不在场。因此最伟大的作家如果不与自己的思想做直接交流，就喜欢与书籍为伴。它们难道不正是为了他们所写吗？它们难道没有向他们揭示出那许多为大众所不知的美吗？但事实上，就算崇高的心智也可能被称为嗜书的那一类，这并不代表任何人嗜书都不是一个缺陷。平庸之人通常勤勉，聪明人则常常懒惰，可这并不能得出勤奋不比懒惰更能锻炼心智的结论。尽管如此，在伟人身上看到我们自己的缺点总会促使我们去联想，这缺点是否根本是一种被误会的美德；我们不无愉快地发现雨果将昆提斯·库尔提乌斯、塔西佗和查士丁尼一世的著作烂熟于胸，如果某个词的合理性当着他的面受到质疑，他会马上旁征博引地追述其来龙去脉。（我在别的地方已经解释过，在雨果身上，学识是滋养了而不是压制了他的天才，正如一捆木柴能扑灭一小簇火苗却能使一大簇火焰燃得更旺。）梅特林克在我看来是文人的反面，他永远敞开自己的心灵去接纳那些由蜂巢、花圃或者牧场所激发的无数莫名的情感，当他以收藏家的身份描述雅各布·凯茨或桑德儒斯神父的老版著作里的版画时，我们大可不必担心他有展示学识甚至堆砌书本的倾向。这些倾向即使存在，它们也主要威胁我们的感受力，而非智力；要

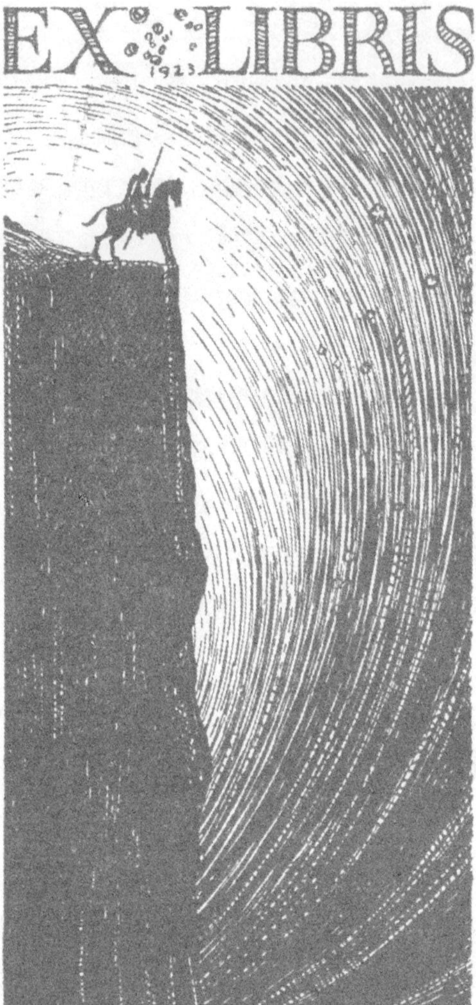
EX LIBRIS
1923
B·SOWERBY·
SIDNEY HUNT

想从阅读中趋利避害,如果我能这么说的话,那思想家要比想象力丰富的作家更为擅长。比如叔本华,他让我们感觉他的心智如此富有活力,能轻松地负荷大量的阅读,能让每一条新的知识迅速地被消化、吸收为现实和生活的一部分。

叔本华提出任何的见解都会采用数条的引文来进行佐证,但你会觉得,他所引用的不过是为了举例之便,是下意识的或前瞻性的引喻,他喜欢在这样的引喻中发现自己思想的某些特点,但它们绝不构成他灵感的来源。我还记得《作为意志与表象的世界》中的一页,其中大约有连续二十条引文。这段文字的主题是悲观主义(我会将这些引文加以缩写,这是自然):"伏尔泰在《老实人》中以轻松愉快的方式同乐观主义作战。拜伦则在《该隐》中以其悲剧性的风格做了同样的事。希罗多德记叙色雷斯人用哀歌来迎接新生儿的降生,却为每一个死者感到欣喜。这也是普鲁塔克用以下动人的文字所表达的:这遭遇太多不幸的人儿,他为了自伤自怜而被孕育,等等。墨西哥人的祈愿习俗必然是来源于此的,斯威夫特肯定也有同感,他从年轻时代起就习惯于将自己的生日作为苦难日来庆祝(如果我们相信司各特爵士的传记的话)。大家都知道柏拉图在《苏格拉底的申辩》中的一个段落说死亡是值得赞扬的善。赫拉克利特的箴言也表达了同样的意思:如果说生命的名字是"生命",其作品却是死亡。特奥格尼斯动人的诗篇十分著名:人最伟大的命运便是不曾出生,等等。索福克勒斯在《俄狄浦斯在克洛诺斯》中简述如下:不诞生便远胜其他,等等。欧里庇德斯说:人的一生充满痛苦(《希波吕托斯》),荷马也早已说过:无论何地,所有呼吸的生物都没有人类悲惨,等等。普林尼也这样说:没有什么好过适时的死亡。莎士比亚从年迈的亨利四世王口中说出:'噢,如果此景可见——最幸福的青年——当合上书本,坐下死去。'最后还有拜伦:'死去更妙。'巴尔塔莎·葛拉西安在《批评大师》中用最黑暗的色调描绘生存,等等。"要不是叔本华已经把我带到这么远的话,我还很愿意用

《智慧书》来结束这段小小的论述，这本书在我所有读过的书中最能够突显一位博览群书者的原创力，它的每一页都包含了数条的引用，因此叔本华可以在其书眉上郑重其事地写上："编纂并非我的强项。"

说到友谊，个体之间的友谊自然无足轻重，但阅读也是友谊的一种形式。阅读的友谊至少是真诚的，它面对着死者或不在场的人，因而具有了一些无私、感人的成分。并且，这样的友谊摆脱了其他友谊所包含的丑恶。既然我们所有的生者都只是尚未赴约的死者，我们在大厅里给予别人的所有问候和敬意，虽然我们称之为尊敬、感激或虔诚，却被我们掺入了太多的谎言，就成为了枯燥和毫无意义的东西。此外——从我们第一次产生同情、景仰或感激的关系以来——我们最早说出的话、写出的信就已经开始在我们的周围编织一张习惯之网，形成一种真正的生活模式，让我们在今后的友谊关系中无法摆脱出来；更何况，我们在这期间所说的多余的话，就像期票一样要求我们必须兑换，如果我们拒绝了，就会终身以更大的代价来偿还。而阅读让友谊迅速地回归到其原初的纯粹。与书籍相处并不存在虚伪的友善。如果我们整个晚上都与之为伴，那只是因为我们真心希望如此。我们常常带着遗憾离开它们。离开之后，我们也不会有这些让友谊变味的念头——"他们是怎么看待我们的？""我们是否表现得体？""他们喜欢我们吗？"或者担心对方因为喜欢别的什么人而将我们抛诸脑后。所有这些关于友谊的疑惧都在阅读这一纯粹、平和的形式面前消失了。我们无须对书籍毕恭毕敬，只要我们觉得莫里哀的话好笑，就尽可放声大笑；如果他让我们感觉无聊，我们也毫不掩饰无聊，等我们读够了，就干脆把他放回原地，根本不管他是不是个天才或者名人。这种纯粹的友谊笼罩在静默的氛围中，比话语来得还要纯粹。因为我们说话是为别人，而沉默是为自己。所以沉默不像话语那样携带我们的错误或造作的痕迹。它是纯粹的，一种真正的氛围。在作者与我们个人的思想之间没有夹杂双方深层次的自我对于思想的顽固抵抗。书的语言本身是纯粹的(如果它能被称为书的话),作者的思想已经将其中的杂质荡涤,使得语言成为思想的忠实影像,清澈透明;每个句子在本质上都与其他句子相似,因为所有的语句均出自一个拥有独特个性的语调;于是有了一种连贯性,一种我们总是在现实交往中掺入个人的不同见解而打断的连贯性,它能帮助我们迅速地跟上作者思想的轨迹,以及他反映在这宁静镜面中的面貌特征。我们能够愉快地逐个欣赏这些特征,而无须崇拜它们,因为我们的心智乐于去识别这些入木三分的刻画,乐于为它们奉献出无私、率真的爱和友谊,似乎这样才是对它们最有益的,就像我们所喜爱的戈蒂埃,淳朴、善良,品位优雅(一想到人们可能视他为完美艺术的代表,我就忍俊不禁),仅此而已。我并不高估他的精神力量,在他的《西班牙游记》中,每一个句子都无形中强调并放大了他个性中非常优雅、欢快的特点(这些词汇自行组合的结果正好突显了该特点,因为它们都是由他的个性挑选和排列出来的),但我不得不说,他正是出于对纯正艺术的追求,才会不厌其烦地去描绘每一种形式,才会做出没有强烈画面感和吸引力的比喻。当他把长满各种作物的农田比喻成"粘有长裤和马甲式样的裁缝名片"时,我们只能讥讽他想象力的贫乏,正如他说从巴黎到昂古莱姆一路上没有风景可欣赏一样。而当我们听说这位狂热的哥特风格爱好者竟然到了夏尔特尔也不去参观大教堂时,我们又一笑置之("我很遗憾经过夏尔特尔时没能去看看大教堂。"《西班牙游记》)。

可话又说回来,这是多好的脾气,多好的品位啊!我们多么心甘情愿地跟随这位快活的伙伴去历险;他是如此的讨人喜欢,连他身边的一切都被感染了。由于风暴,他曾在那条"黄金般闪耀"的漂亮大船上同勒巴尔比耶·德·提南船长共度了数日,但之后我们就难过地发现他对这位友好的航海员只字不提了,他让我们永远地离开他，听不到他半点消息[1]。我们清楚地感觉到，他自吹自擂的癖好，跟他偶尔发作的忧郁症一样，都来源于他多少有点不羁的记者的习性。但我们包容他的一切，对他言听计从：当他浑身湿透、又饥又累地回来时，我们为他感到高兴；当他像个报纸专栏作家一样哀伤地细数那些早逝的同代人时，我们又为他感到难过。我说过他的句子描绘着他的面貌，而他自己并未觉察；这是因为，如果词汇并非由我们的理智根据其本质上的关联来选择，而是由我们描绘自我的欲望来选择，那么，他就代表那欲望，而不是我们。弗洛芒丹和缪塞虽然才华横溢，可他们希望自己的肖像画能流传后世，因而将其画得十分平庸；但平庸也成为了我们追捧它们的理由，因为大师的失败同样具有启发意义。因此，可以说，即使一本书没有反映出一种强大的个性，它至少反映出人内心中某些有趣的缺陷。当我们仔细地阅读弗洛芒丹或缪塞的著作时，我们注意到前者所谓的“高雅”是多么的狭隘和愚蠢，而后者所谓的“雄辩”则十分空洞。

如果说，我们对书籍的热爱随着我们智力的增长而增长，那么阅读的危险就会如我们所见的那样有所降低。具有独创力的心智能够使阅读从属于其个体的活动。对它而言，阅读仅仅是最高贵的消遣，而且首先是最使人高贵的，因为光阅读和知识二者就足以培养出“有教养的”心智。我们必须在我们的自身，在我们精神生活的深处提升我们的感受力和智力。但正是在同其他心灵的接触，即阅读活动中，我们心灵的“修养”才得以形成。无论如何，博览群书仍然代表了一种非凡的智力，不知道某本书或某个文学知识，对于哪怕是天才的人来说也始终是缺乏智力修养的标志。同样的，站在思想的层面，高雅和高贵就体现在对习惯

①普鲁斯特注：我听说他后来成为著名的德·提南海军上将，是艺术家们仍然推崇的佩舍·德·提南夫人的父亲，英勇的骑兵军官的祖父。我相信他还在盖尔特之前、在弗兰西斯二世和那不勒斯女王之间负责过后勤供应与联络的工作（见皮埃尔·德拉·高斯的《第二帝国史》）。

的认同和对传统的继承上[1]。

大师们在其阅读品位和类型上来说，一般都偏爱古典作品。即使是那些被同代人视为最“浪漫”的作家也几乎只读古典作品。雨果谈到自己近期所读的作品，最经常挂在嘴边的仍旧是莫里哀、贺拉斯、奥维德和雷尼亚尔。都德是最没有书卷气的作家，他的作品生气勃勃，充满现代感，好像摒弃了所有古典的传承，但他总是不断地阅读、引用和评注帕斯卡尔、蒙田、狄德罗和塔西佗的作品[2]。我们甚至可以用一种极具颠覆性又多少有些片面的方式来重新诠释古典派与浪漫派的区别，即观众（当然是聪明的观众）是浪漫派的，而大师们（包括被称为浪漫派的大师们，被浪漫派的观众所喜爱的大师们）则是古典派的（这一观察结果同样适用于其他各艺术门类：观众在聆听丹第的音乐，而音乐家本人却在重温蒙西

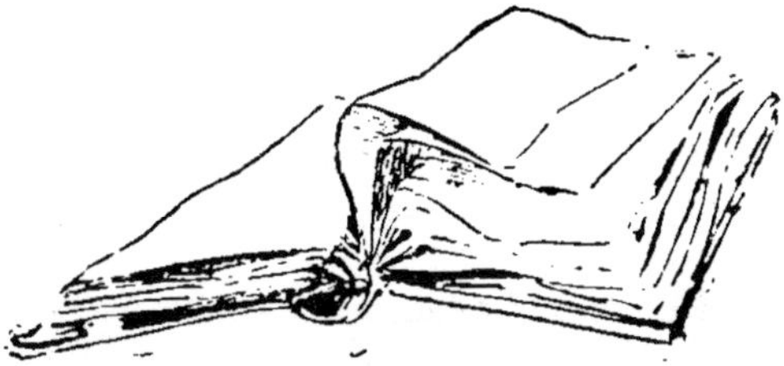

---

①普鲁斯特注：并且，真正的高雅总是装作一副在与同样高雅的人对话的姿态，它不屑于“解释”。法朗士的书暗示其渊博的才学，总是包含着许多易为大众忽略的典故，除了该书其他的优美之处，它们自身便具有无与伦比的高贵。

②普鲁斯特注：这毫无疑问地解释了，为什么一位伟大的作家在评论时总是大谈特谈古代作品的现今版本，而很少提及当代的作品。比如，圣伯夫的《星期一丛谈》和法朗士的《文学生活》。但是，如果说法朗士是当代作家中的杰出评论家的话，圣伯夫就可以说是曲解了所有与他同时代的伟大作家。毋庸置疑，他是被个人的敌意蒙蔽了双眼。他曾诋毁司汤达的小说才华到了不可思议的地步，而后作为补偿，他又对其谦逊机敏的作风大为赞赏，好像除此以外他没有别的好话可说！圣伯夫对当代作家的盲目与他自诩的英明远见形成了滑稽的对比。他在《夏多布里昂和他的文学团体》中说，“每个人都能对拉辛和博絮埃提出点看法……但作为评判员的睿智与评论家的敏锐首先要在尚未流行的新作品中得到验证。能够一眼看出作品的好坏，对作品做出预测和指引，那是批评家的天赋。极少人有这种天赋。”

尼的作品[①]；观众去参观维亚尔或莫里斯·德尼的作品展，而画家本人却去了卢浮宫）。毫无疑问，之所以产生这样的现象，是因为独具创造力的作家和艺术家们，他们让公众接触和喜爱一些当代的思想，而这些思想从某种程度上来说已经成为了他们自身的一部分，他们更容易为一些新鲜的思想所吸引。为了接触到新鲜的思想，他们需要付出更多的努力，也同时获得更多的乐趣；我们在阅读的时候不也总是想暂时地摆脱自己，远离自己。

最后，还有另外一个理由我认为可以用来解释伟大心灵对于经典作品的偏爱[②]。与我们今天的作品不同，古代的作品不仅仅包含了其作者能够为其倾注的美。它们还包含了另一种更为动人的美，因为它们的物质存在——我指的是它们所写就的语言——就如同一面生活的镜子。这是一种幸福感，就好比我们漫步于类似博恩这样的城市，能看到保存完好的十五世纪的收容所，里面有水井、洗衣房、彩绘的木制天花板，高高的三角屋顶上嵌着带有纤细的铅质顶端饰的老虎窗（一个时代消失后的所有遗物，所有只属于那个时代、在后世时代从未出现

---

①普鲁斯特注：反之亦然，古典作家中并没有比“浪漫派”更好的评论家。只有浪漫派作家才真正懂得如何阅读古典作品，因为他们将其视为以浪漫手法写成的作品，因为要正确地解读一个诗人或散文家的作品，你就必须自己是一个诗人或散文家，而不是学者。对于最不“浪漫”的作品也是如此。让我们注意到布瓦洛优美诗行的不是修辞教授，而是维克多·雨果：

折叠于她的美所玷污的四块手帕里

她的玫瑰和百合被送给了洗衣工

或者法朗士的诗行：

无知与谬误在他新生的剧目中

穿着侯爵的衣服，伯爵夫人的长裙

最新一期的《拉丁复兴》(1905年5月15日)里出现了一个新鲜的案例，让我在修改校样时将这一观察结果推广至美术领域。此文(作者为莫克莱尔)表明，罗丹是真正懂行的希腊雕塑的评论家。

②普鲁斯特注：他们自己往往将这种偏爱视作偶然：他们假定最好的作品只是碰巧被古人写了出来；这当然是可能的，因为我们阅读的古老书籍是从一个整体概念上的过去中挑选出来的，而“过去”同当代相比是如此的宽泛。但在某种意义上偶然并不足以解释如此普遍的思想态度。

过的东西)，当我们徜徉于拉辛的悲剧或圣西门的卷轶中时，我们就感受到这种幸福。因为它们具有所有被遗忘的美丽的语言形式，保存了对早已消失的习俗或感觉方式的记忆，它们比任何现代的东西都更持久地追溯着过去，在时间的流淌中，它们的色彩只会历久弥新。

拉辛的一部悲剧或圣西门的一卷回忆录就好比一件旷世的奇珍。伟大的艺术家以自由奔放的风格来雕刻语言，展现语言的馥郁柔和，激发其内在的生命力，让我们仿佛看到以前工匠所使用的、现在已不多见的大理石，内心不无感动。古老建筑中的石材无疑是忠实地保存了雕刻家的思想，但正是由于雕刻家精心地开凿、打磨和平衡石头上的色彩，这些流传至今无名无姓的石头才为后世所见到。在拉辛的诗文中，我们欣喜地发现十七世纪法国的活句法，其中包含了早已消弭的风俗和思维方式。拉辛以一把细腻而随心所欲的刻刀将这语法的种种形式刻画得十分清晰、自然、精致，让我们感叹那些再通俗不过的词汇竟也能得到如此新奇、大胆的运用①，让我们发现其生硬的风格即使在最温和、规矩的段落中也能迅疾如流矢，婉转如波纹。可以说，拉辛的作品正如一座保存完好的古城，我们从中所欣赏到的正是这些从过去的生活中遗存下来的古老形式。面对这些语言形式，我们感觉就像在面对那些同样被遗忘的建筑形式一样，历史营造了许多的建筑形式，可它们流传至今，能为我们所看到的只是为数不多的、较为典型的案例而已：比如古老的城墙、城堡和塔楼、教堂的洗礼堂；比如回廊附近，或教堂庭院的藏骸所下那小小的墓地，在莺飞蝶舞的花丛之下，隐藏着被阳光遗忘的葬礼之泉和死亡之灯。

---

①普鲁斯特注：比如，在我看来，人们通常从《安德洛玛刻》的以下诗行中所发现的魅力：

为什么杀他？他做了什么？凭什么？谁告诉你的？

其来源恰恰在于习惯性的句法关系被刻意破坏了。"凭什么？"从语义上连接的不是前文"他做了什么？"，而是"为什么杀他？""谁告诉你的，"连接的也是"谋杀"（根据《安德洛玛刻》的另一行文字："谁告诉你的，我的主人，说他蔑视我？"我们可以猜想"谁告诉你的"意为"谁告诉你去谋杀他？"）。表达的曲折性（上文提到的反复断句）必定令意思显得隐晦，因此我听到过一位伟大的女演员——她更重视讲话内容的清晰度而非韵律的精准度，直白说出这句台词："为什么杀他？凭什么？他做了什么？"拉辛最著名的诗行绝非浪得虚名，有些大胆的口语就像一座冲动的桥梁将不温不火的两岸连接起来。"Je t'aimais inconstant, qu'aurait-je fait fidèle?"【我爱过反复无常的你，你若忠实我会怎样？】这些漂亮的表达组合是多么令人愉悦，它们通俗简单的形式反而让意义显得如此丰满圆润、色彩艳丽，仿佛曼特尼亚画笔下的人物肖像：

我的青春开始了一场疯狂的爱情

让我们将三颗纷争的心团结一致。

这就是为什么我们应阅读古典作家的全文而不满足于摘录。在这些作家的著名段落中，其语言的内在构造通常被选文几乎无所不在的美所掩盖。我并不认为格鲁克音乐的特质在他壮丽的咏叹调中要比在宣叙调的某些顿挫中表现得更充分；我们每次从后者中听到他换气时，其和声落在无意识的音调上，好像他天赋的嗓音发出其本真的声响，有一种不加修饰的持重和高雅。每个见过威尼斯圣马可大教堂照片的人（我说的只是其外观而已）都可以认为他对这拱顶教堂多少有些了解，但只有你走近那些色彩驳杂的美妙圆柱，亲手触摸到它们，只有你看到柱头上那令枝叶环绕、鸟儿栖息的奇异而庄严的力量——只能从近处才分辨得出的力量，只有你到了广场实地去欣赏这低矮的建筑，领略它气势恢弘外立面及其花饰的立柱、喜庆的雕饰，感受到它"展览大厅"般的气象，你才能发现没有任何照片能够捕捉到的重要而易于忽略的特征，才能触摸到它真实复杂的个性。

此外，为我们勾画古老灵魂形状的还不光光是句子本身。在语句之间——我想到那些最早为人诵读的古籍，——在那字里行间，直到今天都还充溢着数个世纪以来的沉寂，就像一间不可侵犯的地下墓室。当我在“路加福音”中碰到每一个赞美诗般的段落之前的“冒号”时①，我就已经听到了祈祷者的静默，他刚刚大声地朗读完毕，准备吟诵下面的诗句②，仿佛他因为一首赞美诗而联想起圣经中更古老的诗篇。这静默仍旧停留在句子的停顿中间，被一分为二的句子包围着，固定了形状；不止一次地，当我阅读时，它为我送来了玫瑰的香味——微风从敞开的窗户吹进来，使这玫瑰的香味弥漫于正在举行聚会的上房之中，两千年来仍未消散。但丁的《神曲》或莎士比亚的剧作同样让人有一种穿越时光、凝望历史的感觉，这种振奋人心的感觉使得某些“阅读的时光”就如同漫步于威尼斯的圣马可广场，在那里，就在你的面前，你看见两根粉色和灰色石灰岩的立柱，它们那亦幻亦真的色彩似乎离得你只有几步之遥，但又隔着许多个世纪之远，柱头上一个是圣马可之狮，另一个是脚踩鳄鱼的圣狄奥多尔；这两个美丽修长的异乡人来自东方，曾跨越脚下这片汹涌的海洋，他们听不懂周围的人在说些什么，只是在今天的人群中延续着他们十二世纪的时光，仍旧在这个公共的广场上，在你的身旁流露出遥远而若有所思的微笑。

---

①普鲁斯特注：“于是玛丽亚说：‘我的灵魂颂扬主，因主而喜悦。’等等。她的父亲萨迦利亚心中充满圣灵，预言道：‘感谢主，以色列的神，为他所赎回的。’等等。他拥抱她，感谢主，说道，‘主啊，让你的仆人在平安中离去。’”

②普鲁斯特注：没有切实的证据表明吟诵者在阅读这一段时会唱出圣路可穿插在福音书中的赞美诗。但在对比了勒南，特别是圣保罗、使徒列传、马可·奥勒利乌斯等不同段落之后，我认为这一点已经非常突出了。

阅读的时光（二）

>

你肯定已经读过布瓦涅伯爵夫人的《回忆录》了。眼下"生病的人如此之多"，书籍正在吸引新的读者，甚至是女性读者。一个人无法外出会客时，他本来是宁可待在家里等客上门，也不愿读什么书的。可"传染病流行的日子里"，等客上门也并非完全没有风险。比如那位女士在门口停住脚步——只是片刻而已，她就给你提前通报了风险："你不怕腮腺炎或者猩红热吧？我必须警告你我女儿和外孙们得了这两种病。我能进来吗？"然后还没等你回答，她就自己进来了。另有一位稍委婉的女士，她掏出表来说："我得赶快回家；三个女儿都得了麻疹；我得轮流照顾她们；我的英国女仆打昨天起就病倒了，发着高烧，我真担心下一个病倒的就是我，因为我早上起床的时候脸色很差。可我无论如何也要来探望你……"

所以我们宁可少点应酬，既然电话也不是随时能打的，那就读书吧。读书只是我们万不得已的选择而已。一开始，我们还是要打许多的电话。我们要么是无所畏惧的孩子，不管那神奇的力量有什么样的神秘性，只要电话"方便"即可；要么是被宠坏的孩子，觉得这电话"并不方便"，只好冲着《费加罗报》发脾气，说这变戏法的实际也不是那么快就能变出来的，有时要等上好几分钟才能和心头想的那位女友通上话，我们虽然还看不见她，她仍旧坐在自家的桌子旁边，住在遥远的乡下，那里的天空完全不同于这里，天气也不同，我们也不知道她处于何种环境、有何心思，但她很快就能告诉我们，因为她猛然间发现自己从百十英里之外（不仅她，还有她沉浸其中的氛围）来到我们的耳朵边上，就在我们呼唤她的时刻。我们就像童话中的人物，借助魔法师的力量，如此清晰地看到自己的未婚妻出现在身边，看到她读书、流泪，或采摘花朵，虽然她实际离得我们很远，很远。

为了让这奇迹再次发生，我们只需将嘴唇贴近那神奇的话筒上呼叫——有时得花些时间，我承认——那些警觉的接线女郎，我们每天都听到她们的声音而从未亲睹其面容，她们是我们的守望天使，小心谨慎地守护着令人眩晕的黑暗之门，多亏了她们的全知全能，我们才能在未经允许的情况下，让不在场的人浮现于我们身边；我们只需要召唤这些不可见的达纳伊德斯姐妹，她们不断地将黑暗的声音之瓮倒空、盛满，然后传递出去，她们是爱嫉妒的复仇女神，当我们向女友吐露私隐，以为没有其他人听到时，她们却讥讽地冲我们大叫："我还在线上呢！"她们真是为"神秘"服务的暴躁仆人，不依不饶的女神，囚困于电话的少女！一旦她们的召唤在满是幽灵的夜间响起，我们那灵敏的、随时恭候的耳朵就能听见一个微弱、抽象的嗓音，那是我们的朋友在对我们说话哩。

如果此时有什么路人的歌声、自行车的喇叭声，或者远处军乐队的乐曲声从窗口飘进来，正好干扰了她对我们所说的话，这些声音也同样清晰地回响在我们耳畔(仿佛要证明她确实在我们的身边，连同她周遭的一切，所有震动她耳鼓、分散她心思的东西)——这些真实的细节，与主题无关的事情，虽然它们本身毫无用处，却显得尤为必要，因为它们向我们揭示出这奇迹的真实性：以平凡而动人的要素来拼凑出地方风情，描绘出她从窗外看到的外省的街道和马路，类似于诗人在写活人物以及人物所处环境时所采用的手法。

正是她，正是她的嗓音在对我们说话，就在我们的耳边，但它又是多么的遥远啊！有多少次我都能够尽量地倾听它，压制自己的痛苦；我知道，没有经过长途的跋涉，我不可能见到电话里说话的那个人，我更加深刻地意识到，这甜蜜的天涯咫尺的错觉是多么地令人沮丧，我们以为自己的心爱之物触手可及，而实际却相隔甚远。嗓音是真实的在场，而距离却是有效的分离。并且也预示着长久的分离。当我听见有人从遥远的地方跟我说话，而我无法看到这个人的时候，我总感觉她像是从无尽的深渊对我呼喊；当一个声音就这样孤零零地回到我的耳边，不再依附于某个我永难再见的身体，我就会产生无尽的焦虑，渴望去拥抱那些从堕入死灰的嘴唇里说出来的话语。

我说过，在静下心来读书之前，我们总想一直不断地打电话，聊下去，希望拨通一个又一个的号码。但有时，那夜晚的女儿、话语的使者，无面目的女神、善变的守护神不能或不愿为我们打开那不可见之门，“神秘”对我们的祈求装聋作哑；印刷术可敬的发明者，印象派作品的爱好者兼机车手、年轻的亲王——古登堡和瓦格拉姆！(巴黎的两个电话局)——被他们不知疲倦地呼叫着，却对他们的请求概不作答；那时候，我们既不能外出访客，也不愿在家待客，电话少女们又无法为我们接通电话,我们就只好读书了。

只消几个星期的时间,我们就能读完诺阿伊夫人的新诗集《炫目》(我不清楚该标题能否保留下来);这部诗集甚至超过了她以前的杰作,《无数的心》和《岁月之影》,且在我看来堪比《秋叶》或《恶之花》。我们也可以阅读巴里所著的纯净至美的《玛格丽特·奥吉维》,R·杜梅耶的译本相当精彩,其内容是以一个诗人的口吻来讲述一个农妇的生活,而这个诗人正是农妇的儿子。可事实上,一旦我们决定要读书了,就更愿意去读类似于布瓦涅夫人的《回忆录》这样的书,它们让我们感觉像是在拜访一些我们以前根本无缘得见的人,因为在路易十六时代我们尚未出生,但这些人实际与你所认识的人并无太大的区别,因为他们的后代和你的朋友——出于对你衰退记忆的善意关照——仍然保留着同样的名字,仍然叫做:奥东、吉兰斯、尼维隆、维克图尼安、约瑟兰、雷奥诺、阿尔图斯、图克杜阿、阿德奥姆,或者雷努夫。此外,这些还是优美的教名,你不能轻易地去嘲笑;它们来自如此久远的过去,到今天依然散发着不同寻常的神秘光泽,就像我们镌刻在教堂彩色玻璃上的先知和圣徒的名字缩写。“日昂”这个名字,虽说听起来更像今天的名字,但看起来总像用蘸着紫色、青蓝色和天蓝色的毛笔在历书上面写出来的哥特式字体。对于这样的名字,多数人也许会引用那首蒙马特尔之歌:

布拉冈斯,我们知道这人物!
他必定骄傲自大
才有这么个名字!
他难道不能起个和别人一样的名字吗?

但真诚的诗人并不会觉得这其中有什么可笑之处,他会关注这名字所揭示的历史，像魏尔兰那样回答：

我看到、听到很多东西

在他加洛林王朝时代的名字里

兴许还是一段非同寻常的历史。我愿意相信，这些极少数的在某些家族对传统的坚持下流传至今的名字，它们在过去是极为常见的为平民和贵族共享的名字；因此，透过这些名字为我们展示的幻灯片般的天真色彩，我们看到的不仅有蓝胡子的威严主人或塔楼中的安娜嬷嬷，还有躬身于丰收田野的农民，或驰骋于十三世纪尘土中的士兵。

拥有这些名字但从不解其诗意的人，多半也不会感受到它们所传达出来的中世纪的气息；但我们不能理所应当地认为，人类就应当配得上自己的名字，因为就连这世上最美好的事物也难以与其名字相符，没有一处风景，一座城市，或一条河流能够在我们亲眼见到之时满足我们对其名字所产生的梦幻的渴望。所以，明智的做法应该是用阅读欧洲王族家谱年鉴或火车时刻表来取代我们所有的社交和旅行……

从十八世纪末到十九世纪初的回忆录，比如布瓦涅夫人的作品，其感人之处在于，它们为当今的时代，为我们毫无美感可言的现实生活带来一种相当崇高、忧郁的视角，让我们感觉就像生活在历史的前景中。我们能轻而易举地将我们生活中所遇到的人——或我们的父母所认识的人——与这些人的父辈联系起来，他们作为回忆录的作者或其中的人物，也许就亲历过法国大革命，看到过玛丽-安托瓦内特经过。于是，那些我们可能见过或认识的人——我们亲眼看到过的人——就仿佛真人大小的蜡像站立在历史画卷的前景中；他们脚下踏着真

NIETZSCHE
ZARATHUSTRA
"TO GIVE BIRTH TO A DANCING STAR"
EX LIBRIS
SALLIE·W·HOVEY

正的草坪，手里拿着从商店买来的手杖，似乎并未脱离那些对他们投以关注的前人，他们将我们渐渐地引入那历史的背景画布，让层次鲜明的背景也有了三维的立体感和真实感。再说那位布瓦涅夫人，她原是多斯蒙家族出身，她说自己在路易十六和玛丽-安托瓦内特的膝上长大；年少的我曾经常看到她的侄女，同样是多斯蒙家族出身的马耶公爵夫人出席舞会，她那时已年过八十却依旧风度翩翩，灰色的头发从前额向上梳起，让人不禁想起高等法院法官所戴的卷曲假发。我还记得我的父母经常同布瓦涅夫人的侄子多斯蒙先生共进晚餐，她的回忆录便是为他所写的；我曾在父母的文件中看到过他的照片，还有许多他写给他们的信件。因此，我自己的有关舞会的早期记忆，通过我父母的略显久远却依然真实的讲述，与布瓦涅夫人的回忆、与她向我们讲述的那些她曾亲身参与的社交活动产生了一种近乎无形的联系；所有的回忆都揉搓成一条微不足道的线索，但它是诗意的，因为它最终成为美妙的梦境，成为维系现实与久远过去的窄窄的桥梁，它通达于生活与历史之间，从而令历史更鲜活，生活更富有意义。

哎，我已经写到报纸第三栏的篇幅，却还没有开始我的文章。文章的标题本该是《势利与后世》，但我却不能使用这个标题，因为我已经填满了为我预留的空白，却只字未提到“势利”或“后世”；你肯定以为这两位人物是不会再碰头了，这当然是后者的福气，我本来还打算谈一下阅读布瓦涅夫人的回忆录所引发的思考来探讨“后世”的主题。只有等下次了。到时候，如果有什么魅影不断地干扰我的心智，像在梦里那样使我分心，无法专注于我必须要对你说的话，那我就毫不犹豫地将其推开，像尤利西斯用宝剑推开那些拥挤在他周围、乞求复活或安葬的鬼魂。

可今天我无力抗拒这些幻象的诱惑，我看到它们悬浮于半空，在我思想的透明质当中。我想学着玻璃制作大师的技法，却没有成功，他可以在幻梦显现的地方将其转移并固定于两团被黑暗的粉色反光所笼罩的液体之中，形成一种半透明的物质，偶尔从这物质中心闪烁出来的光芒会让梦幻以为自己仍旧活跃于人的思想。好比古代的雕刻家从海水中攫取的仙女涅瑞伊德，她们游弋于半浮雕的大理石波浪中，还能够相信自己仍然浸没于大海。我错了。这样的事再不会发生了。下一次我将与你讨论虚荣与后世，不再跑题。如果再有什么捣乱的念头，有什么鲁莽的幻象非要进来插上一脚的话，我就立刻请它离开："我们正在谈话，请别打断我们，小姐！"

第二辑　驳圣伯夫

直觉！直觉！

每一天，我对智力的重视程度都在降低。每一天，我都愈加清楚地认识到，作家若想重新获得其印象当中的某个片段，触及某种私有的东西，或说艺术创造的唯一素材，他就必须把智力放到一边。智力为我们重建的记忆，虽名曰过去，却并非过去本身。事实上，人生命中的每一小时一经逝去，便立即寄寓于某种事物当中，好比有些民间传说中死者的魂灵。寄寓的时间隐匿在事物中，被永久地尘封起来，直到我们偶然间看到这事物，认出其中所尘封的东西，召唤它的名字，将它释放出来。然而,极可能的是,我们永远也碰不到这尘封时间的事物(或说感觉,因为我们是通过感觉来感知事物的);因此,我们生命中有许许多多的时间是无法再现的:这事物如此渺小,遗落在世,踪迹难寻,能出现在我们面前的机会是微乎其微。

我曾在一所乡间的宅子里度过好几个夏天。我时常追忆这些夏日的时光,却无法回复其本来的面貌。它们已然逝去,且很可能永远消亡了。要想令它们复活,那就像其他类似的情况一样,全凭着一点运气了。不久前的一个雪夜,我从外面回来,几乎冻僵,我本来已经进了自己的房间,坐在台灯旁边看书,但我实在没办法暖和起来,我的老厨娘便主动地为我沏了一杯茶,我平时从来不喝的东西。偏偏又凑了巧,她还给我端来几块面包干。我把面包干蘸上茶水,再放进嘴里;我感受到面包干被茶水浸泡后的柔软质地,带着浓郁的茶香,冲击着我的味蕾,就在这一瞬间,一股异样的感觉向我袭来——那是天竺葵和香橙花的甘芳,一股格外的光明与幸福的感觉;我呆坐在原地,不敢有丝毫的动作来打断这个正发生在我身上的、不可思议的过程,我全神贯注于这小小的一块浸泡过的面包干,仿佛是它制造了这所有神奇的效果。忽然间,封闭记忆的隔板在震颤中彻底瓦解了,记忆的洪流冲进了我的意识,我在那所乡间宅子里度过的夏天,那些夏日的清晨,还有那些连绵不断的幸福时光都涌现了出来。我终于记起来了:每天早晨,我穿好衣服之后,都会跑到祖父的卧室里去,那时他刚好睡醒,正在喝早茶。他会把一块面包干浸到茶水里,然后递给我吃。当这些夏日的清晨成为过去、消逝不见,浸泡过茶水的面包干的味道便为这些消亡的时光——至少在智力看来,它们已然消亡——提供庇护所,它们隐匿了起来,若不是我风雪夜归,老厨娘主动为我奉上一杯热茶驱寒,我可能永远也不会发现它们;也许是因了什么我不知晓的魔咒,那杯茶正好成为了令它们复活的解药。

因此,面包干的味道能立刻唤起我的记忆,那一整座花园,之前还朦胧模糊的样子，现在变得清晰起来，那些被遗忘的荒径，一尊尊花坛，花坛里盛放的鲜花，宛如日本印花纸上的花草在水中复现一般，都显映在小小的一杯茶水当中。同样的道理，我在威尼斯度过的许多时日，光靠智力是无法重拾的，对我而言，它们早已消亡，一直到去年才有了复活的机会。当时，我正漫步于一所庭院，在高低不平、光滑发亮的方石路上停了下来。同行的朋友担心我扭伤了脚踝，我却向他们挥手，示意他们先行一步，我随后再跟上。有更重要的东西吸引住了我，虽然我还不知道它究竟是什么，但我觉察到自己的内心深处有未可知的记忆在轻轻颤动；当我踏上某一块方石的时候，心里就忽地一紧。一股强烈的幸福感向我袭来，我意识到，我将因着那纯粹个人的东西而丰富起来，它是一枚印记，一个尘封于纯净的生活片段（这样的生活片段只有在尘封以后才能为我们所知晓，当我们仍旧身处其中的时候，它不可能出现在记忆里，因为各种纷乱的感受会干扰并抹杀它），它别无他求，只求得到释放，增殖我的诗情与人生财富。然而，我发觉自己并没有力量去释放它。不，在这样的时刻，智力根本无能为力！于是我试着让自己回到刚才的状态，往后退了几步，然后再重新踏上这高低不平、光滑发亮的方石路。此时，脚底下传来的感觉，让我仿佛回到了圣马可洗礼堂的那条平整而略有凹凸且同样闪着微光的路面上。暗淡的天空，运河上，一艇贡多拉在等候着我，所有的快乐，所有宝贵的时光都在我重温这种感觉的当下复活了——那一天，又鲜活地出现在我面前。

智力，不光是对于这些记忆复活的情况无能为力，它原本也无意于寻找那些记忆的藏身之物。当你有意识地将某些生命的时光与某些事物联系起来，这些事物就永远不会成为时光的隐匿之所。就算有别的什么让你回想起这些时光，与之相关的各种事物也会因此而丧失诗意。

我记得有一次，我坐在火车上，极力地想从窗外一闪而过的风景中撷取一些印象。途中经过一片乡下的小墓园，我趁着它还在眼前的时候用笔记录了下来，我记下了阳光洒落在树上的明亮的光斑，还有路边那些仿若《幽谷百合》中描写的各色花草。此后我经常回想那些洒满光斑的树丛，那片小墓园，我希望能回到那一天，看到它鲜活的模样，而非它冰冷的亡魂。然而，我始终没有成功。就在我已经放弃的时候，不久前的一个中午，我正在吃午饭，却不小心把勺子掉落在了瓷盘上。勺子敲击瓷盘的声响，像极了当天列车进站时，扳道工人用铁锤敲击铁轨的声音。与这声音相关联的带着滚烫的温度而未被留意的时辰，都在这一瞬间复活了，当天的所有情形也在诗意中再现，只除了那片乡村墓园，只除了那些阳光照耀下的树丛，以及巴尔扎克式的野花——我通过刻意的观察获取到它们的印象，却无法让它们诗意地再现。

无奈的是，我们会时不时地碰到某个事物，让某种被遗忘的感受再次在我们心中驿动，然而由于时间太过久远，我们无法辨识出这种感受，召唤它的名字，也无从令它复活。有一天，我正经过一个配膳室，看到破碎的窗户玻璃上堵着一块绿色的布片，我立即停下脚步，感到心里有什么在蠢蠢欲动。一道夏日的阳光从我脑海里一闪而过。怎么回事呢？我努力回想着。几只胡蜂在阳光下舞动，樱桃的甜香从餐桌上飘过来——可我还是记不起来。一时间，我感觉自己像那些半夜里醒来而不知身在何处的人，他们会试着用身体去感知周围的环境，想弄清楚自己在什么样的床上，在什么样的房子里，在世界的什么地方，生活在哪一个年份。我就是以这种方式思考的，我在那一方绿色布片的周围摸索，希望能发现确切的时间和地点，好让我沉睡多年的记忆彻底清醒过来。我一生当中所有的感触，疑惑的，清楚的，遗忘的，都一股脑地涌入脑际，然而在持续近一分钟之后就消失不见了。我什么都看不到了，记忆又再次沉睡了。

外出散步的时候，我的朋友不知有多少回发现我在一条小路的入口处突然停下，或在一丛树木的旁边驻足不前，我还叫他们暂时不要管我，让我独自待一会。可这么做也是徒劳。我于是闭上双眼，清空思想，以汲取新的能量来召回记忆，接着我再猛地一睁开眼，试着以全新的眼光来看待同样的树木，可我仍然记不起曾在哪里见过它们。我认得它们的形态和高低错落的风姿，它们的线条也像是刻画在某一幅我所钟爱的画作里面的，直在我心头颤动。然而，我再也回想不起更多的细节，它们浑然天成、生机勃发的姿态似乎在告诉着我，它们也很遗憾，无法让我清楚地回忆起它们，无法向我吐露它们心中的秘密。那一段珍贵的记忆，珍贵得让我的心几乎要跳出来的记忆，此刻正幽魂一般地向我伸出无力的手臂，如同埃涅阿斯闯荡地狱所遇见的那样。也许是在我幸福的童年时期经常去散步的城郊？或者只是在我梦中的家园？我曾梦见母亲生着重病，住在湖的边上，周围的森林里彻夜亮着白光，这梦中的家园，它真实得无异于我曾经的故乡，而我曾经的故乡，它却早已化作梦境。我大概永远也记不起来了吧。我带着痛苦离开，我不得不放弃这段此后可能再也无法追寻的往事，不得不诀别那些向我伸出无力而深情的双臂的幽魂，它们似乎在哀求我让它们复活。我必须得追上我的朋友，他们正在岔路口等着我。我并没有马上跟他们一起离开，也没有和他们说话，而是依依不舍地再次回头望一望那丛树木，它们无声地诉说着，摇曳着，美丽的曲线渐渐远去，消失在我逐渐模糊的视线中。

和这段往事相比，和我们最本真的内在相比，智力的真实就显得如此的不真实。因此，我们需要借助一切力量来帮助我们回忆起那段往事，尤其是在我们的生命力开始衰退的时候，尽管这么做可能会遭到那些聪明人的质疑，因为他们不懂得艺术家是特立独行的，艺术家所看到的事物的绝对价值于他是毫无意义的，且艺术家的价值标准是完全主观的。对于艺术家而言，一场由外省来的演出团体表演的令人作呕的音乐会，或一场受高雅人士耻笑的舞会，也许比歌剧院上演的一出精彩绝伦的演出或圣日耳曼郊区举办的最典雅的晚会更能唤起他的记忆,更接近于他的想象与思考的实质。一本载有车站名的火车时刻表,艺术家总爱借以想象自己在某个秋天的夜晚从车上下来,树上的叶子已经掉光,空气清冽、寒意逼人;一本在有品位的贵人们看来毫无用处的杂书,艺术家却能从中发现许许多多他从来就没有听过的名字。相比那些经典的哲学著作,这些时刻表和杂书对艺术家来说有着非同寻常的更高的价值。也正因为如此,有品位的贵人们会评价说,一个才华出众的人,竟有蠢钝不堪的嗜好。

也许人们会奇怪,我既然不重视智力,却居然在下文用数页的篇幅来探讨智力给予我们的某些提示,从而驳斥我们听来或从书里看来的庸俗见解。如今我已是数着过日子的人了,(但我们谁又不是呢?)要从事一项智力的活动,这或许不免轻率。然而,若智力的真实不比我之前所谈论的感觉的奥妙来得珍贵,智力的真实在某种程度上仍然具有价值。一个作家不仅仅是一个诗人;在我们这个不完美的世界,艺术杰作都不过是伟大的头脑像失事的船只那样被隐没之后所留下来的残骸碎片,就算是本世纪最伟大的作家,他们也会在感觉的珍宝之上笼罩一层智力的织网,让感觉只透过织网露出一星半点的光芒。如果有人相信,在此重大问题上,他已经听到同时代人中最优秀的代表都在大发谬论,那么,他就该告别懒惰,出面为此问题辩驳了。初看起来,圣伯夫的方法并非如此重大的问题。然而,随着我们探讨的深入,我们也许会意识到它涉及非常重要的智力方面的问题,还可能涉及对艺术家而言是最为核心的内容,以及我一开始谈到的智力相对次要的地位。当然,要确立这种相对次要的地位,我们仍然要借助于智力。这是因为,如果说智力不配戴上至高荣誉的皇冠的话,也只有智力才能将它转授。并且,如果说智力在品德的排行上仅位列第二的话,也只有智力才能宣告,必须将第一位的宝座授予直觉。

睡眠

>

不知为何,我总想把那天早晨的情形固定在我的记忆里,当时我正生着病,一晚上没睡,直到天亮才上床,整个白天都在昏睡。可是,就在这前后不久的时间,我也会晚上十点上床,然后一觉睡到天亮,中途只稍微醒过来几次。对于这样的时间,我曾希望它能重来,但我现在认为它属于另外一个人的生活。我经常在关灯之后就立马睡着了,速度之快,都来不及跟自己说个“困”字;因此,半个小时之后,我会在睡梦中想起自己该睡觉了,然后醒过来,以为自己手里还捏着报纸,竟做出扔报纸的动作，嘴里还嘟嘟囔囔地说：“是时候关灯睡觉了。”可我只看见周围黑漆漆的一片，心里很是纳闷。黑暗抚慰了我的眼睛，更抚慰了我的心灵，尽管它认为这黑暗来得莫名其妙、不可理解，是真正晦暗不明的东西。

我重新打开灯，看了看时间。还不到午夜。我听到火车的呼啸声从远处或稍近一点的地方传来，回荡在广阔而寂静的乡村。有时候，月光皎洁的夜里，旅人会沿着马路匆忙地赶往最近的车站；他刚刚与朋友们道别，心里充满了相聚的欢愉，回家的喜悦。我把脸颊贴到蓬松饱满的枕头上，那感觉总是柔软和凉爽的，就跟我们小时候把自己的脸贴到别人的脸上一样。我又把灯打开，看了看时间。仍然没有到午夜。在这种时候，一个夜宿于陌生旅店的病人从剧烈的疼痛中醒来，他看到房门下透过来一丝光亮，自然是欣喜万分。感谢上苍，天已经亮了！——再过一两分钟，旅店的人们就会起床，他也可以打铃，让别的人过来照顾照顾他。他忍受着痛苦，他也真真儿地听见了脚步声……可就在此刻，房门下的光亮消失了。原来，现在是午夜时分，他们把煤气灯灭掉了；他以为的天亮不过是煤气灯的光亮。等待他的仍然是漫漫长夜，他只能凄凉无助地躺下去。

我关上灯，再次入睡了。在某些梦里，一个女人从我睡姿不适的那侧大腿上长了出来，就像夏娃从亚当的身体一侧长出来一样。她在我正准备享受快意的时候长出来，我因此觉得这快意是她带给我的。而我的身体，从她的身上感受到与自己相近的体温，想要重新和她重合在一起，这时候，我醒了。世间所有的人似乎都不如刚才那个女人和我来得亲近，她的吻在我的脸上还热辣辣的，她的身体压得我浑身都疼。可慢慢地，她淡出了我的记忆，迅速地被我遗忘了，好像她不过是个有血有肉的情妇，而非我的梦中女郎。在其他梦里，我又回到了自己的童年，重温了那些很容易就被一个十岁的孩子所彻底忘却的感受，这些细微的感受若能重温，真是人之幸福，好比一个深知自己无法活到夏天的人，他何其渴望听到哪怕是屋子里飞蝇的嗡嗡声，感受下阳光的炽热，或者是蚊虫的呜呜鸣叫，闻见那夜的芬芳。我常常梦见我们的老神父正在扯我的卷发，这是我童年时期一件可怕而又无可奈何的事。后来我剪掉了卷发，永远地摆脱了卷发带来的恐惧与折磨；柯罗诺斯覆灭、普罗米修斯盗火、基督诞生，这些伟大的事件把重压在人类肩膀上的天宇往上抬高了，但它们和我的理发相比，也不见得厉害多少。我必须承认，理发之后，我有了别的痛苦和恐惧，但世界的轴心终究是转移了。在睡梦中，我毫无痛苦地回到了这个"旧制度"的世界。虽然老神父已经故去多年，可我在梦里还是逃不掉他的魔手，当我感觉自己后脑的头发被狠狠地揪住时，我立马就会醒；此外，我还是不容易被这样的梦吓醒的。醒来之后，我清楚地意识到老神父已经去世，自己的卷发也剪掉了，可我还是要小心翼翼地用枕头、被子、手绢和墙壁把自己牢牢地保护起来，然后才重新入睡，回到那个神父还活着、我还留着卷发的奇异世界。

还有很多其他的感受，它们属于已经逝去的年代，也同样只在梦里再现，尽管它们自身并不那么诗意，但它们将青春的诗情带了回来——就好比，冬天快要结束的时候，天气异常寒冷，我们的假期泡汤了，每天晌午之前还不得不烧火取暖，但这段时间正是复活节钟声频繁响起、紫罗兰花迎春绽放的日子。我经常在梦里重温这样的感受，它们似乎非常富有诗意，跟我眼前的生活毫不相干，苍白得就像那些根须未植入土壤的水中花，若非如此，我也不敢对它们妄加评论。拉罗什富科[①]曾说，我们只有初恋才是不自觉的。这句话也同样适用于我们独处时所体会到的乐趣，这些乐趣，日后只会被用来打发女人不在身边的时间，让我们假装是和她在一起的。我十二岁那年，第一次爬到了我们家位于贡布雷的房子的顶层，我把自己关在厕所里，厕所里悬挂着一串串的鸢尾根，这时我才体会到

①拉罗什富科（1613-1680），法国作家，著有《箴言录》等。

Gültbrief

一种未知的乐趣，它正是我要寻找的，它独立存在，独一无二。

这厕所的空间大得出奇。门锁得很牢靠，窗户却不得不老开着，因为外面的墙上长出了一株小丁香花，花骨朵已经从窗缝里伸了进来。我现在远离了地面，站在整栋房子最顶端的阁楼里，我完全是一个人。然而，这种独自偷跑出来的感觉也让我的安全感有了那么小小的波动，我要一个人安全地待在这里，只能靠那些牢固的门闩了。接下来，为了寻找到一种未知的乐趣，我开始探索自身；我十分的焦躁和惧怕，就算我要做什么脑部或者脊髓的手术，大概也不过如此了。我时刻以为自己要死。可死又如何呢？我的意识，在受到乐趣的激发下，是比宇宙更宽广、更强大的，而这宇宙，我只能从窗户远远地眺望，我每日之所思在宇宙的浩瀚和恒久来看简直渺小得如同蝼蚁一般。我极目眺望无边无际的森林，森林上空厚厚的云层，感觉自己的灵魂也伸展了些许，并没有被森林装满，而是留有狭小的空间。我感到，在我的瞳孔强有力的注视下，那河流两岸丰乳般耸立的山峦，也变得轻飘飘的，好似幻影。所有这一切都依附于我，我高于了它们，也不可能死去。我停下来，想歇口气。阳光把座位给霸占了，我可不愿迁就它，于是我对它说了那句著名的话——“滚开吧，我的伙计，给我腾出地儿来！”接着拉上窗帘，反正窗户是关不上的，有丁香花枝条在那儿挡着。最后，一股乳白色的光柱从地上不断涌起，就跟圣卢克喷泉开始喷涌时一样。这情景，我们可以从休伯特·罗伯特的描绘圣卢克喷泉的作品中看到，在泉水连续喷涌的时候，泉水的个性就通过水柱的线条而优雅、绵延地展现出来；只不过大师的画作上多了许多围观的群众，他们在画面中就是星星点点的笔触，或粉或红或黑的色彩。

此时，我感到一种亲切柔情笼罩在周围。那是丁香花的芳香，我刚才一时激动，并没有留意它。芳香中混杂了刺鼻的气味，汁液分泌的气味，似乎那根枝条被我折断了。但我不过是在叶片上留下了一条划痕，银亮的，天然的，仿佛蛛丝或蜗牛爬过的痕迹。然而,这根枝条对于我的启示,就好比智慧树上结出的禁果。有些部族为他们的神祇赋予非人的形象;我有时追溯自己的人生轨迹,把自己抽丝剥茧,于是这条越拉越长、几乎没有止境的银丝成为了我借以想象鬼怪的伪装。

汁液的刺鼻,湿衣服的腐臭,仍然掩盖不了丁香花淡雅的芳馥。这种熟悉的感觉,让我回想起自己到城郊的公园玩耍的情形。从很远的地方,你连公园的白色大门都看不到,自然也看不到大门旁边的丁香树——花枝摇曳,腰肢颤颤,好似举止端庄、风韵犹存的老妇人,但丁香花的芬芳已经扑面而来,迎着你,带着你踏入山径,溯溪而上。溪流的边上,顽童将玻璃瓶置入水中,抓捕小鱼玩耍。水中的玻璃瓶让人倍感清凉,不仅仅是因为瓶中装有水,显得晶莹透亮,还因为它们自身就在水中,几乎透明一般。溪流中的小蝌蚪,刚才还看不见影,待我们扔下面包屑以后,便团团出现了,密麻麻地围在面包屑周围。不远处有一座小木桥,桥下有垂钓的人。虽然是盛夏,他仍然带着草帽,静静地坐在黑刺李树丛中垂钓。我们过桥时,他会礼貌地向我的叔叔点头——叔叔想必是认识他的,然后示意我们不要弄出声响。尽管如此,我却从来不知道他究竟是谁,我也从来没在城里碰见过他。哪怕是唱诗班领唱的人、给教堂守卫的人,或是合唱团的少年,他们都和奥林匹亚诸神一样有着平凡普通的生活,我跟他们打交道的时候,他们也充当着其他的角色:钉马掌的铁匠、牛奶场的工人、杂货店主家的儿子。而那个垂钓的人却恰恰相反,除了钓鱼,我从来没见过他干别的什么事情;法官家的院子里有一尊仿大理石的园丁雕像,它每天除了侍弄花草而外,也没见它干过别的。试想一下,盛夏的时节,小路边长满了枝繁叶茂的黑刺李,他戴着草帽,穿着羊毛外套,独自坐在溪边垂钓;这时候,云朵和钟声在空荡荡的天空游走,鲤鱼因厌透了这单调枯燥的时辰而纵身跃入陌生的空气中,女管家们看了看表,嘀咕地说,下午茶时间还没到呢。

房间

>

在睡眠中，我可以时不时地回到过去，重温那些只存在于过去的恐惧和欢愉；但大多数时候，我所处的状态都是晦暗的，跟我的床铺、扶手椅，乃至整间卧室相差无几。整个睡眠过程中，我醒来的时间只占很小一部分，但它足以让我短暂地、不无感激地意识到一切都在沉睡，让我听见唯有寂静沉睡中的房间里才能听到的墙裙吱吱呀呀的声音，让我看见那万花筒般绚烂的黑暗，又让我很快地变得和床铺一样的无知无觉——我四仰八叉地躺在床铺上，四肢仿佛攀爬的藤蔓。在这些模模糊糊、将醒未醒的时刻，我感到自己和餐柜里摆放的一枚苹果或一罐果酱无异，虽然有了短暂的意识，看见餐柜里漆黑一片，又听见墙裙吱呀作响，但最急切要做的也莫过于再次睡去，和其他的苹果、其他的果酱一样，舒舒服服地、无知无觉地睡去。

有时候，我睡得太深沉，或者突然间困意来袭，我就会连自己身在何处都弄不清楚。我偶尔会想，我们身边的事物始终的一成不变，是不是因为我们太过于相信自己对它们的判断，而排除了其他的可能。事实上，我只要醒来之后想不起自己在哪里，所有的一切——事物、年代和地点，就会在黑暗中围着我旋转。

我的身体，还软绵绵的无法动弹，它只好躺着去猜测周遭的环境。它在记忆中搜索，所有自童年以来就留存的记忆通通被唤醒了，每一处我曾经睡过的地方都被回忆起来了，有些地方我已经多年没有想起过，也许到死的时候才可能想到，尽管它们都不是我该遗忘的地方。此时，我的身体记起了这所房间，记起了门道和走廊，记起了自己临睡前的最后一丝意识。根据床铺的方位，它还记起了十字架所悬挂的位置，记起了我曾经睡在祖父母的宅子里，闻见的那股从壁橱里散发出来的味道；它记起了那段岁月，卧房、父母和井井有条的生活——那时候，我爱我的父母，并不是因为他们与我智力相当，而是因为他们是我的父母；那时候，我上床睡觉，并不是因为我想这么做，而是因为到了该上床的时间，我必须乖乖地像举行仪式一样地爬到两级台阶之上的宽大的床铺，再关上镶有轧花蓝丝绒花边的蓝色棱纹平布帷幔；那时候，我如果生了病，不敢奢望有什么灵丹妙药来让我立马变得生龙活虎、自以为病根已除，只能按照老办法卧床休养：伴着锡耶纳大理石壁炉台上通宵不灭的灯盏，我一连几天都窝在被窝里，喝下无毒无害的草药汤剂，再使劲的发汗，那汤剂可是花草提炼出来的精华和老妇人心中流传了两千年的智慧呵。此时，我的身体就以为它躺在那一张童年的床上，转瞬间，它还回忆起当时它苏醒过来、伸展姿态以后的第一个念头：该起床了，打开灯，上学之前预习好功课,如果不想受处罚的话。

然而,我的身体又回忆起另一种姿势,于是我翻了身,重新做出了那种姿势。这时候,床铺换了位置,房间也改变了形状。那是我在第厄普疗养时住过的房间,金字塔形的,天花板高且窄。刚住进去的两个晚上,我发觉自己很难适应。当我的灵魂面对一个新的可能需要它融入的空间时,它总有一种去填充并改造空间的冲动,它迫切地要呼入自己的气息,调试出自己的音调;也只有在这种时候,我才体会到这个融入的过程该有多么痛苦,我的灵魂必须忍受陌生,忍受家具的颜色、钟的滴答声和床罩的味道,它必须一忍再忍,不断地让自己膨胀、拉伸,再收缩起来,直到最后变成和房间一样的金字塔形状。可是,我如果真是在这个金字塔房间里,那我的母亲也应该躺在我的身边才对!我听不到她的呼吸声,也听不到波浪翻滚的声音……接着我的身体又想起别的姿势,不再躺着,而是坐起来了。那是在哪里呢?是在奥特伊的花园里,我坐在柳条编织的椅子上吗?不,不可能,天气太热了。是埃维昂的俱乐部,我在桥牌室里睡着了,他们灭灯的时候都没有发现我……忽然间,四周墙壁向我逼近,我的椅子转过来背对着窗户。我又回到了雷韦伊翁堡,我自己的房间。按照习惯,我在晚餐前总要上楼去休息一会;我大概是在椅子上睡着了吧;也许他们已经吃过晚饭了。

这也不能怪我。许多年前,我和祖父母生活在一起。在雷韦伊翁堡,我们要晚上九点才吃晚饭,吃晚饭之前,我们要外出散步。可出发的时候,我才刚从外面回来,已经跑过许多的路程了。傍晚时分,美丽的雷韦伊翁堡在落日的照耀下熠熠生辉,那满天的霞光把鱼塘也映得通红。我愉快地回到这里,先在台灯底下看上一个小时的书,然后再吃七点钟的饭。接下来,更愉快、更奇妙的时候到了。我们趁着夜色出发,沿着村镇的街道一路走下去。途中不时地遇到一些店铺。铺子里面亮着灯,隔着玻璃窗看上去活像个大鱼缸,那明亮又闪烁的灯火,把玻璃窗上的人影拉得老长。人影缓慢地移动着,穿梭于那一片金色的光芒;它们并不知道我们在看,就自顾自地表演那些日常生活中看不到的私人节目,看得我们眼花缭乱。

随后,我们来到田野上。落日的余晖已经燃尽,一轮明月悬挂在空中,将月光洒满整个大地。我们唯一遇见的,是一群回家的绵羊。羊群如麦浪波动起伏,形成一个不太规则的蓝灰色的三角形。我不停地走着,像一艘孤独航行的小船;我拖着长长的影子,仿佛船行驶过后留下的水痕。我的身后是一片迷人的土地,我走过之后就不再回头。有时候,城堡夫人[①]和我同行。我们很快就走到了田野的边界——要知道,我平时下午散步的时候,可从来没有到过这么远的地方。我们不仅跨过了边界,还经过了传说中的教堂和庄园——我以前只是听说过这教堂和庄园的名字,以为它们不过是传说中的地方。风景全然不同了,地势变得高低起伏。我们攀上山坡,试图一探峡谷的深奥。峡谷里月光盈盈,好似一只乳白色的杯子。这时候,我们总要驻足片刻,才继续往峡谷前行。城堡夫人曾向我说过一些话,听到这些话,我才猛然间意识到,我在不知不觉中参与了她的私生活,走进了她的生命。我可不敢想象自己在她的生命中占有一席之地,说不定,我离开城堡的第二天,她立马就把我从她的生命中抹除了。

就这样,我的身体幻想着一个个不同的房间:在冬天的房间,我喜欢把严寒都挡在外面,喜欢整夜都生着火,让我的肩膀感觉浓浓的暖意,空气里满是烟尘的颜色和味道,隐隐透出炉火的红色微光;在夏天的房间,我喜欢被大自然拥入怀抱的感觉,喜欢安然入睡的感觉,好比我在布鲁塞尔住过的一间卧室,空间设计得非常赏心悦目,宽阔又不失温馨,让我觉得它既是供我停靠的港湾,又是供

①指在雷韦伊翁堡专门陪侍女主人的女士。

EX LIBRIS
ALBERT HEINE

我探索的世界。

所有的幻觉持续了不过几秒钟的时间。之后的片刻，我发觉自己躺在一张狭小的床上，床的两边还摆放着别的床。闹钟还没有响，可我必须马上起身，这样才来得及到餐厅喝上一杯牛奶咖啡，然后出发去野外走一走，听一听头顶上美妙的音乐。

今夜已逝，而我的回忆，仍旧在细细品味着各式各样的房间，我的身体仍旧在这回忆中间摇摆不定，不确定它究竟梦醒何方，直到我的记忆对它说了一声：这是我现在时刻的卧室。于是，再一次的，它把房间重建了起来，从地板到天花板。然而，它是从自身的并不太确切的位置开始重建的，它就把每一件事物的位置都弄错了。最终，我对周围的摆放做出了如此的判断，这里，是五斗橱，那里，是壁炉，再过去一点，是窗户。可接下来，在我以为放着五斗橱的那个地方，我看见了破晓的黎明。

昼日

从窗帘的上方漏进来的那一缕晨光，仅凭它的亮度，我就能判断出当天的天气如何，上午的气氛如何，而不必等到天完全亮的时候。当然，我连这个也不需要。哪怕我还躺在床上，脸对着墙，哪怕一点亮光都还没有，我也能从第一列驶来的电车发出的声响中、它的铃声中判断出——它是从雨中艰难而来，或是头顶着晴天畅快而来。四季的更替，天气的变幻，都会影响空气的密度，它就好比一件特殊的乐器，任由你在更替变幻的时候演奏出持久的或低沉或尖利的曲调，不仅在听觉上给我们以不同的感受，同样也在色彩和内涵上给予我们冲击，从而表达出丰富的情感，比如：大雾笼罩的时候，它是闷闷的像敲鼓；微风吹拂的时候，它是温柔轻快的小提琴，给人以明快、活泼的色彩感；冬天出太阳的时候，它穿透薄冰，带着横笛的锐利。

当早晨的街道刚刚苏醒、发出第一阵响动时，我就能听出它们是因为烦人的雨水而变得麻木呢，还是在冰冷的阳光下瑟瑟发抖，是因为迷蒙的大雾而垂头丧气呢，还是在轻柔的微风中陶醉。起风的日子，就算有几滴过路的雨水洒下来，待一阵风吹过，一束阳光照过，街道也是干净清爽的。

如果有哪一天，我听见风在烟囱里使劲儿地吹喇叭，我的心就跳得很快；少女听见从敞开的窗户外面传来舞曲的声音，传来马车护送别人去参加舞会的声音，而她自己却没有得到邀请时，她的心跳速度恐怕也比不上我的。遇到这样的情况，我真希望自己在头天晚上就连夜乘火车，第二天一早便抵达诺曼底的某一个小镇，科德贝克或贝伊厄。这些小镇拥有古老的名称和钟楼，在我看来，像是头戴着一顶当地妇女的传统帽子，或者玛蒂尔德王后的蕾丝软帽。抵达之后，我就出发去海边，伴着大海的波涛一路前行，直到走进一所为当地渔民服务的教堂。教堂的彩色玻璃窗上面绘有“征服者威廉”的舰船和军队，舰船有天蓝和绛紫两种色彩，从玻璃窗望出去，大海掀起巨浪，似乎要包围了整座教堂，然而它却小心翼翼地、虔诚地避让着，在一片深绿色的漩涡中间留出来一块寂无声息的、潮湿的海底墓地；在这块墓地上，圣水池的石槽凹处还留有几处积水。

早晨的天气，能通过天色和街道上的声响向我作出昭示，继而让我体悟季节和气候的影响。可即使没有这些，我只要感觉自己的小宇宙，一个由神经和血管组成的系统，发现它反应迟钝、行动迟缓，我就知道天在下雨了。此时我希望自己身在布鲁日，在那里能像布鲁格尔画的那样，有烧得旺旺的炉火，有小母鸡、松鸡和猪肉在炉火前烤着，我午餐时就能吃到。假如说，我还在睡觉的时候，就已经感觉到自己的神经提前醒了过来、兴奋了起来，那我现在只需揉揉眼睛，看看表，然后决定我是否能及时地赶到亚眠，去看看冰冷的索姆河岸边上的那座大教堂，看看教堂的雕像如何在檐篷下躲避寒风的来袭，又如何沐浴在正午的阳光下，往金色的墙壁上投射出一条蜿蜒如藤蔓的阴影。

若是早晨有雾，我希望自己能在头一天夜里抵达某一座古堡，然后早上睡个懒觉，起来穿着睡衣，感觉自己冻得发抖，就欢欢喜喜地跑到炉火前取暖，脚边的地毯上，阳光爬进来，也是冻得发抖，正好躺在地毯上暖和暖和。从窗户望出去，我看见一块陌生的地方，古堡的两翼形成非常美妙的图景，两翼之间是宽阔的庭院。马车夫正在庭院里备马，我们待会就要骑马去森林游玩，看看鱼塘，拜访下修道院，而我的女主人，她早就起身了，这会儿正在指示她的家里人不要把我吵醒了。

有时候，一个春日的早晨，乍暖还寒，仿佛回到了冬季，卖羊奶的人摇着铃铛的声音回荡在天际，听起来比西西里牧羊人的笛声更加清亮动听；我多么想跨越白雪覆盖的圣戈塔尔山，来到山脚下鲜花遍地的意大利啊！想着这些，我此刻已经感受到一束阳光照耀在身上，从床上跳将起来了。我在镜子面前手舞足蹈，我高兴地说着一些不着边际的话，我竟然还唱起歌来——因为诗人就像矗立在尼罗河边的曼农石像，只要太阳升起，便能放声歌唱。

曾有许多人物都留存在我的记忆中，可后来，他们接二连三地沉默了，不说话了，或是因为被剧烈的肉体上的疼痛击垮，或是沉睡不醒，最终只剩下一个，他始终屹立不倒，我的天，看他的样子，简直跟我小时候在配镜师的橱窗里看到的嘉布遣[1]木偶一模一样。这个木偶，在下雨天撑起伞，天放晴了，就摘下帽子。如果是晴天，百叶窗没办法帮我过滤呼入的每一口空气；阳光虽然灿烂，但一口灰尘呼进去，很可能诱发急性的哮喘，让我难受得睁不开眼，甚至在一阵痛苦之后丧失意识，丧事语言的能力；我什么也说不出，什么都想不起，就连祈求老天下雨、不要让我再犯病的想法都无力承受。有好长一段时间，我发不出别的声音，只能喘粗气，我听见自己的内心深处，一个弱小的声音在快乐地说着："天晴啦……天晴啦。"痛苦的泪水滑下我的脸庞，我没法说话，但我只要能缓过一阵，我就想唱；那个嘉布遣木偶，我的脑子里唯一剩下的东西，它摘下了帽子，宣告太阳出来了。

后来我养成了白天睡觉、晚上熬夜的习惯，尽管整日地看不见光明，却并不感觉它的疏离；我多么的渴望光明，渴望生存，且越是得不到满足，越是渴望。晨祷的钟声淡淡地响起，隐隐约约中，它轻柔地拂过头顶，好似黎明的微风，当它散落在地时，又好像清早下过的小雨。我开始羡慕起某些人：他们为了去郊游，日出前就出发了，然后准时达到某间乡村小旅馆的院子里，跟朋友们碰头；他们走过来走过去，等着把马车套上马，在那些怀疑他们要睡过头的人面前，他们也是自鸣得意的很。这一天，必定是个好天气。夏天天气好的时候，下午打个盹也是很舒服的，不一定非得午睡呢！

我大白天的睡在床上、关着窗帘，这又有什么关系呢？我只要看得见白天的光线，或者闻得见白天的气味，我就知道是白天了。白天不仅仅存在于我的想象，更是此时此刻的真实；它为人类提供了所有生存的可能，是我能够参与的、实实在在的时间，能真正带来快乐的时间。

---

①原指嘉布遣会修道士，此处指一种儿童游戏。

我没有出门，没有吃午饭，也没有离开巴黎。临近晌午，夏天的气味浓厚如油脂，连我的洗手盆和衣柜也染上了，它们本来是没有什么特别味道的；光亮从大幅的蓝丝绸窗帘透过来，半明半暗中，洗手盆和衣柜的轮廓清晰可辨，它们就静静地呆在原地，好似一幅明暗对比画。这时候，我就会想起，孩子们该放学了，跟我多年前经历过的一样；而那些上班的人，要按我的猜测，也该回家吃午饭了。他们从火车或汽船上下来，急忙往家里赶；走到大街上，椴树底下，或经过热气腾腾的肉铺子的时候，他们还要看看表，确认自己没有延误。等到了家，他们首先走过光线暗淡、摆满鲜花的小客厅，享受各种各样的香味的混杂；客厅里照着一束静止的光，好像把空气也给凝固了。再走到昏暗的后厨，那里像一座阴湿的洞穴，突如其来的亮光能晃着人的眼睛，苹果酒放在石头水槽里冰镇着——他们很快要用那些漂亮的、半透明的又着实笨拙的杯子喝苹果酒，而冰镇过的酒能像女人的肉体一样诱惑他们，让他们急切地想啜上两口，再狠狠咬下去，冰酒顺着喉咙滑下去，凉凉的，香香的，果冻一般。餐厅的清凉也让他们感觉很享受，空气就像被冻住了一样，中间夹杂着桌布、餐柜和苹果酒的味道，当然，还有格律耶尔干酪的味道——干酪旁边正好搁着架餐刀的玻璃架子，玻璃反射出干酪的样子，仿佛连它的味道也给放大了；等到水果端上来之后，空气当中又会加入樱桃和甜杏的味道。无数的气泡从苹果酒里冒出来，多得都挂到杯壁上去了，如果用勺子舀起来，那就跟繁殖季节到海里撒网捞鱼卵一样；从外观来看，杯子里的气泡给人以威尼斯玻璃器皿的感觉，又像一个个的小圆点，装饰在被苹果酒染红的杯子表面上，精美无比。

作曲家在创作的时候，如果他写在纸上的曲子同时也在他的脑子里响起，即使他不情愿，也需要用乐器来实际演奏一下，以验证音准。我同样有我的不情愿，但我还是下床了一会，把窗帘拉开，好让自己适应下外面的光亮。与此同时，

我还让自己适应了一下别的事情，这些事情会因为人的孤独而助长欲望，它们的存在和可能，为生命注入了某种意义。这些事情就是：遇见陌生的女人。此刻就有一位陌生的女郎经过，她左顾右盼，从容不迫，不时地调整行走的路线，仿佛清水中的一尾鱼。美，并不是我们所认为的美的最高标准，也不是我们眼前所看到的美的抽象概念；相反的，美是遇见，在我们真正看到它以前，我们根本无法想象美。比如说，那个高个子的姑娘，十八岁的芳龄，面目白皙，头发卷曲，神情中透着一股子灵气。哎，要是我能起床该多好！……不过，我至少知道，这样的机会每天都很多，而我对生活的渴望也随之增强了。每一种美都是独特的，世间并不存在一种"美"，而是存在许许多多美丽的女人，所以，任何一个美丽的女人都能为你带来独一无二的快乐。

参加舞会是一件多么享受又痛苦的事情啊！眼见着那一拨又一拨的美丽少女从我们面前经过，空气里还留着她们两腮的香气，我们多么渴望了解她们的生活，可她们却小心谨慎、秘而不宣地溜走了。偶尔，有那么一位姑娘，她殷切又满怀悔意地看上我们一眼，似乎是要邀请我们走入她的生活，我们却只对她产生了欲求。欲求本身是盲目的；我们连一位姑娘的名姓都还未知晓便对她产生了欲求，那相当于，我们蒙着眼睛到了一个地方，以为它是个天堂一样的好地方，可下次我们再来的时候，却根本无法认出它来……

再说到这位姑娘，我们对她简直一无所知！我们很想知道她姓什么，至少以后还能设法打听到她——当然，她的姓氏有可能比我们的更高贵；我们能了解到她的情况：她的父母，父母为她立下的规矩，她住的房子，她经常走的街道，她在外面交往的朋友，去她家里拜访她的朋友（这些朋友比其他朋友更幸福），她夏天避暑的地方（这些地方让她离我们更远了），她的口味，她的想法，所有这一切都代表她的身份，构成她的生活，牵动她的视线，控制她的举止，充实她的心灵，托起她的肉体。

我时不时地走到窗户边上，撩开窗帘的一角。我看见，金灿灿的阳光底下，一群少女走了过来。她们是去听教理课或别的课程的，身后就跟着她们的家庭女教师。这些少女走起路来扭扭捏捏，没有一丝一毫的随意；她们看似来自一个少数人组成的、外人难以进入的阶层，对身边的普通百姓根本视而不见，只会毫不掩饰地讥笑他们，满脸的傲慢，以此来显示她们更高人一等。这样的女孩，她们看上你一眼，都像是在你和她们之间划上界限，以保持距离；而她们的美貌，也因为这距离而成为一种遗憾。这样的女孩并非贵族出身：所谓的富有、显赫和高雅，也许在别处具有严格的区分，可在贵族当中几乎是被抹除干净的；贵族可能会出于兴趣而追求财富，但并不看重财富，他们把财富跟下里巴人的贫穷放在同等的地位，不是在惺惺作态，而是发自内心。她们也不是知识阶层出身：她们中间有几个可能是很擅于交际的女神呢。她们甚至连纯粹的富有阶层也不算：金钱仍然尊重它想要购买的对象，不会如此地疏远劳动人民，不会如此地傲慢与不尊重。因此，她们只能是来自富有阶层的一个特殊的群体：这部分人能将你无情地拒之千里；如果女主人容貌姣好或男主人无所事事的话，就能和贵族们一起骑马打猎，与之交好，以图将来结下姻缘；他们虽然对贵族仍心怀不满，但已经开始为自己的平民姓氏头疼——在女主人与公爵夫人同时受邀的时候，生怕别人因姓氏而看轻自己，而忽略这是多么荣耀的事情；在谈论男主人的职业时，生怕别人把自己当成普通的律师或股票经纪人，而不愿和自家的女儿约会。对于这部分人，你是很难接近的，因为男主人的同行或伙伴已经被排除在外了，而公爵夫人也不会纡尊降贵地为你牵线搭桥。经过几代人的培养，在奢侈生活和各类运动项目的浸润下，这些年轻的姑娘已经学会了高雅；有多少次，我刚刚被她们的美貌所吸引，她们便向我投以冷漠的眼光，仅一眼，就足以让我清楚地认识到我

EX LI- BRIS
JACOB WEISS

与她们之间那一道不可逾越的鸿沟——对我而言尤其不可逾越，因为我认识的达官贵人们都不认识她们，也无从为我引见了。

我无意中发现了一张独特的脸，它分明地向我昭示出一种新的幸福。美，正因为它具有独特性，才能够产生多种多样的幸福。每一个人都像是一种未知的理想，它向我们敞开，在我们看见一张陌生的幸福的脸庞时，我们便看见了一种新的生活，我们向往的生活。虽然它最终消失在街角，但我们希望再见到它，我们有了更多的信念，相信这个世界上存在着比我们想象要多得多的生活的可能，我们因而变得更加的自尊。看见一张陌生的脸，就好比在书中读到了一个陌生的国度。我们读出它的名字，火车也即将出发。可我们不一定要亲自去那里，只要我们知道它在，我们就多了一个生存的理由。因此，我要往窗外看，去观察那些真实的生活，我无时不刻地感受到它们，它们近在咫尺，它们是无数种幸福的源泉。一位美丽的少女更能让我感受到生活的真实性和幸福的多样性。哎，我们是没办法体会到所有的幸福的，没办法追求那一位快乐的金发少女，没办法让那满脸忧郁、目光严厉的人儿认出我们，没办法将那纤细的腰肢揽入怀中，也没办法猜出那鹰勾似的鼻子、钢铁般冷峻的双眼和白皙饱满的额头究竟有何号令和指示，但至少，我们又多了几个生存下去的理由。

有时候，汽油的味道从窗外飘进来。在某些新派思想家看来，这种难闻的汽油味破坏了乡村的美，因为他们相信，人的心灵能够自行决定什么才是令它愉悦的，而独特性也是存在于真实，而非印象当中的。可是，感知者的感知不同，被感知的对象也随时在发生变化；当汽油味飘进我的房间时，我只觉得它是夏日里所有乡村气息中最令人陶醉的那一种——它浓缩了乡村的美、飞驰而过的畅快和对到达的向往。即使是山楂树的香味，也只能让我联想起一种静止不动、带有局限的快乐，始终逃不出篱笆墙的苑囿。而汽油的香味呢，却带着天空的蔚蓝，阳光的灿烂，像广袤的原野那样无边无际，它是出发时的快乐，是穿梭在矢车菊、罂粟、绛三叶草花丛中的欢畅，是前往约会地点、和心爱的女人见面时的喜不自胜。我记得，那天早上，我们在博斯的原野上开了很久，把她远远甩在了后面。她没有跟过来，离开我大概有三十英里之遥。风一阵阵吹过，阳光下麦浪滚滚，树影婆娑。我的脚下则是沃野千里，一直绵延最遥远的天际，目力之所不及。此时，我感到这阵风似乎是从她等我的地方径直吹过来的，先拂过她的脸，再轻抚我的脸；风一路过来，中途没有遇到任何的阻挡，只有连绵不绝的麦田、长满矢车菊和罂粟的田野，它们好似连成了一片，一整块土地，在土地的两端站着殷切期盼着对方的我们，远远的，又看不见对方，只能让风来为我们传递信息，为我带来她的吻，让她甜蜜的气息贴在我的脸颊上——我很快就会回去的，只要归时一到，我便立刻驾车飞奔回去。我曾爱过别的女人，我也曾欣赏过别处的风景，可郊游的乐趣却从来没有如此紧密地与我心爱的女人维系在一起；我生怕冷落了她，或惹她生气，因而不得不痛苦地提早结束行程，返回她的身边，如果能找到一个合理的借口，我还想一直和她待在一起，并暗自希望她能邀请我一同返城。所以说，风景是依赖人而存在的。或许还可以说，人是依赖风景而存在的。对于风景之美，我认为，在我欣赏风景的时候，它与我亲近；在它补益我的人生的时候，它与我分享；在它为我带来快乐的时候，它就成为了美的不可分割的一部分，成为我生活的希望、爱的动力。因此，人之美深深地嵌入风景之美，风景将所有的诗意都赋予了人。这也是为什么，我度过的夏天都是以人的脸和形态以及风景的形态存在，或者说，以同一个梦境存在，在梦境里，我对人的渴望、对风景的渴望迅速地融为一体。也许，在某一年，我对自然的所有想象不过集中于这么一幅简单的画面：阳光洒满墙头，墙头上绽放着一丛丛的或红或蓝的花朵，湿润的叶片闪着微光；而到了第二年，这幅画面就变成了被晨雾笼罩的一片忧郁的湖水。

我曾经从风景中感受到的乐趣，或者远离风景之后才能保存的乐趣，又或者因为某种错觉而迷恋上的乐趣(尽管我知道自己往往是弄错了，但始终相信这些乐趣是天然存在于风景的)，所有这些，一点一滴的，都在飘过来的汽油味中复苏了；随之而来的还有许多别的乐趣，因为汽油的味道是夏天的味道，力量的味道，自由的味道，自然的味道，爱的味道。

伯爵夫人

\>

我们家住在一所旧式大宅的侧楼上二楼的一套公寓里。这样的大宅在今天的巴黎已经不多见了。各式各样的小作坊、小窝棚把前院挤得满满当当，从大门起头，门房旁边就是一家鞋匠铺子，周围种满了丁香树，看门人就借着这间铺子一边修鞋，一边养鸡养鸭养兔子；它们或许是被民主的大潮给冲进来的，又或许是承蒙哪个贵人的资助而幸存下来的，它们跟大教堂外面那些小店铺一样，尚未被现代审美标准清除干净。而在院子的另一头，庭院深处，你也可以想象得到，住着一位“有身份的夫人”，尽管是刚刚才租住进来的，我却认为那是人家老早以前就享有的产业。这位贵夫人出门时，要坐两匹大马拉着的四轮马车，戴宽边帽，帽子上装饰有鸢尾花，那花看起来，和鞋匠兼裁缝兼看门人的铺子上摆着的鸢尾也没什么区别；她总是面带微笑，遇见挑水工、我的父母，还有看门人的孩子，她微微挥手示意，表示她并不倨傲，虽然她的马车没有停下。

车轮的辘辘声逐渐远去，小院的大门重又关上。两匹高头大马拉着车子款款而行，途中经过一幢又一幢的房子，而这些房子正面的宽度还不及马车的车身长度，就连随行男仆戴的帽子，也跟一楼的窗户齐平了。沉寂的街道因为伯爵夫人的到来而有了贵族的气息，她时不时地停下，等别人把名片奉上；她把店主叫到车窗前，当面向他们预定东西；她还遇见一些朋友，要么是正赶往晨会的路上，要么刚从晨会回来。她也要去参加同一场晨会，可她的马车却拐进了一条巷子，因为她想先去森林里遛一遛，返城的路上再去参加晨会，这样所有的马车就都先行离开了，她也碰不到其他人。到时候，她会用戴着绒面皮手套的双手紧紧握住女主人的手，把它拉到自己面前，再东一下西一下地轻轻拍打对方的衣服以示赞赏，好似雕塑家在展示一尊雕像或裁缝在给顾客试穿一件胸衣。没有人比她更清楚，如何道出至真至诚的歉意，如何用温柔的眼神和低沉的语调说一句：“真心想早点来，可确实办不到呢。”说话的同时，她的蓝眼睛还要做出一个既可爱又委屈的神情，好像她满脑子都想着她如何受阻，如何早点来不了，可这些又是她无法言说的，因为良好的教养不允许她谈论自己的隐私。

我们家的公寓也处在内庭，正好能看见伯爵夫人的住所。当我从今天的眼光来看待她的时候，我发现她具有一种独特的魅力，一种只要你跟她说话就会消失的魅力，而她自己对此全然不知。其实，许多人和她一样，虽然手持一盏小神灯，却从来不知道神灯的魔力。如果你同他们结识，跟他们交谈，效仿他们，那神秘的光亮就再也看不到了，那微弱的魔力、淡淡的光彩通通消失不见，连同他们的诗意也丧失殆尽。为了要重见光亮、重拾诗意，你必须中断与他们的来往，等过一段时间再与他们偶遇，就好像从前还不认识他们的时候。显然，这样的情况也适用于物品、地方、悲伤和爱情；拥有它们的人反而看不到诗意；诗意，只在远处闪光。因此，对于那些天生能看见微弱的诗意之光的人来说，生活总是令人沮丧的。假如说有什么人是我们仰慕已久的话，我们就不得不承认，一旦我们真的和他见着了面，那这个人就在我们见面的同时销声匿迹了。当他再次出现在我们的脑海中时，他仍然是陌生人的模样，和我们的某个朋友没有半点相似之处。而对于我们所熟知的那个人，他过去的样貌也已经被遮蔽了，看不出了。在我们的一生当中，陌生的人会在记忆这块精美的画布上留下最初的印象，而习以为常的力量会在这印象之上反复涂抹；如果我们偶尔有足够的精力将涂抹的部分刮掉，让印象本来的面目显露出来，我们就会看到曾经那张陌生的脸，回忆起那最初的印象，从而产生一种新鲜的感觉……我聪明的朋友啊——所谓的聪明，就是说智力不亚于其他人，我每天都与你交谈，我想问问：在你的心目中，那个双目圆睁、几欲夺眶而出的鲁莽的年轻人给你留下了什么样的印象呢？我曾见他从剧院的过道上匆匆离开，好像是伯恩·琼斯画上的英雄人物，或芒特涅亚笔下的天使。

另外，在我们爱上某个女人的时候，她的样貌也是变化很快的。事实上，我们所喜爱的那张脸是我们自己拼凑出来的一张脸，比如，我们会想象她明眸善睐的样子，想象她脸颊上的某个特征或鼻子的什么；我们能从一个女人的身上幻想出成千上百个女人的形象，再从中选择一个令我们倾心的；因此，只消一眨眼的工夫，我们爱上的这个女人就变了样了。昨天，她还只是阴郁苍白的侧脸，耸动肩膀时有点轻蔑的意味。到了今天，她就完全地转过脸来，温柔得几乎娇羞，那黑发映衬下的玉色双颊似乎也失去了魅力。啊！这同一个女人，她会在我们心头变幻出多少不同的模样，在我们第一次见到她的时候，离着她又有多远的距离啊！前几天的晚上，我从晚宴上护送伯爵夫人回家，她仍旧住在原处，而我早已离开当年的公寓多年。和她拥抱的时候，我特意将她的脸捧到离我远一点的地方，我想仔细地端详她，就像欣赏一位女士的肖像画，就像当年她停下来和街上送牛奶的女人说话、我远远地望着她一样。我多想再看到曾经那个和谐完美的形象，它有着紫罗兰色的眼睛、精巧的鼻子、倨傲的嘴唇、修长的身姿和忧郁的神情；当我的双眼再次注视着它的时候，我渴望把我的唇紧紧贴到这个女人的唇上，完成一个多年未完成的吻。然而，遗憾的是，我们亲吻的脸、我们居住的地方，甚至我们悼念的逝者，它们本身并不构成我们去爱、去留恋、去痛心的理由。人的印象是具有真实性的，它如此的宝贵，倘若艺术将其抛却，反而去追求所谓的忠于生活，那就等于抛却了唯一有价值的东西；相反的，倘若艺术将其记录，就会令最粗鄙寻常的东西都变得丰富起来。因此，要表现人的附庸风雅，要真正为它带来价值，艺术不是去描述它与社会生活的关系，这些与现实的恋爱、旅行、悲伤一样没有意义的东西，而是去捕捉一个年轻人的眼神：夏季的星期天，有着紫罗兰色眼睛的伯爵夫人乘坐她的四轮马车出门，那年轻人注视着她，欲望在他的眼睛里闪烁着梦幻般的、也是唯一真实的光芒。

当初我见到伯爵夫人并对她萌生爱意的时候，我眼中看到的不过是一些游移不定、转瞬即逝的东西，好似艺术家在画一幅转身离开的人物侧影。我所捕捉到的画面，也只是一条蜿蜒的曲线，它简单地勾勒出匆匆一瞥的眼睛、翘起的鼻翼和微微撅起的嘴角，此外便空白一片了；当我在院子里或街道上遇见她，她穿着不同的衣裳，她的脸几乎也看不清楚，我感觉像是碰见了陌生人一样，但在同一时刻，我的心跳停止了，因为从那顶饰有矢车菊的宽边帽底下，从那张不熟悉

EX LIBRIS PHIL MAY.
PHIL MAY. 1895.

的脸上，我隐约看到了那一条蜿蜒的曲线，看到了曾微微撅起的嘴角。有时候，我一连等上几个小时都看不到她，可忽然间，她又出现了，我已经看到她眼角旁波纹似的线条了。但很快，我们最初见到的这个任意的脸孔，虽然我们把它当作一个人，但它总是以同样的侧面出现，眉毛轻轻挑起，眼中含笑，嘴的一角微微撅起，几乎都是一模一样的，好像是从她所有的脸部特征中剪出来的，从她所有表情当中挑选出来的，既是随机的、即兴的、变幻莫测的，又是不可更改的，跟一幅素描一样，画面被捕捉到了，同时也固定下来了——这就是我们一开始看到的那个人；过了几天之后，我们又看到另一副表情和另一个脸孔。乌黑的头发、白皙的面庞，这二者之间的强烈对比本来最引人注目的，现在也没人关心了；眼睛里的讥讽看不见了，取而代之的是甜蜜的羞涩。

她激发了我的爱情，也同时增强了我对于她的身份地位的认可。我一度认为她的寓所是神圣不可侵犯的；即使有人告诉我，根据自然界的法令，像我这样的平民不得踏入她的寓所半步，我也不会感到太意外的。我当时还处于幸福的时期，不知生活为何物，不知人与物有高低贵贱之分，只知道名字不同，他们各自的品性就有了区别。在这一点上，我有点像我们家的弗朗索瓦兹，她相信，既然伯爵夫人的婆母是侯爵夫人，而伯爵夫人家里用的遮阳篷有个俗名也是侯爵夫人，那这两者之间就有某种神秘的关联，说明也只有真正的侯爵夫人才配使用这样的遮阳篷。

有时候，我一个人静静地在街上徘徊，脑子里想着她，同时又告诉自己今天是不可能遇见她了，可没想到，正当我路过乳品店的时候，我猛地一惊，像是小鸟看见蛇一般的怔住了。柜台的边上，有人一面和老板娘说着话，一面挑选着奶油干酪；那双迷人的紫罗兰色的眼睛下方，我看见一条蜿蜒的曲线在轻轻地颤动。第二天，我以为她有可能再次光顾那家乳品店，就站在街角等了几个钟头。可我终究没见到她，我失魂落魄地往家走，过马路的时候，眼瞅着一辆马车就要碾轧过来了，我及时地躲闪开来，才幸免于难。这时我看见了一顶陌生的帽子，帽子下有一张陌生的脸，可我仍旧认出了那条迷人的曲线，它正在睡觉，眼睛也看不出是什么颜色，但我非常确信就是它；而我的心跳，甚至在我确信以前，就已经停止了。每一次我见到她，我都感觉天旋地转、难以自持，我恨不得跪倒在她面前，让她以为我“教养很好”。在《萨朗宝》一书中，有一条蛇是家族守护神的化身。同样的，我认为那条蜿蜒的曲线也像蛇一样，会出现在她的姐妹和侄女身上。我觉得，要是我认识她们的话，一定会从她们的身上找出伯爵夫人的影子。不管怎样，她们只是同一个家族遗传下的不同形象而已。当我走到街道的拐角处，发现她的男管家就在附近，因为我认得他的金色络腮胡子，我的心跳就又停止了，好像我连他也爱上了似的：那可是她的男管家啊，每天和她说话，看着她吃午饭，跟朋友一样的人哪！

那些午前的时光，那些白昼的时辰，都好像一串串的珍珠将她与当时最雅致的情趣维系在一起；出门散过步以后，她又穿着那条蓝色的长裙再次出门了，她要赶往莫尔塔涅公爵夫人家用午膳；到了傍晚，当房子里的灯都亮起来，为正式的晚宴做好准备时，她便前往阿莱里乌弗尔亲王夫人或布吕伊弗尔夫人家，吃过晚饭后，她又要乘坐马车去德·鲁昂公爵夫人或德·德勒伯爵夫人的公馆——马车就在门外候着她，当她踏进车厢的时候，沙沙作响的丝绸、珍珠和她顾盼的双目，都会闪现出微光。直到后来，我才发现，这些夫人们很令人厌烦，我再也不愿到她们的家里去了，而且我看得出，她也不喜欢她们；于是，她的生活对我而言便不再那么光鲜亮丽了。她总是喜欢坐下来和我攀谈，而不愿跟我到外面去找一些乐子；我曾经还以为，我们出去了，身边没有别的人，她会完全展示出自己真实的一面，因为我从来没有见过那一面，始终像是坐在剧院的边厢一样，对台上的表演和女主角的美一无所知。再后来,我偶尔会想起她和她的生活——若将她的生活付诸语言的话,那就跟我的白日梦差不多——我得出的结论是:她很私密,她只跟贵族来往。如此这般,再无其他。

《费加罗报》上的文章

>

我闭上眼，等待天亮。我想着寄给《费加罗报》的那篇文章，他们已经压了很久了。我连校样都修改过了。每天早上打开报纸的时候，我都希望能读到它。可到了最近这几天，我彻底失望了，我不知道我投给他们的稿件是不是都遭遇了这样被抛弃的命运。此时此刻，我听见屋里的人都起来了。母亲很快就要过来探望我，因为我已经养成了白天睡觉的习惯；等我读完信件之后，她就会跟我道晚安。我重新睁开了眼。天已经亮了。一个仆人进来了，跟着母亲也来了。

如果你想知道我母亲的意图，那是

很简单明了的，无需猜来猜去。她整个的一生都没有为自己考虑过，无论多大多小的事情，她的目的都只有一个，那就是我们的幸福。然而，自从我病倒之后，幸福也无从谈起，母亲所关心的便是如何安慰我，让我高兴起来。母亲的用心良苦是我打小就知道的，因此我很容易就猜得出她行动中的用意，并发现她所做的一切都是为了我。我注意到，母亲在向我说了一声早安之后，就很随意地把一份《费加罗报》放到我的旁边，脸上挂着一种无所谓的表情；她把报纸放得很近，我稍一动身，就能看到。我又注意到，放下报纸后，她赶忙走出了房间，像是一个刚刚放置好炸弹的无政府主义者；她还用力地把刚要进来的老仆人给拉走了，根本不像她平时的样子，老仆人也闹不清究竟是怎么一回事，不知道她为什么不能进来。于是我立刻明白了：我的母亲一定是在报上看到了我的文章，她想先不告诉我，好让我有个大大的惊喜；她也不希望别人在我欢喜的时候打搅我，甚至弄得我很拘谨，不好意思流露喜色。母亲放下信件时的轻松自如总是有理由的，比如有我写的文章，有关于我或关于我所欣赏的人的文章，有雅姆或布瓦莱弗写的能让我着迷的东西，或者有某个信封上的地址写得非常漂亮。

我打开了《费加罗报》。怎么回事？这里有一篇文章跟我讨论的话题一样！不！这太糟糕了，连写的内容都跟我的一样……我要写信给编辑……又是同样的内容……后面还有我的署名……这就是我的文章啊！但是，有一秒钟的时间，我的意识还处于惯性运动中，或许也确实有些疲惫了，它仍然继续认为这文章不是我的，就像年纪大了的人一开始做什么动作就收不住了一样。我很快缓过来了，接受了新的事实：这就是我的文章。

我于是拾起了那份报纸。经过一个不可思议的复制过程，这份报纸既保持了其独特性，又将这独特性散布了出去；它从一变成万，散布到每个伸手讨要的报童手里，透着晨雾的潮润和油墨的幽香，游走在朝霞满天的巴黎，并最终抵达那些刚刚睡醒、正要喝上第一杯咖啡的人们的手中。因此，我拿到手里的不仅仅是我个人的思想，更是成千上万的读者在早餐时享有的精神食粮。我如果要体会他们的感受，就必须暂时地放弃自我，把自己当作那成千上万中的一个。我要做普通的读者：早上起来，拉开窗帘，感觉神清气爽；伴随着美好的日出，我的文章也即将出现——这光芒四射、朝气蓬勃的日出是比我现在所看到的更能给予希望和信念的。我再次拿起了《费加罗报》，假装不知道上面刊载了我的文章；我的目光故意回避了那个部分，它要从最吸引它的地方开始，慢慢看下去，就像那些不希望时间过得太快而故意拖延的人一样。我想象我的读者并没有指望能从报纸上看到什么特别的内容，他苦着脸，我也跟着撅起嘴；然后，我的目光落在了那篇文章上，我开始阅读。每一个句子都传达出了我所希望传达的意象。每一个句子，从开头几个词开始，就清楚明了地表达了我的思想；我虽是作者，但现在作为读者，仅仅站在接受的角度来看，那思想的内涵是更为丰富和细腻的。同样的思想在我的心中重新成形了，我原先为它所做的延伸和拓展，尽管在句子的开头没有任何的体现，最终却让我感觉机智巧妙、独辟蹊径。我想，那些和我同时看到这篇文章的读者们，他们很难不会产生跟我同样的敬佩之情。而他们的敬佩之情也能弥补我的小小的遗憾。假如将我写成的文章和我设想的文章两相比照——哎呀，我以后真该这么干——我就会发现，那些表面看起来漂亮、通畅的语句实际上是磕磕巴巴、词不达意的，再善解人意的读者恐怕也要怀疑：我提笔写作之前，到底知道自己想表达什么吗？这样的感受，我写作的时候有，写完再看的时候还是有，再过一个小时，我仍然会有。然而，就是现在，我搜肠刮肚地写出来的每一个句子，不仅感染了我自己，也感染了所有从睡梦中醒来、打开《费加罗报》的读者。

EX LIBRIS
LIBRERIA
GALLERIA
GHELFI

我要努力地成为一名普通的读者，抛开个人的主观意向，让自己的脑子一片空白，不论什么内容都愿意去读；紧接着，我的脑中就涌入了这动人的意象，这新奇的观点，这智慧的闪光，这深刻的见解，还有这优美的文字，它们接踵而来，让我不禁为自己的才华钦佩、迷醉，竟以为自己成了最受欢迎的作者了。我要成名啦，每一个刚睡醒的读者都会知道我——想到这一点，我就感觉世界更光明了，比照耀在每一扇窗户的日出都更加光明。要说文章里面有一两个词用错了的话，没关系，他们不会注意到的；无论如何，这也不算太糟糕，比他们平常读到的好多了。我在想象中得到了上万读者的支持，我的软弱无能，我生命中的无奈与悲伤，也随之幻化为充满力量的喜悦。我不再妄自菲薄，我从赞美声中汲取能量；我设想每一位读者是如何钦慕我的，设想自己即将接受到的溢美之词，于是我从痛苦的自省中解脱出来，我的心得到了满足。

然而，正当我为解脱而庆幸的时候，我还是忍不住要重新审视自己的作品。我之所以能从文字中看出意象，那是因为我知道自己想要表达什么，但意象本身并不在文字中。即使说我在某些地方尽力做了一些生动形象的描述，但读者如果不能从中联想到他们熟悉或喜爱的事物，那他们也无法鉴别和欣赏。我重读了一两段优美的文字，我对自己说：是的，这些文字阐明了我的观点，我的视角；我可以放心了，我完成了我的工作，任何人读到这个部分都能明白我的意思，他只消打开《费加罗报》，就能从我的文章中撷取到思想和意象的精华。思想，仿佛刻印在纸上，只要读者的眼睛触碰到它，它就能在陌生的头脑里定居下来。可事实上，我的思想顶多能在深有同感的读者中引起共鸣，而对于其他并未有同感的读者，它们该显得多么荒唐可笑啊！这些文字究竟意味着什么，恐怕他们永远也弄不明白，而且连想都不会去想一下。他们读到我的作品，又能从中读出什么呢？也正因为如此，所有与我相识的读者会跟我说："太一般啦，你写的那篇文章。”“非常糟糕的东西呢。”“很遗憾，你居然写出这样的文章来。”而我的心里却想着他们是最有判断力的人，想着要与他们步调一致，想着要以他们的眼光来重读我的作品。然而，我无法借用他们的双眼，就像他们无法借用我的。当我读到第一个单词的时候，动人的画面就栩栩如生地展现在我的眼前；我为它们喝彩，毫不偏私，我感到一切都已经体现在文字中，所有的内涵就承载在这纸页之上，读者不该视而不见，只要他们肯用心接受，只要我提示他们一句，他们就该产生跟我同样的感受。

我当然希望我的奇思妙想此刻正进入每一个人的头脑，可我不得不考虑有些人根本不读《费加罗报》，或者今天碰巧不读，或者已经外出打猎、整天都没空读，又或者拿上了报纸却没有读完。此外，即便是那些读了报纸的人，他们就一定看到我的文章了吗？如果是我的熟人注意到我的名字，他们肯定会读下去。可万一他们没注意到呢？我虽然庆幸自己的文章发表在头版，但仍不免担忧有些人是不看头版，直接翻到第二版的。诚然，要想翻到第二版，就必须把整张报纸展开，而我的名字就出现在头版的正中央。可我又担心，翻看第二版的人似乎只会留意到头版上靠右手边的那一栏。于是我自行试验了一遍：我急于想看到菲兹-雅姆夫人宴会上的邀请名单，我拿起《费加罗报》，准备直接跳过头版。果然！右手边的两栏登时抓住了我的眼球，可“马塞尔·普鲁斯特”的大名呢，确实看不到！但我不甘心，即使从第二版开始读，也该看看当天的主题文章是谁写的吧。我回顾了一下昨天和前天的主题文章，我才发现，我平时看文章也基本不关注是谁写的。我发誓以后都要看看文章作者的名字，就像一个爱嫉妒的男人，为了劝服自己相信情人的忠贞，硬是要纠正自己的不忠行为。但是，我关注并不意味着大家都要关注，就算我以后都要读头版，也不代表大家都要这么干。正相反的，我并不认为现实就是这么如我所愿的，不像从前，情人的信还没有来，我就在脑中把信写了一遍，里面全是我想听的话。后来，我知道这是不可能的，她绝不会写出一封完全符合我心意的信，于是我放弃了期待和想象，这样她也许还能写出点我想听的，写出一封符合我心意的信来。然而，就算她偶然间写出了这么一封信，它也不会打动我，因为它让我感觉像是在读一封自己写的信。在尝试过初恋的青涩过后，我们对于每一句动听的情话都如此熟悉，便没有一句，哪怕是最想听到的那一句，能闯入我们的心扉了。当它们诉诸笔墨，语言风格与我们的极为相似，连想法都是我们习以为常的，那么，我们读到它们的时候，难免会有无动于衷的尴尬；既然欲求与满足之间如此的贴近、吻合，那渴望与拥有之间也不会有什么区别。

我打发男仆去为我多买几份《费加罗报》，告诉他我想把报纸送给朋友们看，我的确也是这么想的；但更重要的是，我想再抚触一下承载了我思想的潮润的纸页，想再看一看，如果我的仆人去早一点，他能赶在另外一个读者之前买走的报纸是什么样的，而我再读到一份新的报纸的时候，也可以拥有一个崭新的视角。于是，我以一个新读者的眼光来重新审视我的文章，心怀良好的初衷，就像我从来没有读过它一样；结果证明，再次读它的感受和第一次差不多，都基本符合我的预期。虽然我打心底知道有许多人，包括我的密友，都不会拿我的文章当回事，但今天，哪怕我的思想征服不了他们，哪怕他们永远也搞不懂我究竟在写些什么，我也用我的声名、我的品性，以及我的才华（有些作家的许多作品，他们根本看不懂，就冠以"才华"之名）来征服他们，我很享受这样的成就感。并且，有那么一个人，我希望能打动她，这篇文章正好帮了我的忙。尽管她看不懂文章的内容，但文章的存在本身就证明了我的才华，树立了我的声名，她肯定会有所耳闻的。可遗憾的是，对于一个她不喜欢的人，再怎么证明才华也无济于事，就好比一页纸上写满了她并不理解的思想和观点，那也无法俘获她的芳心。

好吧，在我睡下之前，我还是要去和母亲道个晚安，询问下她对我的文章作何感想。既然我没办法确定《费加罗报》的上万名读者都会阅读并喜欢我的文章，我只好先向身边的人打听打听。今天是母亲居家待客的日子，兴许她的客人会跟她提到我的文章。

临去之前，我先拉上我的窗帘。此时窗外已是霞光满天，好像太阳已经铆足了劲、随时要一跃而起似的。看到这粉色的天际，我很想去旅行，因为我经常从火车窗外看到这样的景象；头一晚我是在火车上睡过去的，那可不像现在这样什么都规规矩矩、静止不动，安静得叫人窒息的，而是始终处于运动，有点随波逐流的意思，仿佛一条鱼身处溪水之中，即使它睡着了，也同时顺着流水荡漾前行，始终保持自己的路线不变。所以，不管醒着还是睡着，车轮发出的叮当声都让我感觉恍恍惚惚的，耳朵里也开始不自觉地打起了拍子，叮叮，当当，叮叮叮叮，当当当当，跟敲钟一样，拿一盏钟去撞下一盏钟，下一盏再撞下下一盏，这么接二连三地、有节奏地响着；节奏只是臆想出来的，当它发生变化时，钟声和车轮的声音也跟着变了。闹哄哄地睡过一晚之后，第二天清早，火车载着我全速奔向我期待已久的目的地，而我则透过一方明净，看见了树丛之上露出的晨光。很快车轨就转了个弯，车窗外面不再是晨光，而是满天的星光和一座村子，村里的街道都还笼罩在蓝灰的夜色之中。于是我赶紧跑到对面的窗户去看，树丛之上，美丽的朝霞已经越来越绚烂夺目了；为了能一直看到它，我不得不在两侧的窗户间来回转换，这一秒火车的方向变了，我在左侧的窗户看不到了，下一秒我挪到右侧的窗户，就又能看见了。旅途中遇到这么美妙的时刻，人真是愿意用一生的时间来旅行啊！这个愿望也正是我现在所渴望的：我多么想再去看一看，在这粉色天际之下，荒芜的汝拉山谷，蜿蜒的轨道，一座哨所小屋就孤零零地站在轨道边上。

当然，我想看到的还不止这些。火车停在了那里，我站在车窗边上，闻见一股煤烟的气味，正好也看到了一个十六芳龄、高个子、粉红脸颊的少女端着热气腾腾的牛奶咖啡从窗外经过。对于美的抽象的欲求是寡淡无味的，它只能在已知的基础上想象美，只能让我们看到一个既有的、既定的世界。可一位美丽的姑娘，她能给予我们更多的超乎想象的东西——不是美，这种共通的东西，而是作为一个人，某种具体、独立的存在，它同时也是独特的，我们渴望自己的生活能与之产生交集。我喊了一句："请来杯咖啡吧！"她没有听到。我眼睁睁地看着她离开，我即将与她失之交臂，永远无法参与她的生活，无法让她的眼睛认出我来，更无法影响她的思绪。于是我再次呼唤她，她听见了，转过身，微笑着走了回来。火车就快要启动了，我一边喝着咖啡，一边盯着她的眼睛看。而她的眼睛呢，并没有躲闪，也直视着我，流露出一丝讶异的神情，可我的欲求却相信，它从中看到了同情。我多么想占有她，带着她一同旅行，即使不能拥有她的身体，至少也可以拥有她的关切、她的时间、她的情谊和她的生活方式。但我没有机会了，火车已经启动了。我只能对自己说，等我明天再回来吧。一晃两年过去了，我现在就想回去，我想在那儿附近住下来，在某个微曦初露的黎明，在荒芜的汝拉山谷之上，将那个卖牛奶咖啡的棕发女孩拥入怀中。

另有一个男人，他带着情人旅行，当火车离开、把这些乡下姑娘都甩在身后的时候，她们在他身上所激发的欲求便只能由他的情人来抚慰了。然而，他这么做不过是弃权；他原本有权利去探索这个国家，去发现真实的世界，可他却拒绝了。类似这样的人，他们只会在真实的世界里寻求乐趣，一旦投入了情人的怀抱，那个微笑着为他们端来牛奶咖啡的姑娘便可以抛诸脑后了；若要欣赏亚眠大教堂的高塔，也不需要实地去看，只要看看别的什么大教堂，他们就满足了。对我而言，真实是明确、具体的；我想要欣赏的，不是任何一个女人，而是这样一个女人，不是任何一座哥特式教堂，而是亚眠的那一座教堂，就屹立在那片土地上的教堂——绝非它的对等物，相似之作，而只能是它自身；在欣赏它的时候，我能感受到长途奔波的劳累，能感受到当天的天气，以及同时洒落在它和我身上的阳光。通常，这两种欲望是合二为一的，因为两年之后，我又想回到夏特勒，想再去看看夏特勒大教堂的门廊，再与教堂司事的女儿一同登上高塔。

天完全亮了。我看见外面大地上金光普照，人们一推开窗，就知道太阳才刚刚升起；那花园里身形颀长的向日葵花哟，那山坡上的牧场，还有不远处静静流淌的卢瓦尔河哟，都披上了一层薄薄的金纱，这样的美景，人们也只有等到日暮时分才能再见到了，但那时的美并不如现在这般充满希望和憧憬，它催促人们沿着阒无声息的大路速速趱行。

露台上的阳光

睡觉之前，我想知道我的母亲是如何看待我的文章的。

“费莉西[1]，太太现在在哪儿？”

“太太在梳妆室呢，我刚为她梳了头。太太以为先生已经睡着了。”

既然我还没睡，我就该趁机会去母亲的房间，给她一个惊喜。通常我在白天的这个时候是躺在床上、正准备睡觉的。母亲穿着长长的白色睡袍坐在梳妆台前，她黑色的秀发瀑布般披在肩上。

“我的宝贝怎么这个时候跑过

①即后文的弗朗索瓦兹。

来啦？”

“‘我的主人想必是误把黄昏当清晨了。’”[①]

“不不，我的宝贝是想和妈妈谈谈他的文章以后才睡。”

“那你觉得我的文章如何呢？”

“你的妈妈可没有上过大西尔学堂，但她觉得文章很好。”

“写电话的那部分呢，也不是太糟吧？”

“很好。你的老露易丝可能会说，这孩子从哪里知道这些东西的，连我这把年纪了都还没听说过呢。”

“好了，说实在的，如果你不知道这文章是我写的，你也觉得它好吗？”

“我确实认为它很好，觉得作者应该是比我的宝贝更聪明许多的人，全世界的人都知道该怎么睡觉，可他却不知道，现在还穿着睡衣跑进我的房间来。小心点，费莉西，你扯到我的头发了。我亲爱的，你要么赶紧穿好衣服，要么就到床上睡觉去。今天是周六，我可没有多少闲工夫。要是你的读者看到你现在这个样子，你以为他们对你还会有一丝丝的尊重吗？”

周六是我父亲讲学的日子，因此我们通常会早一个小时吃午饭。正因为有了这么一个小小的破例，周六对我们来说具有了某种特殊的亲切感。我们知道，午饭随时都会端上来，我们可以心安理得地享用煎蛋卷、牛排和薯条，这些原本要一个小时之后才能享用到的美食。不仅如此，这循环往复的周六还是我们枯燥生活中所有兴趣和欢乐的聚焦点，如有必要，它还可能成为所有智慧和创意的聚焦点——外省生活的小圈子几乎就没有什么事情来激发这些智慧和创意。周六就成了我们交谈中必不可少、总也说不完的话题；如果我们当中有人正好会写史诗，那他肯定能写出“周六三部曲”来。就如布列塔尼人最爱听那些讲述亚瑟

①引自莫里哀《东道主》。

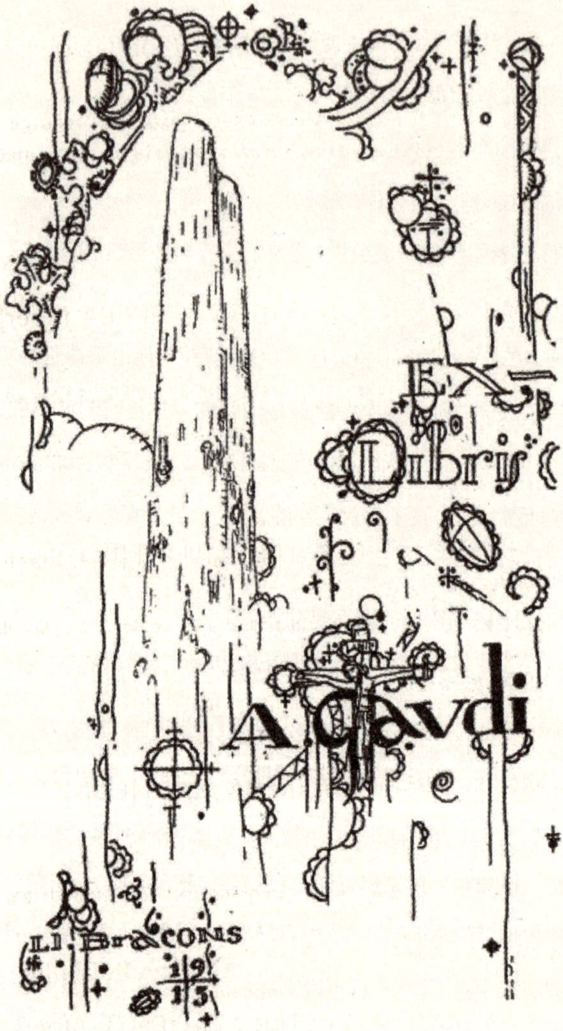

EX
Libris
A. Gaudi
Ll. Bracons
19
13

王英勇事迹的民谣一样，我们也觉得有关周六的笑话才是真正能打趣逗乐的，因为这样的笑话里带有民族特征，让我们感觉自己迥异于那些异族人、蛮人，也就是那些周六也按时开饭的人。如果哪位不知情的邻居在周六的上午登门拜访，等他发现我们居然提前吃饭的时候，那错愕和尴尬就成了我们的经典笑料之一。弗朗索瓦兹一连好几天都会为了这个而忍不住“嗤嗤”笑起来。我们很清楚，只要一提到周六这档子事，就肯定能把大家逗乐；怀着对某个地方习俗近乎宗教性的虔诚之心，每个人都能领会这笑话的可笑之处。于是我们夸大其词，把邻居的错愕和尴尬大肆渲染一番，我们编出了剧情，还设计了对话。比如，对方可能说：“怎么会？才下午两点就吃饭啦？我还以为没到时候呢。”我们就回答说：“当然没到时候，可今天是周六。这你就不懂啦。”

“稍等一会，”我说，“还有一个问题。假如你不认识我，不知道报纸上有一篇我写的文章，你还会注意到它吗？我倒是觉得没有人会去读那个部分。”

“小傻瓜，怎么会看不到呢？它可是眼睛一眼就看到的部分。何况还是一篇占了五栏的文章啊！”

“话虽如此，可卡尔梅特先生并不高兴。他觉得它不适宜在日报上发表，读者不会喜欢看的。”

听到这里，母亲的脸色有些不耐烦了。

“那你为什么还拿去发表呢？老实说，你这么说他很不地道，他对你这么友好，而且，你也知道，要是读者不喜欢，有抱怨的声音，他是不会再跟你约稿的。也许有些地方你还可以删减一下的。”母亲拿起了报纸。为了不跟我抢，她自己专门留了一份。

天空晦暗，我听见风在烟囱里呜咽，我的心也随着风飘向大海去了——我真想即刻出发去海边。此时，我瞄了一眼母亲正在读的报纸，本来想看看有没有什么内容是可以删减的，却无意中发现了一则之前未注意到的消息："暴风雨袭击布勒斯特。狂风自昨夜起肆虐，靠港船只缆索断裂。"我的神经瞬间被"暴风雨"这几个字给刺激了，就连那年轻的姑娘第一次等来了舞会的邀请函也不见得有我这般狂喜。我的梦想因为这几个字而具备了形状和内涵，但它们给予我的刺激也是痛苦的，因为与渴望旅行并行而来的还有对旅行的不安和惧怕，在过去的数年中，我每每想出门的时候，都会在最后关头放弃。

"妈妈，暴风雨来了。我既然还没有睡，也不妨趁此机会出去一趟，去布勒斯特看看。"

妈妈回过头去看费莉西，她咧开嘴在笑。

"费莉西，我说什么来着？要是马塞尔先生知道有暴风雨来了，他肯定想出门的。"

费莉西以崇拜的目光注视着母亲，她总是未卜先知。之后，费莉西看见母亲和我相互拥抱，一次又一次地不肯撒手，她本来是有些动容的，可我的母亲却不大高兴了，她对费莉西说她的头发已经弄得差不多了，她可以自己梳了。我还是很焦躁，在两种画面中难以取舍：一个画面在引诱我前往布勒斯特，而另一个在催促我上床睡觉。一个画面中，我喝着一杯午后的热咖啡，水手正准备带我去领略巨浪拍打礁石的壮观景象，远处的红日才刚刚跃起；另一个画面中，众人都歇息了，而我不得不走进一个陌生的房间，躺在潮湿的被褥里，为明早醒来看不见母亲而难过。

突然我看见什么东西在窗台上颤动，似心跳般的搏动，微弱而暗淡，却一直不停地膨胀，像是一束阳光即将破窗而入。果然，才一会工夫，它就占据了半个窗台，但又有些犹豫，稍微地缩回去了一点，接着再占领了整个窗台；窗台上，淡白的光四处流溢，阳台上铁艺栏杆投下的淡影隐约浮动。一阵风把淡影吹散了，但它们很听话，又重新聚拢了来；在我的眼前，窗台的阳光不断地变亮，不断地增强，迅疾而流畅，好似一首序曲演奏到了结尾的部分——一个尾音柔和地加入进来，在你听出它是一个不同的音符之前，还以为它不过是一种渐强的效果；很快，这个尾音变得越来越强，越来越高亢，直到达到巅峰，以振聋发聩、鼓舞奋进的气势来结束整首序曲。于是，一转眼间，盛夏的光辉已经把看似持久、永不褪去的金色涂满了阳台，那铁艺栏杆的花纹原本是我认为最难看的，现在也在金色的底色上映现出美丽的影子。花纹的曲线和盘绕，这些平日里极少被关注的细节，从影子里可以一目了然地看出；它们如此的精美，错综复杂的纹路中，即使最细小的卷须，也得到了精心的打磨，将一份匠人追求完美的喜悦体现得淋漓尽致。这样的匠人是醉心于细致的修饰和完善工作的，他们能为一件事物赋予超乎其自身的美，让事物得到精准的展现。影子，有棱有角地躺在金光闪闪的地面上，质感十足，伸手可触；它们仿佛是在一片欢乐祥和的氛围中安静地放松、休憩。

无论我们费多大的劲来使我们的谈吐富有个性，只要一诉诸笔头，我们就又变得老生常谈、毫无新意了；要把某种事物在我们头脑中留下的印象给描述出来，这样的想法也许跟烹饪肉食、穿衣着装一样，倘若文明的进程变了，也就根本不存在了。不管怎样，对于那些阳台的栏杆在阳光照耀的石头上所投下的阴影，我再怎么细致地描述，也表达不出我看到它们的欣喜之情。在我们居家常见的植物中，攀援至窗口的也好，盘绕于门廊或窗棂的也罢，都不及这些影子来得轻巧、灵动；没有什么是比它们更重要、更有深意的了，也没有什么比金色阳光的爱抚更让我们贴近自然、懂得日常的风云变幻。这些影子像枝叶一般伸向我们的窗棂，像四季常青的植物一般繁盛，哪怕是在童年时期最阴冷的冬日，整个上午都飘着雪，它们的突然出现也会向我们昭示：我们终于可以到香榭丽舍大街上散步了，我们很可能在走出马里尼大街的时候碰到一个小女孩，她戴着小圆帽，脸上泛出健康和快乐的光泽，尽管她的女教师不断警告她，她还是在结冰的路面上溜起冰来，这就是我们为之伤心了一个上午的女孩，我们本来以为这么糟糕的天气是没机会看到她了呢。几年之后，我到了天气不好也可以出门的年纪，但我已不再是那个情窦初开的少年，也不总是跑到香榭丽舍大街上去玩九柱戏，因为那里不再是唯一能碰见我心爱女孩的地方了。

当然，一个毛头小子也会有走鸿运的时候。他想也不敢想的事情，某个显然遥不可及的人生理想，就居然在一个雨天实现了。邀请他去喝茶的那座府邸，是他从未妄想能踏入的地方，它的威名可大得很呐，只要一提到它所在的街道，或者它附近的几条街，甚至是它所在区域的邮政编码，都会让他心惊肉跳、魂不守舍。光是爱情，就足以使这座府邸在我们的眼中显得非同寻常了。那时还不流行把房子布置得很敞亮，有蓝色的会客厅，于是我们在中午昏暗的光线中摸索着爬上楼梯，满怀初次登门的敬畏。到了森严阴暗的前厅，只见一个人站在哥特式的木柜子前面，究竟是等待外出访客的女主人归来的侍从，还是迎接我们到来的这宅子的主人，我们根本分辨不出来，我们的敬畏之心也愈发深沉了。再进入客厅。我们首先得穿过几层门帘，然后看见做门帘的挂毯上有镶貂皮的华盖，窗户上嵌着彩色的玻璃，还有小狗、茶几、彩绘的天花板，所有的一切都像是隶属于这位封建女主人，是她的特权所专享的；而这整座宅子，也似乎是独一无二的，女主人的个性、地位和身份便决定了它的特质，用几何学的术语来讲，就是唯一必然性序列。此外，爱情也让我们自卑，哪怕看到最细微的差别，也觉得是值得艳羡的优越。要承认我自己家里没有这般的优越，在我看来，那就等于承认了社会的不平等；若是让我心仪的女孩知道了，她必定会远离我这个贱民。既然我没有办法劝服我那欠缺教养的父母来改善我们的居住条件和生活方式，我只有选择了撒谎。我知道她绝不会到家里来看我，也绝不会发现这可耻的事实，因而我厚起脸皮、装腔作势，好让她相信我家跟她家一样，客厅的家具也总是套着套子，喝茶的时候也从来不喝巧克力。

就算是雨天，我也有可能去我的朋友家喝茶，这样一来，下午两点不期而至的阳光对我而言也不会有一种死刑犯得到特赦的狂喜了。然而，我的人生当中不知有多少回，就因为一束洒落窗台的阳光，我原本打算放弃的计划也改变了，原来以为是没指望的愉快的散步，一下子竟可成行了，赶紧吩咐人备马车去了！没有阳光的日子是光秃秃的，它刺激人的欲望，恨不能把它咬上一口；这所谓枯燥、灰暗的日子，不见阳光，人走在街上也像银网捞起来的鲱鱼，泛出刺眼的光。这时只要有一丝光亮，哪怕还没有成为一束阳光，那也是多么愉快的啊，至少是一种希望，仿佛我们一边聆听午后尚不确切的心跳，一边仰望天上似有若无的微笑。

从窗户望过去，对面那条街道毫无美感可言。秋天的落木萧条，中间间或裸露出一段墙壁，可也是刚被涂成了过分鲜艳的粉色，上面还张贴了蓝色黄色的招贴画。但一经阳光的照射，这景象就大为改观，所有的色彩都燃烧了起来，熔为一体；红色的树，粉色的墙，蓝黄二色的招贴画，还有蓝天白云，简直成了一座五彩缤纷的殿堂，绚烂、夺目仿若置身威尼斯。

因此，在弗朗索瓦兹为母亲梳头的时候，我所看见的阳光，我当时的感受只有通过描绘阳台上的阴影来传达了。这阴影构成的图案，素描一样的简洁明了，正好可以充当我印象的媒介，毕竟它不仅仅是我当时的视觉感受而已。著名的歌唱家在明星演唱会上登台演出，尽管她的嗓音不再似从前的高亢嘹亮，但台下就有合唱团，有无数的嗓音在支撑她的表演；类似的，就在我用双眼看见

那一束阳光的同时，无数的记忆，模糊不清的、自幼年就形成的记忆都感知到了这一印象，它们令它充盈、饱满起来，在我心中置入一种深度，一种丰度，一种真实感；这种真实感融合了所有那些被珍视、被反复思索和回味的往昔岁月，带着它们的质感、对快乐的期许，以及那熟悉而无常的跃动。毫无疑问，我今天的感官，就像那位女歌唱家的嗓音一样，已经愚钝不堪了；但印象，是可以增强并丰富感官的。也许，印象还能赋予我那种令人迷醉的东西——想象的乐趣，非现实的乐趣，对诗人而言唯一真实的乐趣；在现实生活的短瞬，它们也许能让我体味真实、摆脱虚妄，这是多么难得的时刻啊！并且，从这个印象及其类似的印象中，某种共通的东西得到了释放；它高于我们日常生活的真实，甚至高于思想、激情和情绪的真实，我们对此无法解释，而它的优越性又如此确凿，我们更无从怀疑了。当我们辨识出它，这种印象里共有的本质时，我们感受到无与伦比的快乐，有了它的形影相随，死亡也变得无足轻重。我们从书页中读到了最超然的思想、最高贵的情感，我们评价了一句“确实很了不起”，此时突然地，不知何故，也不知从何而来地，某个看似随意的词藻让我们闻见了一丝这种本质的味道，我们知道，这就是“美”。

有一天，这全方位超越我们的美好未知成为了已知，并为我们所掌握，我们因而反超了它，这是多么大的一件乐事啊！这生活的诸多方面，这座我们向往已久的宅邸，都处于我们的掌控之中，臣服于我们；我们进入这座禁卫森严的殿宇，就像随便走进一家小酒馆。这姑娘的父母，有如神祇一般神圣不可侵的人物，也不再像地狱鬼神一样千方百计地阻挠我们，反而变成了心地良善的欧墨尼得斯[①]，邀请我们去探望她，去参加晚宴，去教她文学——赫胥黎笔下的狂人就出现过一种幻觉，他看见监狱的高墙变成了一位慈祥的老妇人，她还邀请他坐下。在过去，晚宴也好，下午茶也罢，只要是她参加的，都是异常神秘的；这些活动将我们与她远远地隔绝开来，我们只能靠臆想去推测她生活的隐秘部分。可到了现在，我们也受邀参加这些活动了，我们成为了尊贵的客人，也要接受有关其他客人、日期和菜肴的问询。她的那些女伴们，我们原以为她与她们之间有着我们难以企及的特殊情谊，原以为她与她们在一起必定是在取笑我们的，现在也退居次要，反而被叫来与我们见面；于是，我们加入了私密的散步和带有敌意的聚会之中。我们成为了她的朋友，并且是最亲密、最受尊重的朋友。威风凛凛的守门人要向我们致敬，我们曾经只能从外向里张望的地方，也以贵宾之礼招待我们。我们想让她爱慕，她就会爱慕；我们妒忌她的朋友，就让她们也尝尝妒忌的滋味；家长影响不了她的，我们能影响；我们讨厌度假，就到自己想去的地方去。然而，总有那么一天，我们偶然得到的这种参与某位姑娘生活的权利，不论她是邮差的女儿或是侯爵的千金，不论她身在罗什穆尔或是卡堡，都会失去意义，变得如同一张我们从未使用过的通行证；说不好，我们或许会为了一次口角而彻底放弃这种权利。

我们一点一滴地渗入了这看似密不透风的生活，努力地占有它。它的全部

①典出埃斯库罗斯《奥瑞斯忒亚》。

内容不过是一起吃饭、散步、聊天、找乐子，从而建立一层友好的关系，又由于我们曾经渴望过这样的关系，因而，它比其他类似的关系更能带来满足感，但渴望的痛苦已经不再，随之而去的是梦的甜蜜。我们活在这生活里，一切都为了它，我们小心翼翼地不栽跟头，不生病，不疲惫，不邋里邋遢。感谢上帝，我们生活在体面的寓所里，安全舒适、健康活力；所有的氛围都营造起来，好让我们看起来优雅，说起话来也机智。我们告诉自己："不管以后怎样，该来的都来吧，死亡也好，病痛也罢，还有丑恶和傲慢。"可细看之下，我们才发现，这么殚精竭虑的追求并不值得，我们付出了过于高昂的代价。我们为已然流走的哀伤，健康、优雅、光滑的面庞，以及绽放的青春，我们哀叹，假使我们留住这些该有多好！为了安慰自己，我们还只能说，至少我得到了想要的。因此，欲求的不满足本质上就是欲求的一部分，有了它，欲求才是最完整、最具有存在价值的；相应的，如果说我们实现了目标，得到了满足，我们就不会再走一步退两步地艰难前行，不会再退而求其次地蒙混、欺瞒自己的欲望。正因为如此，人必须生活在可望不可即的境地，去参加豪华的舞会，到街上逛一逛，若有姝丽从身边经过，还要想法设法地再次去邂逅一番，无非是为了让自己的灵魂体尝一下满足的滋味，失望在所难免，但这世间最美好的、最能回应欲望的不就是这份满足吗？正因为如此，人必须去看看花园里来往穿梭的仙子们，有花堪折直须折，必须去领略窗外的风景、舞池的风采，对自己说一句："这真是最美妙的可能！"然后尽情地享受。有时候，人靠手段，能在一夜之间得到最难以得到的三样东西。但人也只需要偶尔的成功，证明他具有满足欲求的能力即可。一个女仆，能有一天外出的机会就心满意足了；人性也是如此，不需要过多地实现。人一边注视一边思索，因为这是涉及个体的问题，必须要用自己的眼睛去看；他锁定了一个目标，一个日子，欢喜之余便不再去想别的更大的欢喜了。某一个人的某一次爱抚，甚至，某一个动作，某一种低沉的嗓音，这就是我们即刻想要的，希望生活能给予我们的；通过介绍认识某一位姑娘，将她由陌生变为熟悉，或者说，将我们自己由陌生变为熟悉，由无足轻重变为举足轻重，由不名一文变为腰缠万贯，这是我们面对不可触碰的未来，想要伸手去把握它的微弱力量——我们唯一能指望的，就跟去了布列塔尼一样，下午五点的光景，树阴浓密的大街上，太阳斜射的光线肯定会被橡树挡在外面。为了前者，我们会外出旅行（如果我们认识这个女人，也可以跟她一起去一个地方，在那里，她能看到我们最好的一面，我们能给予彼此生活的快慰，满足彼此，因为她是我们从众多女人当中挑选出来的）；而后者呢，这么微弱的力量，却足以让我们献出最为宝贵的，为了不错过某一次欢愉，不放弃某一个娇小的女人，这女人是我们的欲望不经意间寻来的，我们从她的身上知道了什么是爱，什么是女人的可爱，就像我们从一座威尼斯殿堂上的阳光看到了整个世界一样，我们为此而坚定不移地行走在路上。

和妈妈的谈话

费莉西向后稍微退了一下，因为阳光晃眼，她看不清手上的活。母亲忍不住笑出声来。

“好了，我的宝贝又着急了，为什么呢？暴风雨不见踪迹，树叶动也不动一下。昨天夜里听见风的呼啸声，我就知道会是今天这样了，我当时在想，马塞尔肯定会胡乱写一句‘即刻给布勒斯特发电报，询问海上是否起风暴’，他可不愿意放过任何一个可以难过或生病的机会啊。但你的妈妈要告诉你，风暴连影子都没有。看看这大好的太阳！”

听妈妈这么一说，我真就看了看太

阳，并非直视，而是看对面屋顶上的铁风信鸡，太阳的金光照在上面呈黄褐色。世界本是一架大得无边的日晷，我一望便知，贡布雷广场上的布料商店此时已放下遮阳篷，大弥撒时间将至，商店也准备停业休息，老板刚换好了礼拜日穿的礼服，在一片浓郁的本色亚麻布气味中，一边给客人们看最新的手帕样品，一边盯着钟点。市场的小贩正忙着摆放鸡蛋和家禽，教堂的门口没什么人，只除了一个穿黑衣的妇女，这在外省很常见，随时都可能有一两个穿黑衣的妇女从教堂里溜出来。然而，这样的景象并不是我现在想再见到的。因为在那段时期之后，我经常见到这早上十点的阳光，它照耀的不是教堂的屋顶，而是圣马可教堂钟楼上的金色天使；那是在威尼斯，我住在帕拉佐旁的一条巷子，只要窗户一打开，我就能看见了。当时从我的床上，我只能看见一样东西，那就是太阳，并非太阳本身，而是它火辣辣的光芒照射在圣马可教堂钟楼上的金色天使身上。只要一看见这天使，我就能准确地知道那天在威尼斯，是什么时辰，天气多么晴朗；它耀眼的双翼为我带来了美和快乐的期许，这样巨大的快乐，就是基督徒们在听到它宣告“在至高之处荣耀归与神，在地上平安喜悦归与人”①时，也从未体会过的。

起初的几天，我看到这天使身上闪烁的金光，就回想起教区的小教堂；教堂的屋顶上也会闪光，就在这同样的时辰，只是光芒略微弱。我穿着打扮的时候，天使一直向我发出召唤，金光灿灿得让我睁不开眼——它似乎是要我确信，我应该赶紧下楼去，拥抱这美好的早晨，并一路走到市场上，听那人声鼎沸，看那阳光普照，商店投下参差的影子，有些关门了，有些还开着，布料铺子的遮阳篷打开了，接着我再走到舅舅家凉快一下。不可否认，当我匆忙穿好衣服、走下潮水忽起忽落的大理石台阶时，我就有点这样的错觉，只不过，这一个晴朗的早上，威尼斯用美和艺术来迎接我，给我留下了同样深刻的印象。洒满阳光的街道呈一片

①《路加福音》2章14节。

宝蓝色，如此轻柔而明亮，不仅净化了我的双眼，也让我放心大胆地尽情领略；我的目光，好像一具极疲惫的躯体躺倒在床上，被这蓝色稳稳地、毫不放松地托浮着。我甚至感觉我的目光又被反射了回来，舒舒服服的，被那一股坚实的蓝支撑着，好似人体睡在踏实的床上，浑身的哪怕最细小、最内层的肌肉都得到了放松一样。布料铺子的遮阳篷和理发店的招牌投下的阴影，现在变成了这片宝蓝之上的一块略深的印记，那是某个宫殿门口的蓄须神像的头颅伸到阳光底下所形成的；或者变成了一朵蓝色的小花，那是某件精细的雕刻投影在光亮的路面上所形成的。至于我舅舅家的凉爽嘛，现在也被清凉的海风取代了；阳光在大片深色的大理石上落下斑驳的光影，仿佛维罗内塞[1]的画一样，大力宣扬着与夏尔丹[2]的创作原则相反的理念，后者认为最平凡普通的事物也可以是美的。就连外省一间小房子的窗户，它的那些微不足道的细节，我们借以辨识和区分自己家的细节——窗户两边宽窄不一的间距，粗陋的木头框子，或者是那种更糟糕的由铁铸成的、弄得花里胡哨的框子，不见了的插销，两片拉开的窗帘外加一块正中间玫瑰花样式的帷幔，所有这些都是我们熟悉的特征，我们每次返家的时候都可以从众多的窗户中认出那一扇来；直到后来，这扇窗户不再是我们自己的了，我们无法再见到它，甚至只有在回忆它所见证过的那段岁月时，才会想起它——这么一个简单却最具辨识度的角色，照常理讲，就该由稀松平常的事物来担当的角色，到了威尼斯，也落在了哥特式尖拱的身上。作为地中海建筑风格的杰出代表，这尖拱出现在每一家博物馆里。

火车已经远去，我们还没有抵达威尼斯，母亲给我读了一段罗斯金对威尼斯的描述，他反复将威尼斯与印度洋上的珊瑚礁和猫眼石进行对比，写得精彩动

①维罗内塞(1528—1588)，意大利画家。
②夏尔丹(1699—1779)，法国画家。

人。可当贡多拉真正把我们载入那个地方的时候，它自然是没有我之前所想象的那么美的，因为我们没有办法在用双眼去看的同时，还能以心灵去感受。只有到了中午，我乘贡多拉回去吃饭，远远地望见母亲的披肩垂在石膏栏杆上，用一本书压着，怕被风吹走；披肩的上方，窗楣盘花交错，好似一朵绽开的笑靥，亲切、友善，充满信任。

一过萨朗托，还隔着老远，我就看见这朵笑靥在注视我，等候我；它的尖顶下方，一张蒙着薄纱的脸清晰可辨。母亲就坐在色彩各异的大理石栏杆后面，一边看书，一边等我；她带一顶漂亮的草帽，帽子有一道白纱遮住她的脸，看起来像是准备外出吃饭或者散步的装束。有一阵子，她没有反应过来是谁的声音在叫她，可一旦她发现是我，便以发自内心的温柔来迎接我。尽管这温柔传递的范围仅限于她身处的位置，停留在她的脸上，她的指尖，但她仍然想尽量地靠近我，微笑着向我嘟起嘴，还用望远镜来望我。正因为有了这些珍贵的回忆，这美轮美奂的拱形窗户，兼具了哥特式与摩尔式风格、窗楣上还饰有斑岩雕刻的三叶草图案的窗户，才在我的记忆中留下了甜蜜的味道。这甜蜜是我们与某些事物产生共鸣时才会有的。在阳光灿烂的威尼斯，吃午饭前的一个时辰，我们与这扇窗户相遇在一起，与它结下缘分。它的设计是那样的精妙绝伦，它的声名又是那样的显赫，仿佛一位天才与我们在水城相识，经过一个月的相处之后，它对我们竟也萌生出了情谊。也许日后我再见到它的时候，我会哭泣，会流泪，因为它对我说："我还很清楚地记得你的母亲呀！"

大运河边上的那些殿宇，原本是要让我感受到早晨的阳光和其他种种美好的，却完全与早晨密不可分了，以至于我看到街对面闪光的风信鸡时，我心中所想的不再是有如黑钻般闪亮的教堂屋顶，不再是那片热闹的广场，而只有威尼斯，那金色天使向我兑现的承诺。

可我一想到威尼斯，就记起了那一天晚上，我跟母亲吵了架，然后赌气地跟她说我要离家出走。我确实下了楼，但我又改变了主意，我不想走了，但我要拖延时间，让她以为我真的走了，让她多难过一会。于是我待在楼下，躲在码头上她看不见我的地方。此时，贡多拉上有一位男高音唱起了小夜曲，唱得萨律特教堂背后即将西沉的太阳也驻足欣赏。我感觉母亲一直在难过，我心乱如麻，但我没有勇气站起来，跑去跟她说"我其实没有走"。小夜曲似乎老也唱不完，太阳似乎总也落不下。我内心的痛苦与挣扎，仿佛永久地和暮色、歌声融在一起，成为焦灼的一团，模糊难辨、无法改变。要想忘掉这煎熬的时刻，我就不该像现在这样老是纠缠母亲。

这段曾经让母亲伤心难过的往事，我现在回想起来真是懊丧不已，只有看到母亲、得到她的亲吻，我才能安心。我感觉，要我离开她，独自一人前往威尼斯也好，其他任何地方也好，都是不可能的。我不再是个成天耽于幻想、无忧无虑的人了，我不过是个心灵脆弱敏感、容易受到伤害的可怜虫。我凝视着母亲，紧紧地拥抱她。

"我的小傻瓜又在胡思乱想些什么呢？"

"要是一个人都不见，那该有多好啊！"

"可不能这么说，我的宝贝。那些对你好的人，我可是很欢迎的。我倒是希望你多结交一些朋友，让他们过来陪你聊聊天，但也别太打搅你。"

"只要妈妈陪我就够了。"

"可妈妈是情愿你去见见外人的，听他们说点新鲜的事情，等他们走了，你又再说过妈妈听。要是我不得已出趟远门，我希望我的宝贝不会感到孤单。出门以前，我想知道我不在家的时候，他怎么打算，有没有人过来跟他聊天，就像我们

现在这样。一个人清清静静的并不好，尤其像你，本来就比旁人更可怜，更孤单，就更需要一点消遣了。”

母亲偶尔有情绪低落的时候，但我们从来没有觉察，因为她说话总是机智、平和。临终前，她还跟我背诵了莫里哀和拉比施。*“他这一去未必能及时成行。”*[1] *“我的孩子千万别怕，妈妈不会舍他而去。这么安排很好，我人在埃当普，拼写却在阿尔帕戎！”*[2]后来母亲就不能言语了。只有一次，仅有的一次，她看见我在强忍泪水，就皱了皱眉头，又微微一笑，尽管她口中含糊，我还是听出她在说：

“‘不是罗马人，也要像个罗马人的样子。’”[3]

“妈妈，我生病的时候，你给我读《小法黛特》和《弃儿弗朗索瓦》，你还记得吗？你请了医生过来，医生开了退烧药和清淡的饮食。你什么也没说。但我心里知道，你不说话，只管听着，只是不想冒犯他而已。你早就决定不给我吃任何药了，只要烧没有退，也不该吃饭。你一直给我喝牛奶，等到某天早上，你照经验判断我的体温降下来了，脉搏也平稳了，才给我吃了一小条鳎鱼。你根本不相信医生，你只是假装在听他的。罗贝尔[4]生病的时候你也一样，医生前脚刚走，你就说：‘亲爱的，他可能懂得比我多得多，可你们的妈妈是心里有数的。’现在你也别不承认！等罗贝尔进来，我们问他是不是这样。”

说到母亲在医生面前装模作样，她自己也忍不住笑了。

“你的弟弟当然会听你的啦，你们两个家伙经常联起手来对付我。你可以笑话我是旁门左道，但你去问布夏尔先生，问他是怎么看待你们的妈妈的，是不是觉得我有一套照顾孩子的方法。你们要取笑我也没关系，反正你们那个时候很

---

①莫里哀《愤世嫉俗》。
②拉比施《语法》。
③高乃依《贺拉斯》。
④马塞尔·普鲁斯特的弟弟。

健康，很听我的话，让干什么就干什么，日子过得很舒心。看你们现在不也好好的吗，嗯？”

母亲梳好了头，便亲自把我送回卧室。

“亲爱的妈妈，你知道这个时候已经晚了，噪音会吵着我的。”

“还不晚，宝贝。你要是介意，为什么不告诉我，让我别请人进来，别弹钢琴呢？我可是一直很小心，尽量不打搅你的呀。”

“工人们是不是还要上来？”

“他们不来了。今天已经吩咐过了，差不多都安排好了。‘一声号令，全城肃静。’[1]你就尽量多睡会吧，到五点或者六点，连一只老鼠的动静你都不会听到的。我们尽量保证你睡得安稳，睡得踏实。

“‘啊，夜夫人，请求你

拉住你的骏马，

让它们小步轻盈；

美妙的夜才刚开始，

它将是今年最长的一夜。’[2]

“然后我的宝贝会想，这夜晚太长了，还是稍微有点动静得好。我能听见你说‘长夜漫漫，难以忍受。’[3]”

“你要出去吗？”

“是的。”

“吩咐大家别进我的房间，你不会忘了吧？”

“不会，我已经让费莉西守在门口了。”

---

①《安菲特律翁》。
②同上。
③同上。

“也可以给罗贝尔留张条子，让他知道，省得又闯进我的房里来。”

“闯进你的房里？

“‘难道他不知道，我们的国王

对胆怯的世人备有何等严苛的律法？

未经召见而胆敢冒犯者，

唯有死路一条。’[①]”

在所有拉辛的剧目中，母亲最钟爱的是《以斯帖》那出戏。她背诵了这段话以后，又开始哼唱，声音有些迟疑，好像担心自己唱得太响太大胆，那萦绕在脑中的奇妙旋律会被吓跑一样——“他怒气已经平息，他宽恕一切。”这是雷纳尔多·阿恩[②]专为《以斯帖》谱写的合唱曲调。他第一次演唱的时候，我正卧病在床，他坐在壁炉旁边的那家小钢琴前，边弹边唱；父亲蹑手蹑脚地进来，坐到那把扶手椅上，母亲则一直站着，沉浸在歌声中。母亲试着唱一段独唱，怯怯地，仿佛圣西尔的贵族少女在为拉辛试唱。她美丽的犹太面孔，印刻着基督徒的恬静与詹森教派的刚毅，在这场带有修道院气息的家庭演唱会中，正好扮演了以斯帖的角色。这演唱会也是她精心安排的，为了能让我这个专横的病人消遣消遣。父亲不敢鼓掌，母亲偷偷看他一眼，也深深感受到他的快乐。接下来，雷纳尔多唱了一段唱词，对我的日常生活很适用：

“啊，温柔宁静，

常新永在的美，

属意于你，心灵多么幸福！

啊，温柔宁静，

①拉辛《以斯帖》。

②雷纳尔多·阿恩（Reynardo Hahn, 1875—1947），法国作曲家，普鲁斯特的朋友。

永恒的光，

永不失去你，心灵多么幸福！”①

“亲爱的妈妈，再吻我一下吧。”

“宝贝，别傻啦，别太折腾自己了。等我回来，我希望看见你精神抖擞的样子，壮得像头牛。”

母亲离开了，我的思绪又回到了我的文章上面，我想另外再写一篇——《驳圣伯夫》。我最近才重读了他的作品，并一反常规地做了许多粗略的笔记，然后把它们都扔进了抽屉；对于他，我确实有不少有趣的想法要写一写。我开始构思这篇文章。越来越多的灵感涌现出来。过了才不到半个小时，整篇文章都在我的脑子里成型了。我想征求下母亲的意见。我于是喊了一声，没有回应，我再喊，有脚步声过来了，悄悄地，在门口停顿了一下，接着门开了。

“妈妈！”

“你刚才是在喊我吗，亲爱的？”

“是的。”

“我还以为自己听错了呢，不然我的宝贝又要怪罪了：

“‘是谁胆敢踏入此地？

哪个不怕死的狂徒前来冒犯？

是你吗，以斯帖？不请自来的吗？’”②

“我一点不怪罪你，亲爱的妈妈。

“‘你怕什么？这严苛的律法是专为你定的吗？

我待你，难道不是如同手足的情谊吗？’”③

①拉辛《以斯帖》。
②拉辛《以斯帖》。
③同上。

LIEBING
Ex libris Ilse Lohoff

“说是这么说，要是我吵醒了你，我真怀疑你会举起他的金权杖来震慑我。”

“听我说，我其实是想征求下你的意见的，请坐吧!”

“等等，我要先找一找椅子在哪儿。这里有点黑，不好找。要不我让费莉西把台灯拿过来?”

“不必了，这样我又睡不着了。”

“还是莫里哀的台词，”她笑着说，“‘亲爱的阿勒梅娜，火炬不许靠近。’①”

“你坐下了吗? 很好，现在请听我说。我已经构思好了一篇文章，想听听你的意见。”

“可你知道，我不擅长这个呀。我不像你，读过很多经典名著。”

“先听我说嘛，这篇文章的主题是:对圣伯夫方法的反驳。”

“我的天! 我认为这再好不过了。你之前让我读过的布尔热那篇文章，他说这是一种伟大的方法，十九世纪的人还未曾使用过它。”

“嗯，他确实这么说的，但这么说很愚蠢。你知道这方法的原则是什么吗?”

“你继续说吧，当我什么都不知道。”

---

①《安菲特律翁》。

在永恒的天平上

>

我已经到了一个焦灼的时刻，或者你也可以说，处于一种尴尬的境地，本来有些话是不吐不快、非说不可的，却不免要担心自己会突然间变得无力言说——这样的话，即使不是它们自己，那日渐愚钝的感官也会在消解才华的同时将它们也消解掉，而代之以一些相邻近的、相对更庸俗浅薄的内容，我们原本没有在意这些内容，后来才发现在别处从未读到过它们，除了我们自己，谁也不可能说得出来，它们显然是我们精神的独创，只是层次较浅。我们自视为智慧宝库的看管人，我们说不定在哪个时候消失不见了，而智慧宝库也跟着消失不见了。我们愿意遵从《约翰福音》中基督的训诫"趁你身上有光，务必努力勤修"，从而克服怠惰无为的陋习。因此，对我来说，谈一谈圣伯夫，甚至由此延伸开来，谈一谈牵涉圣伯夫的话题，也并非毫无意义的；通过指出我所看到的他作为作家、批评家所犯下的错误，我也许能尽量说清楚一些事情，一些长久以来堆积在我心里的有关批评的作用和艺术本质的事情。既然谈到圣伯夫，我也要仿效他一贯的做法，即借用他这个话题来讨论生活的方方面面；我也许还能对他的同时代作家发表几点愚见；在评论完这些作家之后，我准备暂时抛开圣伯夫，谈一谈我对艺术的看法，如果……①

"圣伯夫独具慧眼、敏锐细致，能体察思想极细微之处。他收集诸多趣闻轶事，以广闻博知、拓展视野。他注重个人与独特，擅于根据一定的美学原则'典范'来进行精细深入的研究，从而形成自己的结论，并迫使我们依从其结论。"

上述对圣伯夫方法的总结及称颂，是我从布尔热先生的文章里引用来的，之所以引用，是因为他的总结简明扼要，他的称颂也是有权威性的。我们都知道，所谓建立精神自然史，从作家的传记、家族史以及性格特点来理解其作品、体悟其才华，这就是圣伯夫方法的独创之处；圣伯夫本人也认可这一点，并且理由很充分。即便是泰勒，这位致力于研究系统性更强、分类更精确的精神自然史的专家，尽管与圣伯夫在种族理论方面发生龃龉，也不得不说出同样一番话来赞扬他。"圣伯夫先生的方法，完全媲美于他的作品，毫不逊色。在这方面，他是一位发明家。他把自然史的研究方法应用到了精神史的研究当中。

①法洛瓦注：以上是论文初稿按古典形式写出的序言提要。普鲁斯特的写作大纲："那个错误包含。有关司汤达的错误。了解我们这些诗人的人。说真的，诗歌是隐秘的。圣伯夫没有意识到这一点。从一开始，沙龙。后来，《星期一丛谈》更甚，更多的社交，妇女，但仍停留在表面：针对沙龙、路易十四、政治的方法，不考虑后世，今年的诗歌季，那些追随我们的人。由于这个原因，糟糕的作家。继续深入：智力。"

“他告诉我们该如何去了解个人；他指出一系列影响个人的环境因素，并强调，必须依次考察这些环境因素，才能真正了解个人：首先是他的种族与血统，通过调查父母、兄弟姊妹就可以弄清；其次是早期的成长经历，家的周边环境，家庭生活的影响，以及其他所有在童年和青少年时期产生影响的要素；再次是他最初接触到的、激发他才华的重要人物，他所属的文学圈子。然后才开始研究这么一种环境下塑造出来的人，到处去寻找能揭示他隐秘内心的线索，知道他的好恶，从而掌握他最热衷于什么以及思想是如何发生转变的；总而言之，就是要分析个体本身，将所有的表象都追根溯源，拨开文学倾向或公众偏见蒙蔽在我们双眼的迷雾，看见作者最真实的面貌。”

他还补充说：“这种对人类个体的植物学分析方法是唯一能让精神科学向实证科学靠拢的途径；只须将其运用于民族、种族和时代的研究，其价值就立即体现出来。”

泰纳的这番言论，是建立在其理论家的实证思维之上的，他认为只有科学的真实才叫真实。然而，他同时又是一位有品位的人，对于精神的多样表达方式持有赞赏之情，为了要解释这些表达方式的存在价值，他把它们看作是科学的辅助手段（参见《论智力》的前言部分）。他以为，圣伯夫是一位不折不扣的开创者，是“他的时代”中的优秀人物，一位几乎要触及他个人——即泰纳本人——研究体系的行家。

究竟艺术的真实为何物、艺术如何独立于科学，对于这些问题尚未有明确答案的哲学家们不得不转而自圆其说地认为，文学、批评，等等，都类似于科学，后人在继承前人的基础上，必定要超越前人。然而，艺术当中并不存在所谓的开创者、先驱（至少不是科学意义上的）：一切都只存在于个人，每个人都要独立地去做艺术或文学的尝试，对于个人而言，前人的作品并非像科学领域里的那样是可

ANNA·K·AND·SAMUEL
SHUMAN

以借鉴利用的真理、定理。在今天,有才华的作家必须从头开始,独立创新,他并不比荷马更为先进。

此外,我们列举那些从圣伯夫的方法中看出独创性、优越性的人,有什么用处呢?还是让圣伯夫自己来谈一谈吧。

“对于古人,我们缺乏必要的考察手段。对于真正古典的大师,到今天只残留下一具雕像的人,手持其作品、寻访其踪迹,那几乎是不可能的。无奈之下,我们只得评析其作品,赞赏之余,再揣摩作品背后的作家或诗人。我们心怀崇高的理想来重构诗人或哲人的风貌,再塑柏拉图、索福克勒斯或维吉尔的肖像;但知识的残缺、原始资料的匮乏、信息渠道的缺失,让我们止步于此。一条不可逾越的巨川横亘在我们与古代的伟人之间,就让我们由此岸向彼岸遥致敬意吧。

“对于今人,情况则大不同。有一整套建立于材料来源基础之上的批评体系在发挥更多的作用。全面地认识一个人,深入地了解他,尤其当他是个名人的时候,这真是极为重要、不容忽视的。

“迄今为止,对人物的精神分析还停留在很零散的层面,局限于对个体的描述,顶多也只是划分了几种类型,就连泰奥弗拉斯特与拉布吕耶尔[①]也不例外。但我在研究的过程中已经看到了希望;我相信总有一天,这门科学将建立起来,人类智力的几大家族体系及其主要分支也将得到确认。这样一来,只要获知了某一种智力类型的主要特征,我们便可以推断出它的其他特征。当然,对于人类,我们不可能完全像对待动植物那样:精神的存在是更复杂的;人具有自主权,灵活易变,能形成各种不同的组合。但我还是期待,伦理的科学终有一天能稳固地确立起来——今天的伦理学还处在信息的收集阶段,恰如朱西厄之前的植物

①泰奥弗拉斯特(公元前372—287),希腊哲学家及博物学家;拉布吕耶尔(1645—1696),法国古典时期作家,著有《品格论》。

学、居维埃之前的比较解剖学。就我们当代人而言，我们虽然撰写了简单的论文专著，但我已经发现了其中的勾连，若有哪位智者能人继续深入钻研、拓宽思路，同时又把握住细节，或许有一天会发现与智力的家族体系相对应的大的生物分支。”

圣伯夫曾说：“我并不认为，文学是独立于人及其组织之外的，或者说是可以从中脱离出来的……若要了解一个人——不纯粹是了解他的才智，再多的手段或目标都不嫌多。我们向作者询问一系列的问题，哪怕这些问题只是随口问问、没有太多悬念，哪怕这些问题表面上看起来跟他的写作毫不相关，但在得到确切答案之前，我们都不敢说完全了解了作者。他有什么样的宗教观？看到自然景观时，他有何反应？他如何对待妇女和金钱？他是贫穷还是富有？是什么在左右他的行为，他平常的生活怎么过？他有何恶行，或说弱点？所有这些问题的答案都有助于我们去判断一本书的作者，去判断一本书，只要它不是什么纯几何理论的专著，而是一部包罗万象的文学作品。”

圣伯夫的那本书写得并不深刻。在泰纳和布尔热等人看来，著名的圣伯夫方法使得圣伯夫成为十九世纪最伟大的批评家。他的这一套方法提倡：不要将作者及其作品分开来考虑；对作者下判断的时候——只要他的作品不是什么纯几何理论的著作——可以首先从那些表面上与其作品毫不相关的问题（他如何表现，等等）着手，尽量去搜寻每一点关于作者的信息，整理他的书信，找到那些认识他的人，仍在世的，就与他们面谈，已过世的，就看看他们写了什么有关作者的内容。然而，他的这一套方法忽略了一点，稍微对自我有点认知的人都会明白这一点，即从事创作的自我并非我们在日常的习惯、社交和恶行中体现出来的那个自我。要理解这个创作的自我，我们只有探索自己的内心，努力将其重建，才有可能接近到它。这是一次心灵的朝圣，任何事情都替代不了。这也是对真理的追求，来不得半点马虎；千万别想当然的以为，哪天早上天气好的时候，朋友的图书管理员邮递给我们的一封未公开的信件，真理就自动送上门了，或者碰见作者的旧相识，从他的口里扒拉点什么，真理就掌握在我们手里了。在谈及司汤达的作品如何受到年轻一代作家推崇的时候，圣伯夫说道："恕我直言，要准确地评价这位复杂的人物，不走向任何一个极端，除开我个人的印象和记忆之外，我还是更愿意听听梅里美先生和安培先生怎么说，听听雅克蒙先生怎么说，如果他还在世的话，总而言之，要经常见到司汤达并了解他真实为人的人，他们的意见才是我判断的依据。"

这是为什么呢？为什么司汤达的朋友就比别人更适合评价他呢？对这些朋友而言，写小说的司汤达被另一个司汤达遮蔽了，相比很多人的外在自我，这个司汤达也许处于更低劣的地位。最能证明这一点的就是圣伯夫对司汤达的评价。圣伯夫本人不仅认识司汤达，还向梅里美和安培先生收集了所有他能搜集到的信息；可以说，依照他自己的标准，他具备了精确判断一本书所需的全部条件。但他的评价竟然是这样的："我最近重读了，或说重新审视了司汤达的小说。坦率地讲，这些小说真是太糟糕了。"他后来又回到这个话题，承认《红与黑》"书名的用意不明显，带有模糊的象征色彩，*但至少小说里边还是有故事情节的*[1]。小说的第一卷，尽管矫揉造作、可信度不高，但读起来还挺有趣。*其中包含了某种思想*。贝尔[2]的小说以这种方式开头，*有人跟我说过*，正是参照某位熟人的原型来创作的，而*他在参照原型的同时，尽量让小说显得真实可信*。比如，书中写到这位羞涩的年轻人，他无意中闯入了一个与他的出身完全不同的社会，等

①普鲁斯特的斜体。
②司汤达原名马里-亨利·贝尔。

等这些，*都写得很到位，至少算是达到了作者的预期吧*，等等……这些角色都不是真实存在的，而是精心制作的自动人偶……另有几个短篇一点的小说，写意大利题材的，他还要写得更出色一些……在贝尔的所有小说中，《巴马修道院》让*部分人看到了*他作为小说家最杰出的才华。巴尔扎克先生对此书推崇备至，但我实在难以苟同。人们读完这部书之后，还是要回到法式风格里去——我觉得这再正常不过了……人们要求一定程度的理性，等等，如曼佐尼的《约婚夫妇》、瓦尔特·司各特最有代表性的作品，或者扎维埃·德·麦斯特写的某个生动有趣、极简洁的故事，这些都是典型的例子；其余的就完全交由聪明的作者来完成了"。

作完这一番评价之后，圣伯夫总结道："我坦诚地批评了贝尔的小说，但我根本无意指责他的创作。他的小说虽不尽如人意，但也不落俗套。就像他的批评文章一样，司汤达的小说对从事小说创作的人是尤其有用的……"最后，整篇论文的结语如下："在处理微妙的人际关系方面，贝尔是非常正直和充满自信的，这一点，谁也不可能忽略掉，尤其是要发自肺腑地评价他时。"也就是说，综合考虑完所有的因素，得出的结论是：贝尔那家伙是个好人！也许我们还用不着大费周章地拜访梅里美先生，赴那么多晚宴、跑那么多趟法兰西学院，也用不着老是烦劳安培先生赐教，就能得出这结论了；我们读到它，也必定不会像圣伯夫这般为下一代忧心忡忡。若巴莱士读上一个小时，即使没有任何"资料"，也比你圣伯夫更能说到点子上！当然，我也不是说，圣伯夫对司汤达的评价全是错的。只是说，一联想到圣伯夫对加斯巴兰夫人或托普菲尔的热烈追捧，我们就明白了，假如十九世纪所有的文学作品，除了《星期一丛谈》之外的，都付诸一炬，那我们就只能通过《星期一丛谈》来了解十九世纪的作家们孰优孰劣，那司汤达的位次将排列在夏尔·德·贝尔纳之后，维内之后，莫莱之后，维尔德兰夫人之后，在拉蒙、塞纳克·德·梅朗、雅克·达济尔之后，还在好多好多人之后，而且，说实在的，跟阿尔通·谢和雅克蒙都不相上下了。

此外，我还要说明一点：圣伯夫基本是拿着同一条准绳来衡量其同时代的原创作家的；他将批评家的作用界定为甄别时代精英，也确实做出了良好的表率。因此，尽管他对某些作家颇有微词，却也保留了个人意见，而不至于受其误导，步入歧途。

卡莱尔曾说，艺术家“具有的特殊使命，是要发现隐藏在所有表象之下的那同一的神的旨意，并向我们揭示”，[①]直到最后，他眼中的世界不过是为他提供了一个可描绘的幻象。[②]

圣伯夫似乎从来没有懂得创造性的写作有何特别之处，不知道它在本质上有别于普通人，有时甚至是作家，所从事的写作行为。他没有区分这两种状态：一是专注于某篇作品写作的状态；一是独处时，努力让耳朵听不见那些大家都经常挂在嘴边的话——任何时候，哪怕没有旁人在场的时候，只要我们没有真正地做回自己，我们都要利用这种状态来思考，来面对我们自己，来倾听内心真实的声音，并记录下这声音，完全不同于日常交谈的声音。“在我还算幸福的时候（1848年以前），我曾努力尝试过，并且我相信是成功地，让自己过上平和而有价值的生活：随性地写作，随性而踏实地阅读，最重要是不要写得太多；跟朋友交往，专门保留一部分精力来保持朋友间的日常联系，然后尽情地挥洒；更加注重私人关系，而非公共关系，将内心最柔软敏感的部分，人性之精华，贡献给私人生活；珍惜青春好韶华，享受智力与情感的交流；于是想象的画笔为我勾勒出一个文人的形象，他知道什么是真正有价值的，他不允许手头有太多的工作来妨碍自己精神的修为。从那时候开始，这种‘必需’支配着我，迫使我弃绝我认为是忧伤

①该段落出自托马斯·卡莱尔《有关英雄、英雄崇拜和历史上的英雄业绩》，或许是普鲁斯特当时所想到的。

②“一个可描绘的幻想”出自福楼拜之语。

者、智者唯一的幸福或慰藉。”

正是这所谓“必需”的隐喻，让人产生了一种错觉，好像作家写出来的东西是更肤浅、更空洞的，而他在日常生活中表现出来的才是更深刻、更富有内涵的。事实上，作家展示给公众的，反倒是他最隐秘生活的产物，是他在孤独的状态下只为自己一人而写的东西。而在日常生活中呢，不论多么精心的谈话（而且越是精心的越糟糕，因为它搅扰了精神生活并使之歪曲：福楼拜与侄女、钟表匠的谈话无此危害），不论为哪个小圈子撰写的人情文章（跟谈话差不多，只是印在纸上），那都是出自于肤浅的自我，要想找回内在的自我，只有抛开外界，抛开频繁进入外界的那个自我才行；内在的自我，是在我们与人相处时静候于一旁的，是我们确信的唯一真实的自我，也是艺术家们——唯有艺术家——最终所侍奉的，仿若一位令他们越来越难以离开的神祇，为了它的荣耀，他们愿奉献生命。不可否认的是，自撰写《星期一丛谈》以来，圣伯夫不仅改变了自己的生活方式，还形成了这么一种并不太高明的想法，认为像他现在所从事的强迫性劳动从根本上说是更富有成效的，对于那些闲散放任之人也是必要的，若缺少了强迫性劳动的驱使，这些人将一事无成。他在谈到法布尔时说道：“他的情况有如一名下嫁于老翁的少女；只消很短的时间，她就青春不再了，理由谁也说不上来，冰冷的微风吹拂她，是比激情的狂风更能摧折她的。维克多·雨果有言道：

我相信，衰老透过双眼侵蚀青春，

与衰老之人为伴，青春也迅速老去。

“维克多兰·法布尔的少年才华就是如此：他与衰老的文学类型结缘，他的忠贞便葬送了他的青春。”

尽管圣伯夫对巴尔扎克《贝姨》的有关内容表达了强烈的不满[①]，他还是常说文人的生活就在书斋之中。比如，他这样写道："最近我们无意中发现了安德烈·谢尼埃的写作方式和研究方法；我们在他的书斋中亲眼见到了大量书写认真的手稿。而德·拉马丁主动为我们敞开的、几乎是拽着我们进去的书斋，景象又大为不同。他写道：'最近几天，我又重拾了诗人的生活。你比任何人都更清楚，这样的生活在我的真实生活里顶多占了十分之一。可广大的读者不是像耶和华一样恢复人本来的面貌，而是随心所欲地歪曲人的形象。他们竟然以为，我有整整三十年的时间都在一行行写诗，静观瀚宇星辰。我根本没有花费这么多时间，诗之于我，恰如祷告，一分不多，一分不少。'"但圣伯夫终究没能进入诗人的灵魂，那是一个封闭的世界，断绝与外界的一切联系。他还以为，外界能对这个世界给予建议、激励，或加以控制。他说："如果没有布瓦洛，没有奉布瓦洛为巴那斯总监的路易十四，那将会出现什么情况呢？最伟大的天才们还能否写出令其流芳百世的著作呢？我恐怕拉辛只能写出《贝雷尼斯》，拉封丹写不了太多的寓言，就多弄几个传说故事代替，即便是莫里哀吧，估计也就停留在《司卡班》的水平上，而无法实现《愤世嫉俗》的庄严高度。总之，这些卓越的天才们，他们每一个人都会深陷谬误而无法自拔。布瓦洛，作为诗歌批评的良知，在明君圣主的良知认可、扶持下，掌控了所有这些作家，利用其威信和无所不在的影响力，引导他们写出自己最优秀、最有分量的作品来。"可以说，圣伯夫并没有看到横亘于作家与世

①所谓反对巴尔扎克《贝姨》中有关说法，指《贝姨》中涉及到雕刻家文赛斯拉斯·斯坦卜克，谈到艺术作品在构思时与实际创作时并不相同，对此巴尔扎克写道："梦想、酝酿创作出好作品是一件十分有趣的事情……持续不断的工作是艺术的规律……所以伟大艺术家、完美的诗人既不等着别人来订货，也不等买主上门，而是今天、明天，永远地孕育和创造。只有这样，才能养成辛勤劳作的习惯，才会一直对困难有所认知，他们才能与缪斯同居共处……"最后一句亦可译为"与文艺女神姘居"，圣伯夫对此十分反感，他在上述文章中还写有："不，不，荷马与菲迪亚斯从来不曾像这样与文艺女神姘居；他们始终将她奉为贞洁、庄重的女神。"

人的鸿沟;他没有领悟到,作品是作家展示真实自我的唯一途径,作家面向世人(甚至包括那些世人眼中的作家,因为他们只有在抛开外界的时候才能真正成为作家)所展露的无非也是跟世人同样的面貌。正因为如此,圣伯夫才建立了那个著名的方法,饱受泰纳、布尔热等人赞誉;按照此方法,你要想了解一位诗人或作家,就必须不厌其烦地去追问那些认识他的人,追问那些经常见到他的人,从他们的口中得知有关他的一切,比如他对待妇女的态度,等等,虽然这一切与诗人真实的自我毫无瓜葛。

他写的书,尤其是《夏多布里昂及其文学团体》一书,像是一系列的沙龙谈话。作者邀请不同的谈话对象,询问他们相关名人的问题,而他们所给出的答案也往往会有冲突,从而证明经常受到称颂的人也有可议之处,或者说,那些持不同意见的人属于另一种精神类别。

而且,即使是同一个受访者,也会出现自相矛盾的地方。圣伯夫是不肯放过任何一条线索的。他想起了一件轶事,去找出来一封信件,还要请一位权威人士出面作证,而这位权威人士正跃跃欲试,巴不得马上证明有人就是说一套做一套的。莫莱先生此时将大礼帽拿在手中,他在回忆拉马丁的往事:此君刚一听说鲁瓦耶-科拉尔参选法兰西学院,便立即写信给他,请他为鲁瓦耶-科拉尔投赞成票,可到了选举当天,此君自己竟然投了反对票;还有一次,此君为安培的参选投了反对票,但得知安培入选后,又差了自己的夫人前往雷卡米埃夫人府上向安培道喜。

以后我们会发现,圣伯夫对于原创作家的浅薄观念从未改变过,但这种不切实际的理想是看不到前途的。“必需”迫使他放弃原有的生活。既然已经辞去马扎兰图书馆馆长的职务，他为了生计，不得不接受比利时列日大学的教职，继而在《立宪报》主持《星期一丛谈》专栏。自那天起，他所企盼的闲适生活就被无休无止的工作取代了。他的一位秘书曾这样记述："我老是想起这位大作家早晨起来一边梳洗，又一边在报纸上写写画画的样子；他用铅笔往空白处记下一件事、一个想法，或者一个已经想好的句子，就连这个句子放在文章中的哪个位置，他也心中有数了。这时我就来了。我要负责把报纸保管好，不可遗失。圣伯夫先生会跟我说：'记着，我要把它写到那里去。'作为秘书，我还要负责一件事情，只要我一到那里，就算我们还没有开始上班，也要忙不迭地把他前两天写的文章给收集整理好。但这位大师很快就让我适应了，不久之后，我就习惯了他这种快节奏的思维。"

这样的工作势必要他拿出大量的观点来发表，倘若他仍留恋过去的闲散生活，那这些观点就永远不见天日了。有些文人（法布尔、富里埃尔、丰塔内）从强迫性写作中获益，他似乎也颇为所动。在长达十年的时间里，他所有的灵感，原本是可以为朋友、为他自己、为长久酝酿而实际根本不可能写出来的书所慢慢运用的，都以每周一次的方式源源不断地写出来，散播到全世界了。他要评论一本书，在读书的过程中，有许多想法从他的内心深处涌现出来，我们发现其中有一些宝贵的思想，有的可以衍生出一部小说，有的可以铺陈为一首诗歌，还有的美好得让人陶醉一整天；为了美化他呈现的作品，他甚至豪迈地献祭了最亲爱的伊萨克和最圣洁的伊菲日尼。他说："任何木材我都用来制作火箭，最后的火药也拿来发射火箭。"可以说，在十年的时间里，他每逢周一就施放一次耀眼的烟花，他用于制作火箭的材料，原本可以用来创作出也许更能持久的作品，也随同烟花陨灭了。但他心里很清楚，这些材料并没有完全陨灭，有一些成分，即使不如钻石般恒久闪亮，也至少带有玻璃的光辉，它们留存到了日常的琐细当中，这些日常的琐细也会逐渐地聚积起来成为一个大部头，让读者们看到玻璃的光辉一如从前。事实上，它们确实集结成册了，成为了很好的读物，有时候还很有趣，真正能让人消遣解闷，因此，我非常肯定，有些人会诚恳地称赞圣伯夫，正如圣伯夫称赞贺拉斯一样：“当今世界，尤其在法国，贺拉斯已经成为有关品位、诗艺和处世智慧的必读经典。”

《星期一丛谈》这个题目让我们看到，这些文章对圣伯夫来说意味着一个星期的繁忙与投入，代表着蒙巴纳斯大街上一间陋室在周一早晨焕发出来的荣光。周一的清晨，若碰上冬季，这个时候才仅有一点苍白的曙色从紧闭的窗帘上方透出来，也就在这样的时候，他打开了《立宪报》，看到自己精心雕琢的文字，感觉到它们此刻正散发出他思想的光芒，照耀在巴黎的千家万户，激起人们的赞叹之情；他作为作者，心思如此巧妙，竟无人能及，他还将这巧思推演至极致，加入许多自己都未曾料想到的细节，有如神来之笔，大放异彩，再辅以明暗对比的手法，增添亲切感，这文章连他自己都钦佩不已。当然，新手作家的兴奋与激动，他是体会不到的。文章在编辑手里压了那么久了，新手的作家每天都盼望能打开报纸看到它，但从未如愿，几乎到了绝望的地步。终于有一天，母亲走进他的房间，故作随意地将报纸拿给他，一副无关紧要、无甚好读的架势，但她又把报纸放到他一眼就能瞧见的地方，他想不读都不行；接着她匆匆离开了房间，还在门口把正准备进来的老仆人给挡了回去。他不由自主地笑了，他意识到亲爱的母亲希望他不要有所猜疑，希望他有个大大的惊喜，并一个人静静地享受这份惊喜，不要受到旁人的打趣和搅扰，也不要因为某些人没头没脑地跑来向他道喜，让他反而不好意思袒露心扉。天光仍旧灰暗，旭日像一枚烧红的炭火；重重迷雾之中，飘着墨香、浸着朝露的报纸穿梭在巴黎的大街小巷，而他的思想也随着这成千上万份报纸到了每一张餐桌——餐桌上的灯仍亮着，人们把热乎的小圆蛋糕撕碎了泡进咖啡，但报纸是比这更美味更营养的精神食粮。他等不及地要打发

PAVL
BACHER
EX·LIBRIS

仆人多买几份报纸回来，他想亲手触摸这印刷业的奇迹，假装一个新读者在不经意的情况下从另一份报纸中发现同样的思想。紫红的地平线上，那枚炭火的光芒已经越来越亮，越来越强了，它膨胀、充溢，只消轻轻一跃，便出了地平线。他想象自己的思想也如这东升的旭日，在每个人的心目中冉冉升起，并全然融入到这灿烂的曙色之中。

圣伯夫不是新手，因而无法体会这些乐趣。但他仍然会幻想，冬日的清晨，布瓦涅夫人坐在高大的四柱床上翻看《立宪报》，他会设想，下午两点的时候，参议员去拜访她，与她谈论报上的文章，也许，这天晚上，他将收到阿拉尔夫人或德·阿尔布维尔夫人的便条，告诉他读者对他的文章有何看法。所以说，他的文章在他看来就像是一条弧线，起始端是他个人的想法和创作，而末端则是读者们的看法和眼光，这末端决定了线条的走向及最终的色调。与这些文章情况类似的，还有报道内阁辩论的一些着实让读者震惊的句子，比如："议院主席先生，内政及宗教部长，你们等着瞧吧……(右派抗议，左派热烈鼓掌，长时间的鼓噪)"在这个句子里，发言之前的致意以及发言之后现场的反响，与发言的内容同样重要，它们共同营造出一种效果。这个句子不可能以"你们等着瞧吧"作为结束，它仅仅是个来头，而后面的"右派抗议"则是高潮部分，比中间部分更精彩，也呼应了开头。同样的道理，新闻写作的妙处并不完全在于文章本身；它们从创造它们的思想土壤中剥离出来，仿佛断臂的维纳斯。既然新闻为了适应民众(尽管可能是精英的民众)而沾染上一些习气，那这些文章就难以免俗。记者在撰写文章、权衡文字的时候，总是要考虑到这个或那个读者无声的意见，如此写出来的作品就无形中受到他人的影响，而丧失了部分个性。

我们已经看到，圣伯夫认为他所喜爱的沙龙生活对于文学是必不可少的，多少世纪以来，先有路易十四的宫廷，后有督政府指定的文社，这些都是维持文学正常运转的机构；同样的，这位辛劳的创作者，每天都忙着取悦精明的行家、打击碍手碍脚的人，连安息日都不休息，每逢周一就能获得光荣的报赏——这样一个人，他把所有的文学都等同于每周一次的专栏，也许有被重读的机会，但必须是为当下而创作的，必须充分地尊重最优秀的读者，取悦于他们，而无需过多考虑将来的问题。他认为文学属于时效性强的类型。他给贝朗瑞写信说："准备好迎接一个精彩的诗歌季吧！这些人正等着登台亮相呢……"而他在骨子里又是个真正的古典主义者，他说："此后，这种诗，我是不会再写了；你也不适合写，只有那些吵吵嚷嚷、不知天高地厚的年轻人才适合，反正他们缺乏鉴赏力。"据说他在临死之前曾怀疑以后的人是否还会热爱文学，他对龚古尔兄弟谈起《热尔韦泽夫人》："要振作精神，有所作为。这部罗马式小说来得正是时候，我认为文学界对你们的兴趣很浓厚，只要稍微动点脑筋，就能大获成功。"在他看来，文学只是眼前的苟且，其价值由作者本人的地位所决定；简而言之，就是政治上有所建树的人，即使什么都不写，也强过政治上满腹牢骚、笔下满篇伦理道德的人。因此，艾默生说人要志存高远，圣伯夫则刚好相反，他只看重当前的利益，对政治感兴趣，他说："我觉得参与重大的社会运动是很有意义的。"他总是为参与政治的夏多布里昂、拉马丁和雨果感到惋惜，但这几位的作品中所含的政治成分还不及他的批评多。他为什么说拉马丁是"怀才不遇"？说到夏多布里昂，又是这样的语调："《回忆录》并不怎么讨人喜欢，这是重大失误。就才华而论，虽然品位低俗、口无遮拦这样的毛病在几乎所有夏多布里昂先生的作品当中都存在，还是有不少篇章彰显出大师气魄，证明宝刀未老；幼稚可笑之处也能见奇峰迭起，优雅温和之处仿佛出自魔法师之手笔，之嗓音。""我实在没办法谈论雨果。"

圣伯夫在文学沙龙很受欢迎，并且深受敬仰。阿尔布维尔夫人曾写信告诉他:“要知道,你尊重别人的意见,别人也尊重你的意见。”他说,阿尔布维尔夫人给他题赠的座右铭是:立意悦人,得享自由。但事实上,他很少有自由的时候;比如说,从他的文章里可以看出,雷卡米埃夫人在世的时候,他无论如何也不敢对夏多布里昂有任何微词,一旦两人都去世以后,文章翻过几页,他的语调就全然变了。他在《札记与思考》中写道:“当过辩护律师,我现在还想做法官。”究竟这是不是针对上述情况所写的,我不得而知。但事实就是,他把以前说过的每一个字都否认了。有一次,他不得不为夏多布里昂的《墓外回忆录》写一段评论,这部作品曾在雷卡米埃夫人的府上被高声诵读过。他读到其中的一个段落:“在这样一个人人都不愿成为自己父亲的儿子的时代,难道这些都是离奇古怪、微不足道的自负表现吗? 一个进步、变革的新时代里的虚荣心?”他认为这些顾虑实在太拘泥小节,于是提出异议:“绝非如此! 夏多布里昂先生的骑士精神万不可剥夺;尽管他处处体现自己贵族的气质,但这并不阻碍他进步。”然而,等到雷卡米埃夫人和夏多布里昂双双离世之后,同样的《墓外回忆录》,同样的段落——“假使我像哥哥一样继承了父亲的自命不凡,那家族的头衔和身份定让我无从选择,只能成为布列塔尼公爵的幼弟。”他急不可耐地打断了作者的庄严陈述,而且这一次,从前那一套“再正常不过了”“这又如何”之类的老话,变成了如下的观点:“那你现在的所作所为呢,还不是一边拖着‘自命不凡’的尾巴,一边又吹嘘自己已经完全摒弃了。这种吹嘘是加倍的伪善,反倒不如你斥责的‘自命不凡’的父兄来得坦率。”对于参议员帕基埃,他总是衷心地、诚恳地、坚持不懈地颂扬他,在其身故之后也没有诋毁过半句;据我猜测,这是因为布瓦涅夫人太过于长寿的缘故。参议员曾写信给他:“布瓦涅夫人抱怨说她最近一直没见着你(乔治·桑也写过类似的信件:‘缪塞老是想去拜访你,邀请你过来,但我没同意,因为我担心这么做也没啥用,不然我肯定会怂恿他去的。’),你愿意到卢森堡来接我一趟吗? 我们可以好好聊一聊。”参议员死后，布瓦涅夫人还活着。他写了三篇有关帕基埃的文章，都是歌功颂德的，足以宽慰那位悲痛的女友。然而，帕基埃刚一过世，我们就在《文学肖像》中读到了“库赞说……”此外，在马尼晚宴[1]上，他还对龚古尔说：“老实告诉你，我才不会把他当作什么文学家呢。夏多布里昂的圈子都不见得能容下他。”以至于龚古尔都不得不感慨：“死后要让圣伯夫来吊祭我，那真是太可怕了！”

但一般情况下，他的敏感多疑、反复无常，刚才爱得不行、马上就恨得牙痒的脾气，足够他趁着人们尚在世的时候就“重获自由”了。谁也用不着等到死后才受到他的刁难质疑，于是我们看到了他的许多有关雨果、拉马丁、拉莫奈等人的自相矛盾的文章。对于贝朗瑞，他在《星期一丛谈》的专栏里写道：“也许很多人都还记得，十五年前，我将贝朗瑞描绘得光彩照人、毫无瑕疵，我现在想说的是，正是为了让人们忘记这个形象，我建议重新为他立一幅肖像。十五年的时间，足够改变一个模特儿的容貌，或者说突出他的特征；最重要的是，艺术家能在这段漫长的时间之内完全捕捉到他的形态，从而去修正自己，完善自己，对自己的作品进行一番深刻的调整。我年轻时描绘诗人的形象，总是掺杂了强烈的情感和无比的热情，但我并不后悔，我甚至还去纵容这股子热情。到了今天，我承认，除了认真观察，诚恳地展示我所见之事物、人物而外，我绝不掺杂任何别的东西。”若没有这种“重获自由”的行为来平衡他的“立意取悦”，圣伯夫很难得到如此普遍的尊重。当然，我们还必须补充一点：他既有逢迎权势的倾向，又同时看轻权势，既有世俗保守的态度，又有自由以及自由思想的追求。对于前者，我们可以看到，他的作品中大篇幅地谈到七月王朝的政界大腕们；他认为，对话才能碰撞出思想的火花，因此他将身份显赫的对话嘉宾都邀请到文字的沙龙里来，而外人是根本无法踏足的；在这里，他没有与莫莱先生针锋相对，也没有碰见任何诺阿

---

①马尼晚宴是当时作家聚会的一种活动，非常著名。

耶家族的人——他对此家族如此敬重，以致认为，如果到了两百年之后才在某一篇文章中引用圣西蒙描述诺阿耶夫人的全部文字，那将是十分罪过的。与上述作法相平衡的是，他对于那些参选法兰西学院的贵族怒不可遏（特别是对布罗伊公爵的合法选举），他辱骂道："这些人最后就由他们的门房来任命吧！"

即使在法兰西学院的事情上，他的态度也是模棱两可的：有时候充当莫莱先生的盟友，认为波德莱尔参选简直是个笑话（尽管波德莱尔也是他的好朋友），并告诉莫莱，他已经受到了学院的青睐，他该为此感到骄傲——"你已经留下好印象了，这还不够吗？"有时候他又站在勒南的战线上，认为泰纳将他的论文集送呈院士评审是自降身份，因为院士们根本看不懂，对于阻挠利特雷进入学院的迪宠卢主教，他也表现得义愤填膺，从第一天开始就对他的秘书说："我每周四去学院，我的同事都是些无用之辈。"他自己也承认，为了这个那个的写了不少吹捧的文章，但他坚决不肯为蓬日威尔先生说好话，还扬言道："他今天休想进得去。"他有他所谓的自尊，并且有时候表现得过于敏感，近乎可笑了。曾经有人指控说他收受了一百法郎的贿赂，他于是写了一封信给《论辩报》，"信中的行文口吻非常得体，只有一个正直的人才能写得出来。"——如果这是自尊的表现，好吧，姑且接受。另外，当他受到蓬马尔坦先生[①]的指责时，或者以为维尔曼先生的某次演讲间接地攻击了他，他就大吵大嚷——如果这也是自尊的表现，也很好。但是，这一件事就不得不说他可笑了：他提前给龚古尔兄弟打了招呼，说他可能给予《热尔韦泽夫人》负面的评价，后来又通过第三方得知龚古尔兄弟对玛蒂尔德公主说："圣伯夫看得很清楚……"他就火冒三丈地吼起来："我可没说要严厉地批

---

①普鲁斯特此处似引用了一段轶事：蓬马尔坦对圣伯夫极为不满，在自己的一本书里非常恶意地抨击他说"人们可以肯定，他收集了大量的防御和进攻武器，为的是压制那些他今天喜欢、明天可能讨厌的人，还有那些他今天就讨厌、日后准备报复的人"。圣伯夫写了一篇怒气冲冲的文章回敬他："先生，请你弄清楚，你若不是个说话不知轻重的无赖，就必定是个满口胡言的诽谤者。"

评呀！”这就是圣伯夫作为回应的那篇文章……[①]

有时我不禁自问，除了诗歌而外，圣伯夫是否就没有更好的作品了？机敏与巧思已告枯竭。那弯来绕去，靠千种心思、万般手法来渲染烘托的技巧也施展不开。巫师的魔法被彻底打破。他矫揉造作、灵活多变的风格似乎为他思想中根深蒂固的虚伪提供了土壤，一旦他放弃了散文的写作，他也就停止了撒谎。正如一个用拉丁语写作的学生必须直言不讳一样，圣伯夫也终于有了直面现实、直抒胸臆的机会。在《黄色光芒》《拉辛之泪》中，在他所有的诗作中，真挚的情感比他的任何评论文章都更为丰富。然而，失去了谎言的依傍，他的全部优势也分崩离析；一个长期酗酒的人却只能喝牛奶，他的虚张声势的劲儿没了，浑身的蛮力也跟着消失了。“这个人，看他多么笨拙，多么丑陋。”[②]一位伟大的有魔力的批评家，放弃了所有的文雅、繁复和诙谐，所有的情绪、节奏和韵味，反而变得朴拙，毫无技巧可言，还有什么比这更打动人心呢？一切的风格都绝迹了。他渊博的学识、文人的修养，只剩下了对浮夸、陈腐或奢华的排斥，而他精心传达的意象，让人联想起安德烈·谢尼埃和阿纳托尔·法朗士诗歌的雕琢之美。然而，这一切都不过是有意为之，而非自然流露。他欣赏奥克里斯托、库珀和拉辛，他企图模仿他们。但他自己所天然拥有的、深入骨髓的东西，几乎只有笨拙而已。这笨拙反复出现，仿佛一副天然的嗓音。而他这些为数不多的诗作，令人陶醉并且真诚的诗

---

①手稿此处中断。龚古尔兄弟曾向圣伯夫打探他许诺要评价《热尔韦泽夫人》的事情，此处或与圣伯夫对龚古尔兄弟的回应有关。圣伯夫的相关原文是：“深思熟虑之后，我发现这是一项艰巨的、几乎不可能完成的任务：要在大力赞赏细节的同时对写作方法和整体效果进行有力的批评，并且要注意不伤害到作者的感情，不在他们的熟人圈子当中引发多少是出于善意的、当然也很热烈的评论。

“得出这样的结论，不仅有我个人的判断，还有，我承认，一些谣传的因素在里面，这些谣传虽不严重，但也释放出危险的信号。

“我撰写这些文章的意图，以及我所秉承的思想，都是非常明确的，六个月以来都不曾改变，假如说有人认为这是气候变化所致，正如我们的朋友泰纳所言，那我将难以接受。”

②这是联想到波德莱尔《信天翁》一诗，转引于此。

作，以巧妙且颇为成功的手法表达了爱情的纯洁、都市里黄昏时刻的愁闷、追忆往事的曼妙、阅读时光的躁动，还有不相信老之将至的怅惘；在我们看来，这些才是他唯一真实的东西，相形之下，他作为批评家的那些气势恢宏、洋洋洒洒的文章显得多么空洞而毫无意义。《星期一丛谈》，作为他的批评文章集大成者，因而也不过是扭捏作态，几首小小的诗歌，反倒展露真情。可以说，在永恒的天平上，一位批评家的诗作反而较之其他作品占据了更多的分量。

热拉尔·德·奈瓦尔

“热拉尔·德·奈瓦尔，像是往来于巴黎和慕尼黑之间的旅行推销员……”①

如今人们已经公认《西尔薇》为一部杰作，上述论断实在令人诧异。但我还是要说，与其看到《西尔薇》因为人们的误解而受到推崇，我宁可它被圣伯夫置于晦暗之中，至少它在重见光明时还保留了洁净如新的光彩。事实也的确如

①热拉尔·德·奈瓦尔（原名热拉尔·拉布吕尼，1808—1855），法国诗人、散文家，有十四行诗集《奇幻集》（1854），小说《西尔薇》《火之女》（1854），《奥雷丽亚》（1855）等。译《浮士德》第一部深受歌德赞赏。曾去埃及、君士坦丁堡等地旅行，著有《东方游记》（1851）等。说奈瓦尔是“旅行推销员”，这是圣伯夫的错误论断。

此。一件艺术作品，哪怕它在晦暗之中饱受伤害，被涂上别的色彩而变得形象扭曲，可一旦得到了正确的诠释，恢复其美观，它即刻脱离晦暗、再现原貌。希腊的雕刻在学院派的理论中似乎无足轻重，拉辛的悲剧以新古典主义者的眼光来看亦无可取之处。要从康皮斯特龙的角度来读拉辛，不如干脆永远不读。幸而到了今天，各家言说在拉辛身上布下的黑点已然廓清，他变得如此新颖而富有创造性，仿佛我们从来不认识他一样。希腊的雕刻也受到了同样的良好待遇。这正是反古典主义者罗丹为我们做出的贡献。

热拉尔·德·奈瓦尔是十八世纪一位迟来的大师，他植根于传统与地域性，未受到任何浪漫主义运动的影响，具有纯粹的高卢精神，他在《西尔薇》中描绘了一幅淳朴、细腻的法兰西理想生活画卷——这是今天人们对热拉尔·德·奈瓦尔的一致看法。他二十岁时翻译《浮士德》，曾亲身前往魏玛拜访歌德，他在异国他乡的见闻和感悟为浪漫主义提供了丰富的素材；自青年起就患有狂症，本已受到禁闭，却因怀想东方而动身前往，终吊死在一处污秽巷道的门梁上。奈瓦尔之死究竟是其本人狂症发作而自戕，还是其同伴谋害致死，都尚未可知；鉴于其天性乖僻、精神失常，因而行为习惯也异于常人，上述两种猜测都同样合理。然而，他的疯狂并非器质性的，不对思想活动产生任何影响，就跟我们平时遇见的狂人一样，不发病时仍然保持清醒的头脑，有些甚至过于理性，过于敏锐，只受到某种纯生理上的忧郁症困扰。

在奈瓦尔身上，狂症的初期表现不过是一种极端的主观主义；相对于我们日常所说的真实，即感官上的直接感受而言，它更强调梦幻、回忆或个人的主观感受。福楼拜认为，艺术家的天性是将真实视为“需描写的幻想”，并在描写真实的过程中创作出带有真实性的幻想。当这种天性演变至疯狂，则疯狂成为作家核心创造力的衍生部分；作家处于疯狂的状态，所描写的也是疯狂，只要这疯狂是可描写的，好比一位有创造力的作家，他在即将入睡之际，仍然在脑中记录下从清醒到入睡的各个阶段，直至睡眠完全控制了他的思维。因此，正是在这样一个时期，奈瓦尔创作出如此精美的诗歌，有些甚至成为法语中最为优美的，但同样也是晦涩如马拉美的，以至于泰奥菲尔·戈蒂埃都说，这些诗歌反而让利科弗龙[1]显得清楚易懂了，比如：

我是阴惨晦暗之人……[2]

还有不少类似的……

尽管如此，写诗的奈瓦尔和写《西尔葳》的奈瓦尔之间始终存在着延续性。甚至有人会说，他的诗歌和小说不过是用不同的文体来表达相同的主题，好比波德莱尔的《散文诗》与《恶之花》——这样的观念显然能形成对他的一种抨击，即使不影响他一流作家的地位，也至少说明，他不具备真正的能做到形神合一的天分。事实上，像这样的天才，他们内心的意想是非常明晰而强烈的，只是由于情志上出现病态，缺少了本能的冲动，反而让善于指引、懒于践行的智性大行其道，所以才会先以韵文来表述其理念，继而再采用散文，等等。

奈瓦尔的某些诗句能从其小说当中找到几乎完全对应的字句。正如波德莱尔有一句诗是：

明净的天空，无休止的炙热轻颤

---

①利科弗龙，公元前4—3世纪希腊悲剧诗人，语法学家。
②见奈瓦尔《奇幻集》第一首十四行诗《不幸的人》(El Desdichado)。

在他的《散文诗》中有相对应的一句是：

明净的天空中轻颤着无休止的炙热[1]

我只需要引用奈瓦尔的一句诗：

葡萄架旁，蔷薇跟葡萄藤缠绕在一起[2]

你就能联想到《西尔薇》的窗户外面也是“蔷薇跟葡萄藤交织在一起”。此外，我们后面还会看到，几乎《西尔薇》里面出现的所有房子都有蔷薇跟葡萄藤盘绕纠缠的情景。于勒·勒麦特先生[3]在他的《拉辛》一书中引用了《西尔薇》的开头部分——我在这里绝没有针对他的意思，我将在下文解释——“姑娘们在草地上围成圆圈跳舞，一边唱着从母亲那里学来的古老歌谣，多么纯洁自然的法兰西语言，感觉就像回到了瓦卢瓦的古老王国，法兰西的心脏已经在那里跳动了上千年。”这是在描写传统吗？非常的法兰西吗？在我看来，它并非如此。我们必须回到段落的出处，看看上下文，以正确的眼光来看待它。它实际是出现在梦中的场景。“我回到床上，仍旧睡不着。半睡半醒之间，整个青年时代的记忆都浮现了出来。在这样的精神状态下，智性还在对抗着梦幻，于是人就看见了最奇怪的景象，有很长的一段人生都浓缩到短短的几分钟之内。”[4]由此，你立刻就能想到热拉尔的诗句：

---

①前一句见《恶之花·发》，后句见《散文诗·发中的世界》，普鲁斯特的引文与原诗略有不同。

②见奈瓦尔《奇幻集》第一首十四行诗《不幸的人》(El Desdichado)。

③于勒·勒麦特(1853—1914)，法国作家、批评家，主张“印象主义批评”。

④见《西尔薇》第二章。

有一支歌，我愿为它……[1]

因此，我们在这里看到的只是许多彩虹般绚烂的画面中的一幅。这些画面是现实生活中所看不到的，甚至也无法用语言来唤起的，只有偶尔在梦中见到，或通过音乐来唤起。有时候，我们在睡梦中看到了这些画面，我们试图把握并揣摩它们的意义。然而，当我们醒来，它们就消失不见了，我们只得放弃追索；还没有等弄明白这究竟是怎么一回事，我们又睡着了，似乎清醒的人永远无法看到它们。那些驻留在画面中的人物本身就是梦的产物：

一个我或许在另一世中见过的女人，

我现在记起她了……[2]

从这里能看出半点拉辛的影子吗？他在无意中表达出来的，认为奈瓦尔的梦幻与欲求应当集中体现在拉辛时代的法兰西魅力身上，这也是极有道理的；只不过，如此做法，就好比把一杯凉水和一个干渴的人等而视之，因为干渴的人渴望那杯凉水，或者把少女的贞洁与老头子的淫邪混为一谈，因为前者是后者的欲求对象。对于勒麦特先生，我要说的是——我非常仰慕勒麦特先生，说出此话并无任何不尊重他，或者要诋毁他卓越不凡的拉辛研究的意思——他确实在一个缺乏创新的年代里开创了一种批评风格，一种打上其个人烙印、绝无仅有的风格；在许多最体现其个人特色并因此而广为流传的篇章中，他都乐于从一部艺术

①见热拉尔·德·奈瓦尔《波西米小城堡》(1853)中插写的《幻想曲》首句。

②见《幻想曲》的结束部分。

Züs-Bünzlin
Vermächtnis Emanuels
3 Punkte über die Selbstgerechtigkeit
Über die Heilsamkeit des Entsagens etc etc
Goldene Lebens-Regeln für die Jungfrau als Braut Gattin u. Mutter
SEIFE
MOSCHUS

作品中挖掘出大量丰富的内容，那些内容满满当当地泼洒出来，仿佛原本就被他放在那里的高脚酒杯。

但事实上，在《费德尔》及《巴雅泽》[1]当中绝不存在上述的情况。若是某人不知何故往一本书里添加了“土耳其”三个字，却没有提到过土耳其，没有描述对土耳其的印象，或者讲述想要去土耳其的愿望，那这本书就不能说跟土耳其有任何的关系了。太阳作家拉辛，太阳的光芒，等等。只有作品真正表达或传达的内容才是有意义的：要说书里出现了土耳其，就等于是说书里出现了有关土耳其的想法或感受，等等。

我很清楚，由某个特定的地方所生发出来的热爱，不仅存在于抒发热爱的作家心里，也存在于其他爱得也许同样深沉但更为含蓄的人们心里。我知道有些人是完全没有什么艺术细胞的，做文书的、做手艺的、经营店铺的，还有当医生的，他们没有居住在巴黎的富人区，没有专用的马车，也不去看戏，他们用一部分收入在布列塔尼安置一处房舍，晚上就出去散散步，从不想自己感受如何，至多说上一两句口水话，如“今晚天气不错，天气很好”或者“我就是喜欢太阳下山的时候去散步”，但这也是一种艺术情调。很难说这样的艺术情调是存在于拉辛的心里的，至少《西尔薇》里的希冀与梦幻色彩在拉辛的作品里是看不到的。现在有一派作家，必须说他们在反抗主流的空话连篇的写作风气上有所成效，他们引入了一种新的方法，一种他们认为是复古的文学手法，其主旨是，句子应尽量简洁而不表达任何含义，书本应线索清晰而去掉所有无法直接表达的印象、思想等，语言应保持原汁原味而尽可能采用现有的措辞，连斟酌考量都可以省去。这样，除了文笔简洁、文法端正、文气从容而外，该方法也没有什么特别的可取之处了。出门远行的人，如果从一开始就把有价值的行李统统扔掉，他当然很容易就

①《费德尔》(1667)，《巴雅泽》(1672)，拉辛的悲剧。

赶完了路程，可尽管轻松，尽管快捷，旅途却没有什么大的意义了，因为需要传递的东西缺失了。

人们错误地以为这样的文学是依附于过去的，而热拉尔·德·奈瓦尔是最不能用来印证这种观点的。人们之所以误解了奈瓦尔，把他当作一个典型，无非也是因为他们在自己的文章、诗歌和小说中局限于描写法兰西之美，“风和日丽，蓝天下淡淡的屋舍，起伏的山丘，还有教堂，仿佛到了达马尔坦和埃莫农维尔。[1]”这些东西，都跟《西尔薇》毫不沾边。

当我们从巴莱斯的文字中读到尚蒂伊、贡比涅[2]和埃莫农维尔这些地方，读到瓦卢瓦的一些小岛，或者夏利、蓬达尔梅的森林时，倘若我们心中涌起激动与欣喜之情，那是因为我们已经在《西尔薇》当中读到过这些名字，因为这些名字隐含着，不是真实的记忆，而是那个“可爱的疯子”所感受到的纯真的快乐（建立在焦虑之上的快乐）——有了这样的快乐，那些在丛林里度过的早晨，或者说他的一半真实一半梦幻的记忆，就让他神魂颠倒、如痴如醉起来。对于法兰西岛，说它是个理想之地，美得恰到好处，等等。啊！这简直表达不出那些不可言传的，比之清新的空气、破晓的晨光、万里无云的天空，乃至回忆的魔力都更不可言传的；它让热拉尔欢呼雀跃、引吭高歌（他的喜悦有一半来自于对它的感受），它又让我们感到无限的困惑，当我们以为这些地方是真实存在的，以为自己能置身于《西尔薇》的风光时。那么，巴莱斯先生是如何做到这一点的呢？他向我们提到了这些名字，他描述了细节——白昼下墓地里摇曳的散发蜂蜜香味的烛火，穿透十月迷雾的钟声，这些似乎都来自于过去，我们能感知到它们，并从中获得快乐，

①达马尔坦、埃莫农维尔，均属于瓦卢瓦地区。
②尚蒂伊、贡比涅，亦属瓦卢瓦地区。

尽管只是暂时性的，并且，它们无关乎什么礼仪礼节，无关乎“恰到好处的优雅”，也无关乎哈拉伊先生与布朗热先生所宣扬的“法兰西岛精神”。此外，如果我们翻到后面几页，能发现同样的描述，这便有力地证明了巴莱斯先生在有意为之。这部分描述是以沃盖先生的视角来完成的，他当时在都兰，眼中的景物是“按照我们的趣味来形成的”，他见到了金黄色的卢瓦尔河。这一切真是与热拉尔相去甚远！我们固然回想起美妙的初冬早晨，回想起远行的冲动、阳光照耀下的漫漫长途，但我们的快乐中夹杂着无尽的困惑。风景的本质固然是平和优美，但风景的内涵又远不止于此。它究竟远到哪里，我们还无法定义。有一天，它会远至热拉尔的疯狂之举。并且，风景本来也谈不上什么平和，谈不上什么非常法兰西的东西，是热拉尔的才华赋予了这些名字与地方以魅力。我想，每一个敏锐的人都会被这一番痴人说梦所鼓动，它在我们的心底刺下了一个洞，“因为没有什么角度比‘无限’更尖利的了。”然而，能让我们真正体验到相思之苦的，并不是谈论爱情本身，而是在我们的面前提及恋人的名字、她衣着的某个细节，或者她的教名。因此，正是这些地方的名字，夏利、蓬达尔梅、法兰西岛，让我们产生了冲动，渴望在天气晴好的冬日早晨去看一看热拉尔曾走过的那一片幻境，它是那么的令人迷醉；此外别无其他。

正因为如此，对风景再多的溢美之词也无法打动我们；也正因为如此，我们才渴望写出像《西尔薇》那样的作品。波德莱尔曾说，人不可能既拥有天堂又拥有金钱。同样的，人不可能运用智力与鉴赏力就凭空捏造出一个景观，即使像雨果，像埃雷迪亚这样的作家，也无法将一个真实的乡村置于梦幻的氛围当中，如热拉尔所渲染的瓦卢瓦一样，因为那本来就是热拉尔从梦境中营造出来的。我们欣赏雨果的《维勒基耶》，欣赏埃雷迪亚的《卢瓦尔》，但我们不会一想到它们就激动不已。相反的是，如果我们在火车时刻表上看到蓬达尔梅的名字，背后就会一阵发凉。在热拉尔身上有什么无以名状的东西引起了我们的共鸣，假若那是可以学来的，我们必定也会把它学到手，然而它只是与生俱来的天性，只存在于这些天才们的身体里，庸人的身上是看不到的；它也是更深层次的东西，就好比你遇见了一个美丽又称心的女人，但真正要堕入情网便是另一码事了。它偶尔会在梦的激发下显现出来，如同阳光照耀下的路易十三城堡；若有智慧如勒麦特的将热拉尔推崇为优雅合度的典范，那他就大错特错了。实际是病态痴迷的典范才对……从巴莱斯的角度来说，称呼他为“可爱的疯子”，并以此来告知世人他的疯狂并不具有危害性，反而接近古老的民谣传统，这就是品位不俗的表现。

热拉尔为了写《西尔薇》是否重返过瓦卢瓦？他当然回去过。热情会将其所爱的对象视为真实，令人魂牵梦绕的地方，人必然想亲眼看看。否则，那就不是真爱。心思单纯的热拉尔抬腿就走了。马塞尔·普雷沃劝自己说：“那无非是个梦，还是待在家里吧。”可一切的话都说尽了以后，停留在文字里的反而只有那不可言说的，被人误以为无法带进书本的东西。它模糊不清却挥之不去，仿若记忆一般；它氤氲弥散，如《西尔薇》的氛围，空气蓝中带紫的色调。假如我们没有感受到这不可言说的，我们竟自欺欺人地说，我们的作品和那些感受到它的人的作品一样，反正文字都大同小异。然而，氛围并非隐含于文字之中，而是弥散在字里行间，就像尚蒂伊的晨雾。

如果说曾有一位作家，他完全抛开明快的水彩画手法，而另辟蹊径地观察、掌握并细致地描绘出人类心灵之变幻莫测的色调、隐秘至深的规律，以及几乎不可觉察的印象，那就是写出《西尔薇》的热拉尔·德·奈瓦尔。请不要忘了，这个故事你说它是一幅纯朴天然的画卷，但它实际是梦境的梦境。热拉尔试图回忆一位他爱过的女人，尽管跟他实际爱过的那个女人不一样，但这个回忆中的女人就

EX LIBRIS
DRIS LEO
LIPPMANN
A. COSSMANN

占据了他此生此世的某些时间，在每一个黄昏来临的时候重新占有他。当他回想起梦境般的往昔时，他便有了重回故土的冲动；他走出房间，下了楼，请门房为他开门，然后乘了一辆出租车。在去卢瓦齐的路上，他一路颠簸，一路回忆。经过一个漫长的不眠之夜，他终于回到了那个与其说存在于地图上、不如说存在于他心里的地方；它对他来说更多地意味着过去，一夜的无眠也让他精神恍惚起来，他脱离了现实的牵绊，在他的眼中，一切都与他绵绵不断的回忆紧密交织在一起。因此，读者很容易糊涂，不得不老是翻看前面的内容，从而确定自己读到的究竟是现实，抑或是回忆。

书中的人物也类似于我引用的那句诗文里的女人，“*一个我或许在另一世中见过的女人，我现在记起她了。*”那个阿德里安娜，他以为人家是那个女演员，因而爱上了那个女演员，但人家根本不是他所以为的；还有那些城堡，那些达官贵人，对他而言，这些人似乎生活在过去，而非现在；还有这节日，圣巴泰勒米节庆典，他都不能肯定这庆典是真正举行了的，还是只在梦里出现过（“卫兵的儿子喝得醉醺醺的”，等等）：这一切场景，包括人物在内，我都有理由认为是梦的影子。相反，那个旅途中经历的美妙清晨，到西尔葳祖母的小屋去造访——这些才是真实的。不过，请别忘了：那天夜里，他只在星光下睡了一小会，且意识尚未完全停滞，等他清醒之后，他耳朵里响起他根本没有听见的祈祷钟声。

如果你愿意，像这样的早晨也可以说是真实存在的。只不过，在这样的早晨，你始终处于亢奋的状态，哪怕有一丁点儿的美触动到你，你都会产生近乎梦幻的快乐，这在日常的生活中是不可能的。各种事物都有着宜人的色彩，像音乐一般感动着你，当你看见玫瑰殷红一片，或者冬天的树干上点缀着透亮的鲜绿，你感动得都要落下泪来；若有阳光洒落在这些色彩上，比如，落日时分，白丁香白得那么辉煌灿烂，你就感觉自己身上也充溢着美。身处室内，只要你还能呼吸到清新的空气，不论农舍还是城堡，这亢奋的心情都如同在室外一样，再加之一件勾起你遐想的古旧事物，这激动之情更甚。如此说来，该有多少现实中的主人被我殷切的感激和赞赏弄得莫名其妙啊！我不过是走上了一段铺着土耳其地毯的台阶，或者站在餐桌边上看三月的太阳，那淡白的阳光照射进公园里浓浓的树阴，或者溜到烧得正旺的炉火旁的地毯上取暖，同时马夫又走进来听我们吩咐下午的行程安排。这些美好的早晨，是我们经历了一个无眠的夜晚、一段颠簸的旅途、一阵肌体的亢奋，或者一个不同寻常的事件之后，从我们坚硬的日常生活中被开凿出来的，它们奇迹般地保留了令人赏心悦目的色彩，它们具有一种梦幻的魔力，可以与我们的记忆相区别的魔力，就像一个神奇的洞穴，光怪陆离，自成一体。

《西尔葳》的色调是紫色的，从玫瑰的紫红到天鹅绒的紫蓝，决不是他们所说的适度法国的水彩画式的色调。紫色当中还渐渐掺入了红色，射击比赛的红，手绢的红，等等。此外，“西尔葳”这个名字的发音也为它增添了紫色的色彩——西尔葳，真正的“火之女”[①]。在《西尔葳》当中，我能发现许多神秘的思想的规律，这些规律原本就是我希望阐释出来的，它们正好在《西尔葳》当中得到了阐释（我相信我能发现有五六条之多）；因此，我有权利说明一点，所谓“完美实现”（别无其他），不论它如何定义单纯的精神上的向往与一部杰作之间的距离，如何定义那些随随便便就被称为智者的作者与热拉尔之间的距离，能够自诩效仿热拉尔的也只有那些智者，而非那些轻易就能做到“完美实现”的人——之所以轻易，是因为他们什么也没有实现。当然，热拉尔所描绘的画面过于简单，带有迷惑性，但这也正是他不同凡响的天才之处。我们拥有了许多主观的感受，若我们只描写

①《西尔葳》实际是一个系列中的一部分，奈瓦尔给这个系列起了一个总的标题叫“火之女”。

这些感受的来源，则无法准确地传达出它何以对我们产生价值；若我们转而表述这些感受的价值，分析它们给我们造成的影响，则破坏了我们所见到的画面。无奈之下，我们仍旧从那些让我们魂萦梦绕的名字当中寻求灵感，火车时刻表、旅行札记、商贩的名字、乡村的街道，还有巴赞先生的笔记（其中记录了每一种树的名称），这些都比过于主观的皮埃尔·洛蒂要好。然而，热拉尔已经发现了如何去给他的画面增添一种梦幻色彩的方法，那就是直接把它画出来。可即便如此，也许，他的小说里还是夹带了过多的智力……

波德莱尔[1]

>

有一位诗人，你并不完全喜欢他，圣伯夫与他交往密切，照理说应该对他有最为中肯、最富于见地的评价，这位诗人就是波德莱尔。波德莱尔景仰、敬重并时时刻刻想着圣伯夫，一会儿送诗作给他，一会儿又馈赠姜饼，还为他的作品《约瑟夫·德洛尔莫》《安慰集》和《星期一丛谈》写过热情洋溢的文章，圣伯夫应为此有所触动，以真情实意的信件表示回应，但波德莱尔一再地恳请圣伯夫为他写上哪怕一篇的评论，他却从来没有回

①本文应放在《热拉尔·德·奈瓦尔》一文之前，因为普鲁斯特在文中提到奈瓦尔的诗歌时说“我们将在下文讨论”。

应过。作为十九世纪最伟大的诗人，圣伯夫的好友，波德莱尔在《星期一丛谈》中竟没有一席之地，连达吕伯爵、阿尔通·谢之流都充斥其间，波德莱尔却只能成为他们的配角，被附带提到而已。有一次，在波德莱尔讼案审理期间[①]，波德莱尔请求圣伯夫为他写一封辩护的信件，但圣伯夫考虑到自己与帝政的关系不便公开出面，只匿名起草了一份辩护的提纲，授权波德莱尔的律师在不透露其姓名的情况下使用；在该提纲中，他说到贝朗瑞与波德莱尔两人都是有胆识的人，"我无意贬低一位伟大诗人。"——不，他指的是贝朗瑞，而不是波德莱尔——"人民的诗人，为大众所热爱的诗人，在皇家看来，值得享有公开葬礼的荣耀的诗人，等等。"

不错，圣伯夫也给波德莱尔写过一封信谈论《恶之花》，后来又收入《星期一丛谈》，但他写信的目的只是为了增加辩护的分量，当然就是要减少赞美的分量了。信的开头，他对波德莱尔题赠给他的献辞表示感谢，但也挤不出一个赞美的字来，只说，这些诗他以前已经读过了，现在放到了一起，"带来一种不同的感受。"还说这显然是哀伤、痛苦的，可波德莱尔应该早就清楚了，等等，就这么写了整整一页，也没有用上一个形容词来表明他认为这本书是本好书。读者能看出来的，不过是波德莱尔十分爱戴圣伯夫，而圣伯夫也理解波德莱尔的心性品质。终于，等到第二页过半的时候，他鼓起勇气要说点什么评价的话了（要知道，这是一封感谢信，写给一个对他如此爱戴、敬重的人）："写得细腻精巧"（评价之一，但也是模棱两可的），"高雅凝练，带着一丝不苟的才气"（这是赞美之词了，也许不是，但挑剔也没用，因为这几乎是唯一的赞美之词），"而且在*谈到*或以彼特拉克的方式写到丑恶时，有着*难能可贵的*从容狂放（斜体为圣伯夫所加）……"接着，是长者的口吻说："你肯定受了不少苦，亲爱的年轻人。"然后加上几句批评的话，

①波德莱尔的《恶之花》于1875年出版时，有六首诗受到指控，被判处罚金。《累斯博斯》《被诅咒的女人》《首饰》《忘川》《给一位过于快活的女子》《吸血鬼变形》六首诗被禁止刊出。

对仅仅两首诗盛赞了一番：十四行诗《月的哀愁》“像是莎士比亚青年时期的英国同代人所写出来的”；对于《给一位过于快活的女子》[1]，他说：“为什么这首诗不写成拉丁文的，或者希腊文？”我忘了说，他在前面几行还提到波德莱尔的“精湛技艺”。最后，在他所热衷的连续隐喻之后，他总结道：“我再重申一遍，没有必要去刻意恭维我们所敬爱的人。”——这位所敬爱的人刚刚才送了一本《恶之花》给你，而你却整日地靠恭维那些平庸之辈来打发时间。

事情到这儿还没有完。圣伯夫刚一听说他的信要被公开发表，就赶紧把信要了回来，大概是要检查一下他的赞美是否有过分之处（当然，这只是我个人的猜测）。当他在《星期一丛谈》中加入此信时，他觉得还应该附上一段引言，说明写作此信的目的是“为了增加辩护的分量”（坦率地说，我认为这是让信的内容更加淡化）。引言并不是直接对“他的诗人朋友”说的，因而没必要再责难什么，说上一两句好听的也无伤大雅，但他还是对《恶之花》作出了如此的评价：“诗人波德莱尔……数年来从各种主题和花卉中提炼出。”——意思是说他创作了《恶之花》——“一种毒素，甚至可以说，一种相当诱人的毒素。此外，他本人也是”——（又来了！）——“多才多艺的”（！）“并且十分可爱。”——（说真的，对于《恶之花》的作者，说这些就足够了！圣伯夫已经用同样的口吻向我们介绍了司汤达很谦虚，福楼拜是个好小伙。）“自从他发表了题为《恶之花》的诗集之后，”——（一位上流人士曾对诺阿耶夫人说：“我知道你在写诗，你有想过出版一本小的诗集吗？”）——“他不仅与批评界发生纠葛，还牵涉到司法问题，似乎‘*声韵铿锵之下包藏祸心，种种隐语暗示，确有危险*’。”接下来的段落就明显在为自己的赞美之词开脱了（至少我的感觉如此），反正说这些赞美之词的目的只是给被告人辩护而已。顺便提醒一下，所谓的“包藏祸心”与“你肯定受了不少苦，亲爱的年轻人”

①普鲁斯特原稿误写为《给一位过于贤明的女子》。

是很不相称的。对于圣伯夫,人们不知有多少回都想骂上一句"老混蛋"或者"臭不要脸的"!

另有一次(很可能是因为波德莱尔的朋友公开指责圣伯夫,说他没有勇气像多尔维利等人一样到法庭上为波德莱尔辩护),圣伯夫撰写了一篇有关法兰西学院院士选举的文章,谈论了几位候选人,其中一位候选人便是波德莱尔。圣伯夫向来喜欢在学院的同行面前宣讲文学,就跟他喜欢在议院的同事面前宣讲自由主义一样,因为他是既置身于这些人之中又远远高于他们的,对于现代艺术、反教权主义和革命,他也有那么些冲动,那么些追求,和一阵阵心痒的。圣伯夫简洁而愉快地评价了《恶之花》:"这是一座建筑在文学勘察加的小庭院,我称之为'波德莱尔乐园'。"(总是这样的玩文字游戏,好让聪明人拿去调侃——*他居然称它为"波德莱尔乐园"*——只不过,那些嗜好文字游戏的人,他们可以用来调侃夏多布里昂或鲁瓦耶-科拉尔,却不知波德莱尔是何许人。)最后,他离奇古怪地总结道:非常确切地说,波德莱尔先生"终于露面了,有些人还以为会遇见什么怪人,后来发现他竟然是一位彬彬有礼、毕恭毕敬、堪称表率的候选人,一位品性端正、谈吐高雅、举止得体的绅士"。能写出这样的话来,什么品行端正啦、露面啦,举止得体啦,圣伯夫大概是在说着胡话,像一个不识字的小商贩一样满口胡言,总是能让他乐不可支,以至于会说出《包法利夫人》"开头写得很精妙"之类的言论来。

永远都是这一类手法:先说几句赞美的话,"像朋友一样",对福楼拜也好,龚古尔兄弟也好,还是对波德莱尔,然后又加上一句说,私底下,他们是最正直的绅士,最可靠的朋友。在一篇回忆司汤达的文章中,他仍旧是一副老腔调——"待人处世更为稳重。"他曾建议波德莱尔退出院士选举,等波德莱尔听从他的建议,声明退出选举之后,他又向他表示赞许,并安慰他说:"你最后致谢的部分,措辞是如此的谦恭有礼，刚一宣读出来，他们（指参加会议的院士）就大喊道，妙极妙极！*等于说你还是留下了一个好印象，这不挺好吗？*”面对德·萨西先生和维耶内，给他们留下一个谦恭温良的印象，这不挺好吗？站在圣伯夫的角度，既是波德莱尔的挚友，又总是以匿名的身份向他的律师提供建议，连给《恶之花》写一篇评论文章都不肯，甚至对翻译的爱伦·坡作品也拒不表态，最后冒出一句什么“波德莱尔乐园”是诱人的小庭院之类的胡话，这不挺好吗？

在圣伯夫看来，“挺好”就是非常好了。更让人揪心的是（这正好证实了我所说的一切），波德莱尔居然也认同这样的观点。每当朋友们发表文章，谴责圣伯夫在波德莱尔受审期间的懦弱行为时，波德莱尔就惊慌失措的，一遍又一遍地写信给圣伯夫，保证自己没参与过这样的事，又写信给马拉西斯，给阿斯利诺[①]，说：“这件事把我弄得太尴尬了……巴布明知我与伯夫大叔关系密切，我那么看重与他的友情，我跟他观点不一样的时候，我都要忍痛保留我自己的观点，不敢有半句顶撞，等等。巴布表面是在维护我，但实际上那是一个对我恩重如山的人呐。”接着他写信给圣伯夫，说他从未暗示过巴布写这篇文章，并且他曾劝过作者，“你一直都在竭尽全力地帮助我。前不久我才告诉马拉西斯，你对我的深厚友谊是我莫大的荣幸，等等。”

即使波德莱尔当时的态度并非出自真心，即使他出于策略的考虑，急于迎合圣伯夫，令其相信自己绝无半点怪罪他的意思，我们也只能得出相同的结论：波德莱尔是多么希望圣伯夫能为他写一篇评论文章（他实际是得不到的），或者说，文章写不了，就是几句赞美的言辞也够了。你也知道，他最终得到的几句赞美该有多大的分量啊。尽管我们觉得那些都太寒碜、太不像话了，波德莱尔却为之狂

---

①普莱·马拉西斯，出版《恶之花》的出版家；阿斯利诺，波德莱尔的朋友。下文的巴布即巴尔贝·多尔维利。

喜。在读到"露面、品行端正、波德莱尔乐园"等等之类的浑话之后，他写信给圣伯夫："我又欠了你一个人情。这到底什么时候是个头啊？我怎么才能回报你呢？亲爱的朋友，我写这么一封短信就是要告诉你，你为我带来了无与伦比的快乐……至于你说到的文学勘察加，假如我能时时受到这样的激励，我相信我能把它拓展成为整个西伯利亚，等等。看到你如此的充满活力，如此的作为，我真是自愧弗如。"——(弗如他的文学贫瘠！)——"并且，我真是不可救药地爱上了《黄色光芒》和《情欲》，爱上了诗人兼小说家的圣伯夫，我现在还必须称颂那个专栏作家圣伯夫吗？你是如何达到这种形式上的高度的？我觉得，你的雄辩都体现在里面了，等等。"在信的末尾，他说："普莱-马拉西斯迫不及待地要为你的美文出版一本小册子。"他的感激之情不仅仅是一封短信这么简单，他还在《逸话杂志》上发表了一篇未署名文章来评论圣伯夫的一篇文章，说："整篇文章都充满了诙谐幽默的氛围，笔调活泼、睿智，敏感而又富有讽刺意味，堪称杰作。所有与《约瑟夫·德洛尔莫》的作者有深交的人都感到荣幸。"圣伯夫写了一封感谢信给杂志的编辑，末了，习惯性地玩弄下词藻："我对那位仁厚的无名氏致以敬意和谢意。"但波德莱尔这边并不确定圣伯夫是否看出点什么端倪，干脆写信告诉对方，文章出自他的手笔。

所有这些都证明了我对你阐述的观点：一个凡人，假如他心中驻着一个天才，他实际与这同一躯体下存在的天才没有多少共通之处；但天才的朋友们都以为他就是那个天才，故而像圣伯夫所说的那样，以凡人之品格来评判其天才之诗作，或者听从其朋友的意见，那真是愚不可及。并且，凡人也不过是凡人而已，他对自己心里那个诗人的意图或许全然不知。这大概也是最理想的情况吧。我们从诗人的作品中推断出诗人的伟大，我们可以说他就是万人之王，我们景仰他，并期望他能有王者风范，但诗人未必就这样看待自己，他描写的现实始终是客观

EX LIBRIS
GOETHE
VOLTAIRE
CARLYLE
KATHERINE
MACKAY
Frances W. Delehanty

的，牵扯不到他的主观。因此，在他的眼中，自己不过是个可怜虫，若有哪位公爵邀请他共进晚宴，或者学院给他颁发个什么奖项，他就感激不尽了。假如这样的谦冲淡泊能维系住他的真诚和他的作品，那它也算是一种福气了。

波德莱尔就是如此错误地看待自己的吗？从理论上说还不至于。但如果他的谦卑和敬重都是出自策略的考虑，那他在行动上也是错得离谱了。作为他，一个已经写出《露台》《远游》和《七老人》的伟大诗人，竟然会认为法兰西学院的院士席位，或者圣伯夫的一篇文章对自己有着举足轻重的作用。当然，我要说，正是最优秀、最有才智的人才会这么做，他们等不及地从创作《恶之花》《红与黑》和《情感教育》的神坛上走下来，不管是出于敬重也好，策略也好，或是出于知书达理的天性，出于友情，都是想去巴结圣伯夫、梅里美，或者乔治·桑一类的看似高高在上的人物，拜服于他们脚下；而我们只知其作品，只了解其天分，便不会被外表的那个凡人所误导，反而能正确地评估，到底《星期一丛谈》《卡尔曼》和《印第安娜》是处于相对多么低下的位置。这种与生俱来的矛盾性是非常令人担忧的。看看那个不像波德莱尔的波德莱尔对圣伯夫卑躬屈膝的样子，还有那么多摇尾乞怜、乞求封赏的人，刚刚写成《命运集》的维尼[1]就曾低声下气地央求在报纸上为他说句好话。(我记不确切，但相信不会错。)

天主教神学认为上天是由多重天界构成的。同样的，我们的精神也是由多重人格构成的，它表面上由一个躯体包裹，思想也限制在一个球形的头颅之内。也许，这个比喻用在某些诗人的身上更为形象：他们的天分是一重人格，他们的智力、品德以及日常的精明琐细又是一重人格，在这二者之间，还夹了一重他们的散文人格。我们读缪塞的《故事》，有某种只可意会、不可言传的东西，让我们反复地去体味、咂摸，那轻微的震颤，如丝绸般的光滑，还有紧紧收拢来却随时准

①诗人维尼(1797—1863)，其《命运集》于他死后的1864年出版。

备振飞的双翼。还是诗里面说得好：

飞鸟在地上行走，人们也知道它有翅翼在身。[①]

诗人在写作散文的时候（当然，我指的不是诗歌形式的散文，不是像波德莱尔的《散文诗》或者缪塞的剧本那样的，而是像缪塞写的故事，写的批评文章，或者在学院的演讲致词那样的），他将自己的天分暂时抛至一旁，不再索求天分在其私密空间里的独特创造力，但天分始终在左右他的思想，也时刻提醒着我们。有时候，一些词句会让我们猛然间想起一句著名的诗行，它没有明明白白地出现在那里，却以模糊、难以识别的形状扩散着，弥漫在那些词句的背后，形成一种氛围，虽然词句本身不具有诗人的气质，任何人都写得出来，但有了这氛围之后，就被赋予了优雅华贵的气息和强烈的感染力。然而，诗人已经飘然远去了，一片氤氲朦胧之中，人们只依稀得见其光辉。对于这样一个人，一个宴席之上、胸怀理想的普通人，是看不到什么天分的影子的，可圣伯夫偏要声称从这个天分殆尽的人身上提取到天分的精华。

我知道你为什么不完全喜欢波德莱尔。他的作品，像司汤达的作品一样，包含了对家庭亲情的冷酷与无情。他的诗作是无情的，透骨的无情，他嘲笑痛苦，不动声色地描写痛苦，一旦你感觉到他以每一根神经的末梢来感受这痛苦时，他的冷酷就更加震撼人心。可以确切地说，像《老妇》这样气象庄严的诗篇，老妇的痛苦无一遗漏地被记录了下来。不仅仅是她们深重的愁苦：

①出自不知名的诗人勒米埃尔（1727—1793）。

双眼是无数泪滴聚成的深井……
一只眼泣下的泪足以汇流成河；

他根本就活在她们的躯体里，随她们神经的战栗而战栗，随她们四肢的颤抖而颤抖：

……饱受狂风的鞭笞，
车马隆隆的惊扰
受伤的动物一般，她们拖着残躯前行。

画面如此的凄美、生动，波德莱尔却不为任何残酷的细节所动：

可怜的铜铃不愿摇动还须摇响……
看这老妇傲然挺立，还不忘是非曲直……

你是否注意看过这些老妇的棺木
几乎与小儿的棺木一样大小？
死神也很博学，竟在这些小木匣里
放入一个诡异却惑人的符记……

假如不考虑几何学，我暗自思忖
这许多大小零乱的肢体该如何放置，
匠人也需三番五次，一再斟酌

才让木匣容下我们放入的所有；

特别是以下几句：

我从远处温柔地注视你，
不安地看你踉跄的脚步，
好像我是你的父亲，啊，多么奇特！
我暗自欢喜，可你完全不知其滋味。

正因为如此，对波德莱尔的热爱——这是圣伯夫的论调，我本无意效仿，尽管我经常都有效仿的冲动，但我决意要在这篇文章当中避免使用任何的谐语，我也不是在调侃圣伯夫，而是很诚恳地在说一件我早已注意到的事情，我能举出很多例子来说明它，刚巧也想起了它——对波德莱尔的热爱，我指的是，为这些悲悯的、发自人性的诗篇而痴迷于他，并不一定是伟大感受力的标志。他所看到的一切，我确信是真正令他痛苦的一切，构成了一幅如此有冲击力的画面，几乎到了无力言说的地步，唯有纯粹讽刺与寻求刺激的心态，一颗坚强如铁的心，才能以苦为乐。看《老妇》中概括全诗的一句：

人类枯朽老熟的残片也将归于永恒

不知有多少高尚、慷慨之士引用过这一崇高的诗句。但是，我很难得听到一位极富才智的女性以十分欣赏的态度来引用它，反而是那些我遇见过的最铁石心肠的、最缺乏仁慈、怜悯之心的女性，会将这句诗作为她们常用的俏皮话，在这个或那个她们讨厌的老妇经过之后，乐颠颠地甩出这么一句话来，宣告那即将来临的死亡。既要感受千百般的苦痛，又要克制自己、淡然处之，哪怕有人恶意地欺侮也不气馁(人们引用这句诗的时候，往往会忽略美丽诗行中所隐含的残酷：

琴弦战栗，像一颗受摧残的心……[1]

啊，心在颤抖，有人在摧残它！——前面才刚看到老妇的神经饱受隆隆车马声的惊扰)；也许这种感官屈从于真相和述说的态度实际是天才的标志，是艺术胜过个人情感的标志。但波德莱尔的身上还有比这更不可思议的东西。当他以尽可能崇高的形式来表达某种情感时，他似乎只是客观地描写它们，全然一副与己无关的样子。以下是他最优美的有关慈爱的诗句之一，也是他最寓意深远的诗句之一：

当耶稣走过，你能以他的慈爱
铺展成凯旋般热烈隆重的地毯[2]。

可是，写出下列诗句的人，还有谁比他更冷漠，更无慈爱之心呢？(尽管冷漠是有意为之，但并无影响。)

愤怒的天使鹰隼一般从天而降，
凶狠地揪住异教徒的头发，

①见《黄昏的和谐》。
②见《叛逆者》。

摇晃着他，喝道："天理你应知道！
(我难道不是你的守护天使吗？)照我说的办！
要记住，无论如何你必须去爱，不许有嫌恶，
穷人，恶人，丑陋的，愚笨的，
当耶稣走过，你才能以他的慈爱
铺展成凯旋般热烈隆重的地毯。"[①]

所有这些圣德，他当然理解其内涵为何，但他似乎是把它们的精神都排除在诗歌之外了。在《老妇》的几行诗句中，你能看出这种"虔诚献身"的精神：

她们真让我陶醉！这些老妇颤颤巍巍，
其中有人把痛苦酿成了蜜，
并对赋予其羽翼的"虔诚"说道：
"力大无穷的伊波格里夫[②]，送我上青天！"

这样看来，他似乎是借用了非凡的、前所未有的语言的力量(不论如何，都比雨果的语言强上百倍的力量)来固化一种感觉；他谈论这种感觉时尽量不为其所动，因而与其说他在表达，不如说他在描绘。他为所有的痛苦与甜蜜都寻求到独一无二的语言，别处寻求不到，唯有他的精神世界里才有的语言。这些语言来自一个他独自居住的星球，完全超乎我们的想象。对于各个类型的人类，他都能从这些伟大的语言中找到相对应的，温暖柔和，带着香气和甜汁，就像囊袋里装有

①见《叛逆者》。
② Hippogriffe，半马半鹰的有翅怪兽。

酒或火腿一样。然而，当他以响亮如惊雷的双唇说出这一切的时候，人们反而说他言不由衷，尽管人们知道他经历了这一切，感受了这一切，他具有最敏锐的感受力和最深刻的领悟。

这一个，祖国的多灾多难早把她培育成这样，

那一个，丈夫的折磨让她不堪重负，

还有一个，孩子将她的心刺穿，

她们每一个人流下的泪水都能汇流成河！

“培育”一词用得精妙，“不堪重负”、“刺穿”也同样如此；这三个词都以暗淡而闪着微光、意味悠长的语言风格来体现出作者的思想。

这些由他创造出来的美妙的艺术形式，为他所陈列的赤裸裸的现实穿上了一层温暖、彩色的外衣，其中还不乏许多带有传统的家国情怀的色彩：

这一个，祖国的多灾多难早把她培育成这样……

有些人巴不得逃离自己卑污可耻的祖国……[1]

这就是穷人的钱袋，父辈的家园……[2]

还有有关家庭的艺术形式，如“有些人，他们惧怕自己出生的地方”[3]，这些形

①见《远游》。
②见《穷人之死》。
③见《远游》。

式很快就在圣经的形式类型中找到了归属，像《祈福》一诗中力度极强的语言就属于这一类型，庄严的词句让一切都更加崇高伟大：

在给他吃的面包和喝的酒里面，
他们掺入了灰渣和痰液，
他接触的一切他们都伪善地摈弃，
因为追随了他，他们深感自责。

他的妻子在广场上嚎哭……
我要做那以前宠妇的营生……
啊！我真是宁愿抓上一把毒蛇，
也不愿忍受如此的嘲弄和耻笑！[1]

紧接着就是波德莱尔惯用的拉辛式诗句，如：

所有他爱的人也心怀疑惧地冷眼看他。[2]

有的诗句写得“像圣体匣”[3]那般华彩，正体现了波德莱尔诗作的光辉荣耀之所在：

她的所作所为在地狱深处准备好了

①见《祈福》。
②同上。
③见《黄昏的和谐》。

EX·LIBRIS
Virtute et fide
Aut Pax aut Bellum
MOROCCO
MEXICO
FINLAND NORWAY ICELAND
MOROCCO MEXICO SICILY
E·ALEC·TWEEDIE·LON·DON

惩处她教子无方之罪的柴堆。

如果时间允许的话，波德莱尔的其他天才之处我都愿意一一向你介绍。在下列一诗中，天主教神学的美好形象正是为他的想象插上翅膀的：

宝座天使、德行天使、权德天使……[①]

我深知，痛苦是人类恒久的美德，
人世和地狱绝不能将之侵蚀，
我必须用永生、永世的时间
才能编织出我的神秘冠冕。

（这个受苦的形象并不像我之前所引用的有关慈爱、献身的形象一样具有讽刺意味，然而它仍旧是不动声色的，以隐射中世纪宗教艺术的词句来凝聚一种形象之美，具有更多的画面感，而非情感。）

写圣母的诗我就不多谈了，因为它们正是巧妙运用天主教形式的典范。但我们可以再看看这些奇妙的形象！

蛇咬住我的鞋，我曳着蛇行走，[②]

（"鞋"这个字眼是波德莱尔非常喜欢的："*啊，国王的女儿，你脚上不穿鞋，多*

①此处所引诗句均见《祈福》一诗。
②见《嗓音》一诗。

么美。”[①]不信教的人将鞋放在教堂的墙角下，“*这脚下的蛇就像耶稣脚下的蛇一样。*”incalcabis aspidem，“*你这是踩着毒蛇走路。*”）——撇开这些太过熟悉的（也许是最基本的）形式不谈，我觉得我可以慢慢地向你重构一个波德莱尔的精神世界，一个由每一首诗作、每一句诗行搭建起来的天才的国度，你只要读到其中的一首，就能联想起其他你已读过的诗作。那种感觉就像我们在客厅的墙上看到一幅陌生的画作：古老的山峦被晚霞染红，一位女性情态的诗人由三两位缪斯追随着。这样的画面让远古的文明生动了起来，缪斯们仿佛当今的世人，傍晚来临，便陪同着诗人外出散步，等等。这一切，在某一个时刻，某一个特定的时间，在永恒的神话被赋予一丝现实感的那一瞬间，都让我们误以为是居斯达夫·莫罗[②]所描绘的世界的一角。当然，为了达到这种效果，我还必须把所有的港口都添加上去，且不光是“*帆樯林立的港口*”，不光是这样的港口：

船舶沐浴着金光，在粼粼的水波上滑行，

它们伸出巨大的双臂来拥抱这片明净的天空

和空气中轻颤着的无休止的炙热[③]。

还有那些海边的柱廊：

海面上的阳光把它染得火红[④]

①见《圣经·雅歌·第7章》。下文同此。
②居斯达夫·莫罗（1826—1898），法国画家。
③见《发》一诗。
④见《前生》一诗。

那个“*通向未知天国的柱廊*”[1]。阿非利加椰树苍茫恍惚，宛如魅影。

在无边的云雾壁立的后面，

美丽的阿非利加椰树遍寻不见……[2]

消失了的椰树像幽魂一般时隐时现……[3]

傍晚时分，华灯初上，落日的余晖——

柔和似烛火，

照在素朴的桌巾和老旧的哔叽帷幔上[4]。

直到最后，天空呈现出“*粉色，和神秘的蓝*”，始终萦绕在波德莱尔心中的乐曲也在空中飞翔；这乐曲给予他灵感，让他写出了兴许是继贝多芬的《英雄交响曲》之后最荡气回肠的乐章：

军乐队奏起气势恢宏的铜管乐，

响彻了我们的公园，

甚至在金色的日暮时分，人们好不容易喘口气，

又为城市居民的心中注入一丝英雄的气概[5]。

---

①见《穷人之死》。
②见《天鹅》。
③见《给一个马拉巴尔姑娘》。
④见《巴黎图画》。
⑤见《老妇》。

号角穿透收获季节的夜空，

是如此摄人的甜美……[1]

对于美酒，他不仅以非凡的诗篇来赞美葡萄，从葡萄成熟"*在火红的山冈上*"，一直到劳工们"*火热的胸膛*"成为"*它温情的坟墓*"，并且，只要有美酒出现的地方，每一杯玉液琼浆，每一盘"为众神准备的珍馐美馔"（这是波德莱尔的又一种私家料理、独门术语）都能在不知不觉中成为隐喻的一部分，正如他提到人们对死亡的预期：

……让我们激奋，让我们陶醉，

鼓舞我们一直前行到日落西沉[2]。

还有白帆闪动的蓝色地平线：

远远的，双桅的横帆船，或是三桅的巨舰

在蓝色天际下闪动[3]

此外，还有黑人女子；还有猫，像一幅马奈的油画……除了这些，有什么是他没有描绘过的呢？我这里把写热带地区的诗忽略不谈了，因为这些正是人们最熟悉的展示他诗才的部分，至少对你和我而言，都再熟悉不过了，我当初为了让

①见《意外》。
②见《穷人之死》。
③见《累斯博斯》。

你能适应《发》那首诗，还真是费了好一番周折。就连北极地狱里的太阳，他不也描绘成了“*冰冷、血红的一团*”吗？他写月光的诗，就像坚硬、透亮的燧石里包裹着一枚欧珀[1]，欧珀如海上明月，其正中穿过一丝杂质，折射出波德莱尔式的五彩光芒，因而他笔下的月亮是截然不同的，是“*新铸的勋章一般的*”月亮；写秋天的诗，我就不说了，你我都能背诵，写春天的诗也着实可爱，另有一番情趣：

春天将袅袅地向天边逝去……[2]

可爱的春天已失去她的芬芳……[3]

类似这样的例子实在数不胜数，他所说的一切，他用尽心力所说的一切，无不是借用了一种象征，且始终是如此具体、生动、有冲击力的象征，再以最为强劲的、常见的和优美的语言表达出来。

流放者的木杖，发明家的明灯……

你啊，你给予罪人平静又高傲的目光，
这目光又将脚架四周的众人都罚下地狱……[4]

他在诗文里写到死亡：

---

①Opal，又称蛋白石。
②见《时钟》一诗。普鲁斯特将诗中“欢乐”一词误为“春天”。
③见《虚无的况味》。
④见《撒旦连祷文》。

那是经文上记载的著名旅社，

有吃有喝，还可以安睡；

……

为赤身露体的穷苦人铺好眠床；

……

这是神的荣耀，这是灵魂的谷仓，

是向着未知的天国敞开的柱廊！……[①]

写到烟斗：

我像小茅屋的烟囱一样冒烟……[②]

写到他所有的女人，他的春天以及春天的气息，他的尘土从垃圾堆里扬起的早晨，他的蚁穴一般千疮百孔的城市，还有他的预告来世的"嗓音"，那些从书橱里发出的嗓音，那些呼唤身后的船舶的嗓音，那些说大地是一块香甜蛋糕的嗓音，说人们就在这里收获，

你的心渴望得到的神奇佳果。[③]

还有所有真实的、现代的、富有诗意的色彩，别忘了，这些都是他的发现，毫不渲染、夸张却十分宜人的色彩，尤其是各式各样的粉色，搭配蓝色、金色或

①见《穷人之死》。
②见《烟斗》。
③见《远游》。

绿色：

你是秋天里美艳的天空，明净、粉柔……[1]

露台上的黄昏，粉色的雾汽在弥漫……[2]

此外，许多傍晚的天空都是粉色的色调。

在这个色彩的世界中，还有一个更为隐秘的气味的世界，可这也是我们无法穷尽的。我们随便举出他的一首诗（我指的不是我们都很喜爱的那些最重要的诗作，如《露台》《远游》之类的，而是一些相对次要的诗作），你会惊奇地发现，每隔三四行就有一个名句出现，且不是典型的波德莱尔式的诗句，和周围那些也许更明显属于波德莱尔风格的诗句两相对比，你都不知道它是从哪儿冒出来的。比如：

没有珠宝的珠宝盒，无所纪念的纪念章[3]

这看起来像是一个原生的诗句，具有很大的普遍性和创新性，可以演变出无数类似的句子，尽管都不会像它一样优美。有些诗句的形式又是带有普遍性的，例如：

---

①见《对谈》。
②见《露台》。
③见《对虚幻之爱》。

广阔的天空为心灵注入永恒[1]

有些诗句你可能误以为是雨果写的，如：

你的眼睛让人难以抗拒，好似画像上的一般[2]

这一句你可能以为是戈蒂耶写的：

啊，我曾经爱过你，而你也知道[3]

这一句你会认为是絮利·普吕多姆的诗：

所有他爱的人也心怀疑惧地冷眼看他[4]。

这一句你大概要当作拉辛的诗了：

啊，虚幻的美是癫狂地妆扮的妖媚[5]

你可能认为这是马拉美的诗，此外还有许多，你也许会当作圣伯夫或者热拉尔·德·奈瓦尔的诗。热拉尔与波德莱尔具有很多相似之处，但前者更温婉一些；

①见《风景》。
②见《对虚幻之爱》。
③见《致一个过路的女人》。
④见《祈福》。
⑤见《骷髅舞》。

他同样是抗拒家庭的,(啊,司汤达、波德莱尔和热拉尔均是如此!)只是表现得非常温情;他也同样的神经敏感,并写出最美妙的诗篇——我们将在下一篇文章里论述到他;他和波德莱尔一样是个闲散之人,对细节的把握无比精准,对于全局却拿捏不定。值得注意的是,在包含了这些诗句的作品里,波德莱尔总是先以上半句为铺垫,到了下半句再笔锋一转,气贯如虹地将诗意全然体现出来,这也让人充分地感受到一位天才诗人的深厚、雄辩和广博:

他们的祈盼能让神恩如甘霖从天而降(转折)
若不是他们眼中闪烁着恶意的光芒[1]。

那条小河
卑微可怜的镜子一般,曾映照出(转折)
你悲痛中守寡的傲然身姿。[2]

这样的例子,我还能举出几十上百个。有时候,下半句并没有什么惊艳的内容,但上半句仍旧如此造势,缓缓地将一股华美的气质注入到下半句当中,好比不断爬升到高空的秋千,晃晃悠悠地,几乎漫不经心地,越升越高,爆发力也越来越强:

面貌难以区分(为了进一步强调其思想)

---

①见《七老人》。
②见《天鹅》。

来自同一个地狱(转折)[1]

而这些诗的结尾却是戛然而止的,仿佛折翼的飞鸟,好似作者前一句还在海阔凭鱼跃、天高任鸟飞,跟着马上就不来劲了,飞不动了。如写昂多玛克那首诗的结尾:

俘虏、被征服者,还有其他许多人……[2]

又如《远游》的结尾:

在未知的深处探寻新奇……

《七老人》的结尾是:

我的灵魂,这没有桅杆的老驳船在颠簸,
颠簸在永远看不到陆地的骇人的大海上。

当然,波德莱尔诗中的某些重复之处也似乎是一种偏好,而非随意的凑韵。

可叹的是,波德莱尔所谓的"傲慢的惩罚"也终于有一天降临到他的头上了:

①见《七老人》。这一行诗的主语在原诗的下一行"这两个活到百岁的孪生兄弟"。波德莱尔诗主要以十二音节亚历山大诗体写成,这种诗体一般在第六音节处有一停顿,在音韵上形成一个转折。

②即《天鹅》一诗,写昂多玛克被俘的故事。

他的理性已经丧失，

太阳的光辉罩上了一层黑纱，

智力的清潭搅入了混沌的泥淖，

曾经生气勃勃的殿宇，严整而富丽，

辉煌的灯火之下阅尽人世浮华。

然寂静与暗夜终将其占据，

像紧锁的地窖找寻不到钥匙。

他苟且活着，如一条街上的野狗，

四处流浪而什么也看不见，

走过田野却分不清冬夏，

邋遢、无用又丑陋，全然的废物

只管让孩童们戏弄取笑去吧。[①]

在他的诗人生涯中，甚至就在几天前，他都能自如地运用人类口中可能爆发出的最有力的语言。当这一天来临的时候，他的口中只能吐露几个模糊不清的词。一个女人为他拿来了一面镜子，希望他能照着镜子梳洗一下（这女人显然属于那种不懂人情世故、莽莽撞撞的朋友，自以为逼着你梳洗一下是为着你好，也不怕拿面镜子来让你看看自己行将就木的可怜样，其实你都是快闭眼的人了，哪里知道自己长什么样子，还以为能看见什么鲜活的影像呢）。结果，波德莱尔根本认不出自己，竟然对着镜子鞠了一躬！

---

①见《傲慢的惩罚》一诗。

以上是我的思考，当然，也像他所说的“还有许多其他的想法”；我心里难以认同他[①]是一位真正伟大的评论家。他对许多庸常之辈都不吝赞美，而对于波德莱尔，他虽然心怀善意，也始终心系他的作品（他认为波德莱尔的作品能与他的作品比肩，说《约瑟夫·德洛尔莫》是《恶之花》的雏形），但他只用了寥寥数语来评价它，除了几句俏皮话（“文学勘察加”和“波德莱尔游乐场”）之外，剩下的都像是沙龙里领舞的人在说：“好小伙，让别人多认识你，要有礼貌，给大家留下好印象。”

可不争的事实是，正是因为圣伯夫具备非凡的才智，他才成为了最理解波德莱尔的人之一。波德莱尔的一生都在同贫困和诽谤做斗争，连他的母亲都经常听闻他如何疯狂、如何变态的消息。当他离世之后，圣伯夫给他的母亲写信，称赞他是个善良、有才华的人，可想他的母亲是多么的欣慰和感激。可怜的波德莱尔不得不随时都警惕着来自各方的蔑视，但是：

他明澈的心智释放出雷火电光，

让他看不见世人愤怒的脸孔。[②]

世人的愤怒一直延续到他生命的终结。当时他已经瘫痪在床了，他唯一真正爱过的黑人女子竟跑来问他要钱，他痛苦无奈之中只能从齿缝里挤出几个模糊不清的音节，但这样的音节恐怕也被修道院的女院长听成了不敬和亵渎的话——他虽然在这修道院修养，却不得不离开。然而，他像热拉尔一样：

---

①指圣伯夫。

②见《祈福》。

曾与清风嬉戏，和流云对话，

在走向十字架的路上歌哭高唱、狂喜不已。[①]

热拉尔也曾要求别人向自己的父母证言，他是明智悟理的[②]。这个时期的波德莱尔已是满头白发，他曾说这白发让他“(在外国人的眼中)看起来像是位院士”。总的说来，他最后的遗照，与雨果、维尼和勒孔特·德·利尔有着惊人的相似，好像这四个人是从同一个模子里刻出来的略微有差别的版本。这个模子便是那世间唯一的伟大诗人，自创世以来，他断断续续地出现在人类历史的长河中，到了我们这个世纪，他饱尝了痛苦与折磨，我们称之为波德莱尔的一生，他体验了奋进与从容，我们称之为雨果的一生，他历经流亡与无邪，我们称之为热拉

①引用的波德莱尔《祈福》中的诗句。
②此处普鲁斯特注明“待查”。

尔的一生，或许也是弗朗西斯·雅姆的一生，他还误入歧途并有了不切实际的幻想，我们称之为夏多布里昂或巴尔扎克的一生，他既误入歧途又凌驾于现实之上，我们称之为托尔斯泰的后半生，也是拉辛、帕斯卡尔、罗斯金，或许还是梅特林克的后半生。

巴尔扎克

>

被圣伯夫所埋没的同时代作家当中，巴尔扎克是其中之一。你在皱眉头了。你并不看好他，我知道。站在你的立场上，你也是有些道理的。他这个人确实思想庸俗，一辈子都改不了。最初事业刚起步的时候，他还不到拉斯蒂涅那样的年纪，而他所设定的目标便是要满足最低俗的欲望，至少说，他把这些欲望同其他更为高尚的追求混为一体，到了几乎无法剥离的地步。就连他去世前的头一年，他终于得到了人生至爱，他爱慕了十六年之久的韩斯卡夫人终于要同他喜结良缘，他也改不了庸俗的口吻，给他的妹妹写信说道："洛尔，随你怎么说吧，在巴黎，这意味着只要你想，就可以敞开大门迎接社会的各界精英，他们的女主人将是一位仪态端庄、如女王般高贵的女人，她出身名门又与众多显赫家族沾亲带故，她聪慧，受到良好的教育，并且美丽动人。这真是向权势迈进的重大一步啊！我没法不去想，这件筹备中的大事，且不说我自己的感受如何（当然，要是失败了会让我痛不欲生），它本身就具有决定性的意义，要么扶摇直上，要么打回原形，成败都在此一举了。我的心灵，我的灵魂，我的雄心壮志，我所有的一切都指望着这一件我梦寐以求了十六年的大事上面了：要是这无比的幸福从我的指尖溜走，我就彻底没指望了。别以为我是贪图奢华。我贪图的只是吉祥路[①]上的奢华，还有随之而来的一位俊美、富有、出身高贵、与所有上层人士相结识的妇人。"[②]他在别处提到韩斯卡夫人的时候，又是同一副口吻："她为我带来的（除开她个人的财富而外）是无尽的社会利益。"有鉴于此，人们也不会感到奇怪，《幽谷百合》里的莫尔索夫夫人，他的"天使"，他笔下极完美的理想女性，在临终前给费利克斯·德·旺德奈斯留下书信，教他如何立足于社会。莫尔索夫夫人对旺德奈斯的感情既有男女之爱，又有母子之情，而旺德奈斯则将这封信奉为圭臬，若干年后都评价它为："一个令人肃然起敬的声音，在寂静的深夜突然响起，一个崇高的形象出现在我面前，为我指引正确的道路。"[③]正直地、以基督教的精神立足于社会，这正是巴尔扎克要刻画的圣人的形象，因为他无论如何也想象不到，获得世俗的成功怎么就不能成为最大的人生目标呢，哪怕是在圣人的眼中。他向他的妹妹和外甥女们大肆宣扬同一位贵妇结交的种种利益、好处，说她能教给她们的最高境界就是如何以贵族的礼仪来区分并保持人与人之间的差距，如年龄、身份等方面的差距。他还给了她们一些戏票，"意大

①巴尔扎克于去世前三年（1847），在巴黎吉祥路购置住宅一所。
②巴尔扎克于1849年3月22日自波兰写信给他的妹妹洛尔·絮尔维尔。
③见《幽谷百合》（康拉德版第26章）。

利歌剧院的、歌剧院的，还有喜剧歌剧院的包厢。”因此，当拉斯蒂涅爱上他的婶娘鲍赛昂夫人，并向她真诚坦言道“你能帮我不少忙”，鲍赛昂夫人也毫不感到意外[①]，只是一笑置之。

我还没有谈到他语言上的庸俗。这庸俗简直是与生俱来的，甚至败坏了他的口头表达能力，再随心所欲的一句话，从他口中说出来都变了味。“季诺拉的权宜之计。”他一开始想说成是“季诺拉的诡计”。描写德·阿泰兹的惊讶时，他说“他背脊骨直发凉。”在精通世故的读者看来，这样的表达有时能深刻地反映出社会的现状，比如：“旺德奈斯从前的那些女友们，德·埃斯巴夫人、玛奈维尔夫人、达德莱夫人，还有几位不甚知名的夫人，她们都对费利克斯的幸福心怀忌恨，都巴不得将自己顶顶漂亮的拖鞋都给他送去，好叫他倒霉。”此外，他只要试图去掩盖自己语言上的庸俗，就会显得忸怩作态、极不自然，好比那些讨厌的股票经纪人，他们乘马车去布洛涅森林的时候总要故意地长吁短叹一番，或者把手指杵在额头上。所以，道别的时候，他会说“亲爱的女士”，或者干脆就是“卡拉”、“阿迪欧”之类的。

有时候，你会认为福楼拜的书信集也是带着庸俗气的。但至少福楼拜本人并不庸俗，因为他懂得，作家的生活是以作品为中心主旨的，其他的不过是“可供描述的幻象”。巴尔扎克则不同，他认为现实生活中的成就与文学上的成就是完全等同的，可以互换的。他曾写信给他的妹妹说：“假如《人间喜剧》没能让我伟大起来，那这个成就也是可以的（指的是他与韩斯卡夫人的结合）。”[②]

---

①普鲁斯特此处有注：对于情感上的微妙之处，请与诺阿耶夫人的小说《新的希望》的女主人公相比较，当男方说出似乎是求爱的话“请为我安排一桩好姻缘吧”，她所表现出来的是一种错愕。

②在此，普鲁斯特有注：我们是否如福楼拜、马拉美等人所说的，对于真实有点审美疲劳了，而开始渴望那种虚假当中所隐含的些微的真实（就像长期饮食缺盐的人渴望吃点盐，或者如保罗·阿达姆讲述的，一些“嘴里难受”的野蛮人会扑向其他的野蛮人，从他们的皮肉里面获取些微的盐分）？

但如果你转念一想，也许正是这股子庸俗气成就了他描述的真实性和逼真效果。尽管我们有很多人在崇高思想的驱使下拒绝一些庸俗的念头，对这些念头进行检讨和净化，但它们始终难以根除，或许只是改头换面地潜藏于我们内心的深处。一个志向远大的男人可以拥有理想的爱情，并且不因这爱情而改变其志向；在他的人生中，这爱情并非全部，且往往只是青春美好的短瞬。一个作家在创作之时，他所运用的也只有这短瞬，其他大部分的人生都被抛却掉了。因此，我们读到旺德奈斯或拉斯蒂涅的露水爱情，又心里明知道他们是那种雄心勃勃、一心想往上爬的负心汉，我们就能感受到一股强大的现实的力量；后来，我们再读到这些人将自己年轻时的艳遇（是的，基本和巴尔扎克本人没有关系）都抛诸脑后，旧事重提时是满脸真诚的、完全记不起来的笑容，而旺德奈斯与莫尔索夫夫人的这段忘年恋，不论是在第三方，还是在旺德奈斯本人的口中谈起，都像是一次平凡无奇的经历，连哪怕一丝的无法将其铭记终身的遗憾都没有，这又是何等的震撼啊！为了要如此真实地反映生活——像那些老练、世故的人所了解的生活，说什么爱情不过浮云，不过青春期的荷尔蒙，受到野心和欲念的左右，总有烟消云散的一天；为了要证明，即使最浪漫的爱情也不过是男人对自己野心的一种歪曲和想象，并且，不论有意或无心，男人主观上把自己当作浪漫的求爱者，而作者又从客观上把他描绘成最落寞的冒险家，这无疑是最有力的证明方式；也许，正是作者的庸俗赋予了他一项特权，甚至说，让他具备了必要的条件：作者以庸俗的眼光来看待最崇高的情感，如此的坦率与自然，以至于他明明是在向我们宣传婚姻带来的若干社会利益，而他却自认为是在讲述实现其毕生梦想的幸福和喜悦。在这里，我们不必区分他的书信和小说。经常有人说，他把自己的小说人物当真啦，就连那谁谁更般配葛朗利厄小姐，或者欧也妮·葛朗台，他也要严肃地争论一番。因此，我们可以说，他把人生当作了一部小说，并以写作的精神来

EX LIBRIS
· AUF DER HEIDE -
WIJKHUIZEN ·

经营人生。没有什么明确的界限是横亘于真实的生活(我们都知道它实际并不真实)与小说中的生活(对作家而言是唯一真实的生活)之间的。他在给妹妹的书信中谈论与韩斯卡夫人结合的诸多可能性,一切都编织得像一部小说,连同相关的细节也如书里推动情节发展的要素一般得到了合理的安排、分析和描写。为了让她深刻地体会到他的母亲给他写信时那种哄骗小孩子的口吻,也为了让她清楚地知道,一旦他的债务或者他的家庭深陷破产危机的情况被败露出来的话,他的婚姻就会泡汤,韩斯卡夫人也会转投他人怀抱,他完全采用了创作《图尔的本堂神父》时的手法:"这下子,你才知道做个雕塑家是多么有风险的营生,政府在削减订单,活儿干不下去了,他欠了债,好歹还上了,可卖大理石的、打粗坯的石匠那儿还赊着帐呢,他盘算着怎么挣点钱来付账。一个独立门户的兄弟写信过来,说他老婆孩子都快养不起了,自己身体又很糟糕;又说那个嫁了个饭桶丈夫的妹妹,在加尔各答穷得响叮当;接着再说这雕塑家有个老母亲,每月都得给她汇钱过去……

"设想一下,在这个关键时刻,有另一位追求者出现了。他是个好小伙,没有任何的债务,每年有三万法郎的进账,还担任副检察长的职务。看看絮尔维尔夫人和她的丈夫是怎么做的吧?这一方,他们面对的是一个贫困的家庭,一份不稳定的前途;他们随便找个借口,索菲就嫁给每年都有三万法郎进账的副检察长了。

"于是这个沮丧的雕塑家暗自嘀咕,老娘真是见鬼了,干吗给我写信呢?加尔各答的妹妹也是见鬼了,写信说什么生活困难。我的兄弟怎么就不会管住自己的嘴呢?看看他们都干了什么好事吧!我本来要娶个老婆,变成有钱人,而且是个幸福的有钱人的。现在一切都完了,泡汤了,就因为那一堆屁话。"另外,在《对于绝对的探索》一书中,我们能看到他在书的最后千方百计地要染上些虚构的色彩。

在巴尔扎克的人生剧本《伟大的婚姻》[1]当中，他的妹妹、妹夫、母亲[2]（他固然敬重他的母亲，但他根本不像其他伟人一样，只要提到母亲，就会表现得毕恭毕敬，跟未长大的孩子似的，就会随母亲一起忘记自己是什么了不起的人物）都扮演了重要的角色，因而引起我们的兴趣。同样的，他的许多绘画，不论是他自己的收藏，还是他在威埃兹绍夫尼亚看到的，反正大部分是要送到吉祥路的住宅里去的，也扮演了“小说中的角色”。每一幅画都能牵扯出一段历史背景，都能引来绘画爱好者的评论，都能让人在欣赏的同时产生幻想，仿佛它们不是挂在巴尔扎克的墙上，而是出现在蓬斯或克拉埃的陈列室，或者修道院院长夏珀卢简朴的书房之中，出现在巴尔扎克小说的场景中，这些场景的描写把画作也当成了人物，即使是一幅最不起眼的科伊佩尔，“也不会令最上乘的收藏失色。”照此逻辑判断，毕安训这个人物是完全等同于居维埃、拉马克、热弗鲁瓦·圣·伊莱尔等人的。事实上，相比堂兄蓬斯或克拉埃的家具陈设，他在描述吉祥路或威埃兹绍夫尼亚所存的画作时投入了更多的情感，带有更强烈的现实和梦幻色彩。“我收到贝尔纳·帕利西为亨利二世或夏尔九世特制的餐厅水池；这是他最好的制品之一，也是收藏中的珍品，无价之宝，直径有十五至二十英寸，高有二十七英寸，等等。”“吉祥路小宅即将收到几幅精美的画作，一幅格勒兹的肖像，是波兰已故国王的藏品，两件卡纳莱托的作品，原属于教皇克莱芒八世，两件梵·赫伊絮姆，一件梵·迪克，三幅罗塔利的油画，罗塔利可说是意大利的格勒兹，克拉纳克的《朱

①这是普鲁斯特为巴尔扎克的婚事虚拟的一部小说名称。

②普鲁斯特注：他的原话是“像我这样一个人的母亲”，当他说到自己是如何敬爱她，如何在她的面前毕恭毕敬时，他的口吻就跟他描述莫尔索夫夫人有着天使般理想的天性时一样；他竭力地推崇、赞美这个理想人物，令其过于的光辉和丰满，但瑕疵依旧存在；他的理想女性实际是一个喜欢陌生男人亲吻其香肩的女人，一个通晓事理、能教会他处世之道的女人。他的天使是鲁本斯画中的天使，生有两翼，胸怀袒露。

迪》是极其出色的作品，等等。这些绘画作品都是di primo cartello（一流作品）不会令最上乘的收藏失色。”“这幅荷尔拜因[①]在我的收藏中显得多么不同凡响，三百年过去了还是那么鲜活、完整。”“荷尔拜因这幅《圣彼得》雄浑俊美；公开拍卖可以卖到三千法郎。”他在罗马买了“一幅塞巴斯诺·代尔·皮翁博，一幅布尤齐诺和一幅极美的米尔韦尔特[②]。”他还收藏塞弗勒瓷器，“这些大概都是送给拉特雷伊的礼品”，因为这样的制作工艺“只能贡献给一位享有盛名的昆虫学家，这真是一大发现，捡了大漏了。”他在别处谈到他的枝形吊灯，“原属于一位德国皇帝，因为灯上有双头鹰纹样。”关于他的玛丽王后肖像，据说“不是科伊佩尔的作品，而是出自他画室的学生的手笔，也许朗克雷，也许另有其人；只有行家才看得出来它并非科伊佩尔真迹。”“有一幅很漂亮的诺特华，签了名，绝对的真迹，只不过，它在我众多的名家收藏中，不免有点小气了。”“一幅表现路易十四诞生的画稿，意味深长，一幅《牧人礼敬图》，牧人的头饰是当时的流行款式，画里再现了路易十四和他的廷臣。”他的一幅《马耳他骑士》，“属于那种很亮眼的杰作，类似于《拉提琴的人》那样的，为收藏增色不少。整个画面感觉像是保存完好的提香的原作；最可称道的是人物的服饰，按照行家的说法，衣服让人活了起来……塞巴斯诺·代尔·皮翁博是画不出来的。不论如何，它都是意大利文艺复兴时期的上乘之作，承继了拉斐尔派的画风，但在色彩上又有所提升。不过，你若没有看到我的格勒兹的《妇人肖像》，请相信我，你就不可能了解什么是法国画派。从某种意义上说，鲁本斯、伦勃朗、拉斐尔、提香也未必能与之比肩。就画风派别的代表性而言，它是可以与《马耳他骑士》相媲美的。基德的一幅《黎明》，完全遵循了卡拉瓦热的路子，在表现手法上很有力度。它让我联想起卡纳莱托，只是它的风格

①荷尔拜因（1497—1543），德国画家、雕刻家。

②塞巴斯诺·代尔·皮翁博（1485—1547），布尤齐诺（1503—1572），米尔韦尔特（生卒年不详）：均为意大利画家。

略微夸张一些。总之,至少对我而言[1],它是没法比较的。”“我有一套瓦托的茶具,牛奶壶漂亮极了,还有两个茶叶罐。”“我见过格勒兹最美的一幅画,是他画的热弗兰夫人像,还有两幅瓦托画的热弗兰夫人像:这三幅画价值八万法郎。此外还有两幅极好的莱斯利:雅克二世及其第一位夫人的画像;一幅梵·迪克,一幅克拉纳克,一幅米涅亚尔[2],一幅里戈,都是了不起的,还有三幅卡纳莱托,原为国王定购的,一幅梵·迪克是韩斯卡夫人的高祖直接从梵·迪克那里定购的;多么了不起的画作呀! 伯爵夫人[3]希望三幅卡纳莱托由我收藏。还有两幅梵·赫伊絮姆,有钱也买不到。波兰这些大世家藏有多少宝物啊!”[4]

这种半吊子的现实主义,对生活来说过于玄虚,对文学来说又太过乏味,但它却让我们从巴尔扎克的书中感受到生活的趣味。当巴尔扎克想要列举一些著名的医生或者艺术家时,他会把真实的人物与小说中的人物混为一谈,说什么“他有克洛德·贝尔纳、比夏、德普兰和毕安训那样的天分”,就像那些全景画的画师会把立体感的人物放在后景,而在前景添加上虚构的罐子和瓜果一样。他这么做不光是为了玩弄技巧,他往往能使真实的人物显得更加真实[5]。正是巴尔扎克的艺术手法赋予了其小说人物以鲜活的生命,但他所获得的满足感却并非艺术层面的。他谈论起这些人物时,总把它们当作活人看待,并且是正儿八经的名人:“已故的著名部长德·玛赛,独一无二的伟大政治家,是他发动了七月革命,拯救法兰西也只能是他。”——他有时候像个自鸣得意的暴发户,不仅要收藏精美

①普鲁斯特有注:他经常说“至少对我而言”;他谈论《堂兄蓬斯》时说:“至少对我而言,这是最优秀的作品之一……”很可能是他的母亲教导他的:如果你要这么表达,就说“至少对我而言”。

②米涅亚尔(1612—1721),法国画家、室内装饰家。

③即韩斯卡夫人。

④以上各段引文皆引自巴尔扎克于1846—1849年间的书信。

⑤法洛瓦注:此处系从手稿中另一处引来插入的。

的画作，还必须反复地吹嘘他收藏了哪些画家的作品，又有谁出了多少价钱来买他的藏品；有时候又像个天真的顽童，给自己的玩偶取了教名，就以为它们真的活过来了。他甚至会没头没脑地、在几乎没有提到这些人物的情况下直呼其教名，不管是卡迪央王妃（“的确，狄阿娜看来不像是二十五岁”）、德·塞里奇夫人（“谁也追不上莱奥蒂娜，她简直在飞”），还是德·巴尔塔斯夫人（“《圣经》上的？菲菲娜惊奇地答道”）。在我们看来，这样直呼教名的做法多少有点庸俗，但它又不是攀附权贵的势利，不像纽沁根夫人称呼葛朗利厄小姐为“克罗蒂尔德”那样——如巴尔扎克所说，“用教名相称这种方式表明，她虽然是高里奥家的姑娘，但与那个阶层往来密切。”

圣伯夫责怪巴尔扎克拔高了特鲁贝尔神父，写到最后竟把他写成类似黎塞留那样的人物，等等。他还指责伏特冷这个人物，以及许多其他的人物。事实上，这不单纯是对人物形象的拔高和美化，让它们显得出类拔萃——比如，把毕安训与德普兰、克洛德·贝尔纳或拉埃纳克相提并论，让格朗维尔先生与德·阿盖索并驾齐驱；它还是巴尔扎克最为笃信的创作原则之一所造成的硬伤：这条原则忽略了伟大人物所处环境的伟大性，而巴尔扎克从事小说创作的目标正是要探究历史之外的历史，把某些具有历史维度的人物放在促成其伟大的历史因素之外来进行研究。当然，作家若要坚持这么一条原则，我们也无可厚非。可是，我们又读到，吕西安·德·吕邦泼雷在自杀以前写信给伏特冷说：“如果上帝愿意，那么这些传奇的人物就是摩西、阿蒂拉、查理曼大帝、穆罕默德或拿破仑；如果上帝想让这些伟大的历史推动者埋没于整整一代人的最底层，那么他们就只能是普加乔夫、富歇、卢韦尔或神父卡尔洛·埃雷拉[1]。永别了，永别了，但愿你们在人生

①普加乔夫（1742—1775），俄国农民起义领袖；富歇（1759—1810），拿破仑手下的警察首脑；卢韦尔（1783—1820），法国鞍具制造工人，因刺杀法国王朝最后一任贝里公爵而被处死。神父卡尔洛·埃雷拉，即伏特冷。

道路上能超越希梅内兹，超越黎塞留，等等。”吕西安像巴尔扎克本人一样唠叨个没完，从而失去了其真实性，同其他所有的人物区分开来。尽管巴尔扎克笔下有着各式各样的人物，每个人物又各有其鲜明的特点，但人物形象雷同的情况仍时有发生。比如说，人物的数量固然比人物的类型多，但我们同时又发现这个和那个人物实际就是同一类型的人物，只是换了个名字而已：朗热夫人有时似乎就是卡迪央夫人，莫尔索夫先生也就是巴日东先生。

我们从这些人物的面貌中认出了巴尔扎克的影子，并报以会心的微笑。然而，也正是由于有了他的影子，所有那些用来充实人物、令人物鲜活的细节都起了相反的作用。人物写活了，巴尔扎克很是得意，竟会多此一举地细数她有多少嫁妆，同《人间喜剧》中的其他人物又有什么关联，于是那些受到牵扯的人物也跟着活了起来，这在巴尔扎克看来是一举两得的好事。“德·赛里齐夫人（尽管出身龙克罗家族）没有在他们的邀请名单里面。”可是，人们已经看出巴尔扎克的把戏，反倒对那个不邀请德·赛里齐夫人的葛朗利厄家族的真实性产生了一丝怀疑。骗子或艺术家的把戏在这里具有了更深刻的感染力，可艺术作品的感染力却被牺牲掉了。但艺术性终究是存在的，哪怕作品全是言过其实的细节在堆砌，跟蜡像馆的蜡人一样，它始终具备一定的艺术性，而那些细节也确实烘托出了艺术性，并非全然无用的。所有这一切都与时代息息相关，不仅是对时代风貌的记述，还是对风貌掩盖下的社会现实的敏锐判断。因此，尽管它作为小说的趣味性已消失殆尽，但它作为历史文献的价值才刚刚开始体现。就好比《埃涅阿斯纪》，诗人们都觉得它没什么意思了，可神话学家却对它着迷得很。许多类似于佩拉德和费利克斯·德·旺德奈斯的人物，在我们看来已经丧失生命力了，阿尔贝·索雷尔却对我们说：有必要从这些人物身上研究执政府时期的警务治安制度或复辟时期的政策。这对小说本身来说是有益的。我们出门旅行，认识了新的朋友，

当我们与之分手的时候，却得知他将要乘坐同一列火车，也许到了巴黎还能再见到呢；类似于这样的情况，当我们难过地对巴尔扎克的一个人物告别的时候——实际巴尔扎克让这个人物反复地出现在其他的小说里，已经把告别的时间延后了很多——就在他即将消失、化作一场梦的时候，索雷尔提醒我们道："这不是梦，不是的，请仔细研究他们，这是真实，是历史。"

所以说，伟大的文学原本应该为我们消减、抑制某些欲望，而巴尔扎克不仅挑起这些欲望，甚至给予我们极大的满足。在托尔斯泰的笔下，一场上流社会的豪华晚宴是以作者的思想为主导的，我们在阅读它的时候，也如亚里士多德所说，心灵得到净化，变得超凡脱俗起来；而到了巴尔扎克这里，我们能体验到身临其境的世俗的满足感。此外，他的标题也带着现实的印记。许多作家所采用的标题或多或少都有点象征的意味，必须要放在一个更宽广、更富有诗意的层面去理解，而不仅仅是对于书中内容的预示，但巴尔扎克更喜欢反其道而为之。有一本很好的书叫《幻灭》，等你读完此书之后，会发现这个漂亮的书名"幻想的破灭"根本没有什么高远的意境，反而很接地气。书名所预示的正是吕西安·德·吕邦泼雷初到巴黎时看到的一系列现实：巴日东夫人十分荒唐，外省人习气很重；新闻记者无赖又可耻；生活很艰难。这些幻想是带有强烈的个人色彩和偶然性的，幻想的破灭可以令他陷入绝望；描述真实、具体的幻想固然为此书烙上了现实的烙印，但同时也削弱了标题的哲理性。如此一来，所有的标题都应该从字面上去理解，如《外省大人物在巴黎》《烟花女荣辱记》《老叟情爱价几何》等。《对于绝对的探索》，"绝对"一词的意义更接近于化学配方、炼金术之类的，而非什么哲学上的命题。然而，这也无关紧要。书里的故事毋宁说是在探讨一个和睦的又不得不忍受某种狂热的家庭如何被这狂热所摧毁的，不论这狂热的对象为何。巴尔塔扎克·克拉埃可说是于洛、葛朗台的同胞兄弟。任何人想要描写一个神经质的家庭,都需效仿巴尔扎克的此番创作。

谈到作家的风格,其核心定义是指作家的思想对现实产生转化、改造的作用,因此,确切地说,巴尔扎克并无风格可言。然而,圣伯夫在此问题上却是完全地嗅觉失灵。“这种风格通常让你感觉舒服、陶醉,它软绵绵的,泛着红晕,又带有五色斑斓的纹理,散发出令人愉悦的腐化气息,彻头彻尾的亚细亚风格,如我们的老师以前教我们的,它比希腊的哑剧演员更柔韧,更能舒展四肢。”再没有比这更错误的判断了。福楼拜的风格是将构成真实的所有要素都融于同一物质当中,并最终形成宽阔、打磨平整的表面。没有任何的杂质残留。它光滑得就像一面镜子。一切都在镜中得到体现,但只是一种映射,而不影响整体的和谐。所有不和谐的物质都被转化和吸收掉了。巴尔扎克的情况则有所不同。他尚未形成统一的风格,没有经过消化和转换,就把所有的要素都并置在一起。这样的风格并不揭示或反映什么,它只是说明。此外,它还要借用许多非常鲜明但并无统一性的形象来说明,就像我们平时说话一样——如果我们说话的水平确实够高的话——想到哪里说到哪里,不去管究竟是在说同一个话题,还是中间打了个岔。他曾在一封信里提到:“婚姻就像奶油,无缘无故地就变酸了。”正是类似这样的形象——非常生动、准确,但并不和谐,更多地起到说明的作用,而非揭示,同时又难以驾驭,根本谈不上任何的审美或协调性——使他达到了他想要的效果:“巴日东先生笑起来仿佛一连串的受了潮的小炮仗,等等。”“她的脸色呈暖色调,似一只陶瓷花瓶里亮着一盏灯。”“总之,要抓住这个男人的特征,让精明的商人能一下子记住他,这个人,他戴着一副蓝光眼镜,表面上是要保护他的眼睛不受强光刺激,但实际是为了遮掩他的视线。”

事实上,他对于形象之美的理解非常可笑;他让莫尔索夫夫人在给费利克斯·德·旺德奈斯的信中写道:“要使用一个能深深刻印在你的诗人头脑中的形象，一个数字不管写得再大，用金字写出来也好，用铅笔写出来也罢，都不过是数字而已。”

如果说他喜欢用鲜明的形象来让我们清楚一个人的样貌，而无意用此形象来实现一种和谐的整体效果，那么，他在运用具体的实例时也是抱有同样的心态，从而放弃了对实例的深层含义的挖掘。他对巴日东夫人的心理状态作了如下的描写：“她在想象雅尼纳的帕夏；她真想在苏丹王宫和他斗一斗，她觉得把人缝进口袋、往水里一丢真是很刺激的事。她忌恨埃斯泰尔·斯坦霍普夫人，这个沙漠里装腔作势的臭娘们。”因此，他并不满足于激起我们对某件事的情绪，他还迫不及待地要给这件事定性，如：“他的表情十分骇人。当时他的眼色很是庄严。”他讲述巴日东夫人的种种品性，一开始说她总是关注外省生活的细微末节，到最后就成了装模作样了。他还要像埃斯卡巴尼亚伯爵夫人那样补充说什么“的确，夕阳就是一首伟大的诗歌，等等。”[①]在《幽谷百合》中也是如此。巴尔扎克自称《幽谷百合》“是他的文学大厦中凿刻得最精细的石料之一”——我们也知道，他要求印刷厂每次给他打校样多至七八次——可他太急于陈述事实，以至于忽略了句子本身的逻辑性。句子要先把他想告诉读者的说出来，剩下的部分就只能尽量凑合了，如：“尽管天气炎热，我还是走下草地，再去看看安德尔河与河上的小洲，还有山谷及山谷的坡地，*对此我仿佛成了一个热情的赞美者*。”[②]

巴尔扎克将他一切的想法都写进书里，不加任何的分析，没有统一的风格和主题。他总是直截了当地陈述想法，只要比喻恰当，也不在乎它有多么的怪异或不可思议：“德·夏莱特先生就像是甜瓜，一夜之间由绿变黄了。”“人们难免要把X先生比作一条冻僵的蝰蛇。”

---

①以上所引均见《幻灭》。
②见《幽谷百合》。

他根本不知道，在文学风格这种特殊的媒介中，类似日常谈话、研究课题等等的素材都不能在未经加工的情况下加以利用；因而，他总是不厌其烦地追究一个词语引发了他的什么感想，又勾起了他的什么念头。谈到一位艺术家，他会立刻把他所知道的情况都写下来，像是在做脚注一般。谈到塞夏尔印刷厂，他马上就说纸张的生产必须要符合法兰西文明的需求，法兰西文明正面临一个危险的趋势，要把讨论扩大到一切主题之上，要把自身存在的基础置于个人思想的持续表达之上——这真是一场灾难，因为耽于思考的民族总是疏于行动的，等等。就这样，他把五花八门的反思、感想都塞进了文章里，又由于他自身的庸俗，这些反思、感想基本都属于老生常谈的类型，它们硬生生地、莫名其妙地出现在句子中间，反而有了些喜剧的色彩；更滑稽的是，他还运用类似“特有、独有”的措辞来专门解释、说明括号里的内容，让这些内容显得更郑重其事。如在《夏倍上校》中，他多次提到：“诉讼代理人所独有的勇毅，诉讼代理人所独有的不信任。”当他必须对此说法做出解释时，他也毫不含糊：他写了一句“原因如下”，接着就是洋洋洒洒的一章。另外，他还会做一些简明扼要的重述，把读者们应该知晓的一切都一股脑地说上一通：“自他结婚以后的第二个月起，他的时间基本就花在了……等等。”“他抵达安古兰三个月后，等等。”“这位修女为《圣母赞歌》添加了华丽、优雅的展开部，以丰富多变的节奏来表达人间的欢乐。”“这些动机[①]华彩得犹如女歌唱家的啼啭，旋律似鸟儿般跳跃，等等。”

他什么都说，什么都不隐瞒。因此，人们会惊奇地发现沉默在他的作品中反而能取得相当好的效果。《情感教育》曾让龚古尔赞叹不已。而巴尔扎克小说中所谓的“暗示”更令我佩服到五体投地：“你认识拉斯蒂涅？真的？……”

巴尔扎克属于这一类人：他们只要听到一位先生谈论奥尔马公爵时称呼其

①Motif，音乐术语，通常指一个曲调或旋律的片段，是音乐结构中最小的单位。

为“亲王”，或者跟一位公爵夫人说话时称呼对方为“尊敬的公爵夫人”，又看到这位先生将帽子放在客厅的地上(他们当时并不知道一位亲王，不论他的头衔是“巴黎伯爵”、“儒万维尔亲王”、“夏特勒公爵”或别的什么，都统一称呼为“亲王”)，就会贸然询问：“他明明是位公爵，你为何叫他‘亲王’呢？你怎么像个仆人一样称呼‘尊敬的公爵夫人’呢?”可一旦他们知道这是一种惯例，就觉得自己好像早就知道了；又或者，他们想起以前也问过类似的问题，就会迫不及待、洋洋自得地向别人传授有关上流社会的惯例的知识，尽管他们也刚刚才弄明白。他们模仿行家说话的专断语气，与巴尔扎克说什么可做、什么不可做如出一辙。当德·阿泰兹被介绍给卡迪央王妃时：“别人大肆恭维这位名人的客套话，王妃一句也没有说。像王妃这样格调高雅的人物，他们倾听别人谈话的仪态尤其与众不同。在晚宴席上，德·阿泰兹坐在王妃的旁边，王妃非但没有仿效惯作媚态的女人过分地节制饮食，反而吃得津津有味……”当费利克斯·德·旺德奈斯被介绍给莫尔索夫夫人时：“莫尔索夫夫人开始谈论乡下的生活，收成的好坏——对于这些话题，我感觉很茫然。一位女主人在自己家里如此行事，证明她缺乏教养，等等。不过，几个月之后，我才明白这是多么富有意义，等等。”在上述例子中，语气肯定一点也是可以理解的，毕竟它所涉及的只是习惯、规矩之类的。然而，他在传达道德上的判断时，却仍旧采用了这种肯定的语气：“这世上没人在乎痛苦与不幸，全看话是怎么个说法。”或者，当他做出解释的时候：“绍利厄公爵发现葛朗利厄公爵在书房等他，问道：‘怎么样，亨利?’(这两位公爵彼此你我相称，直呼名讳。这话语间的微妙变化正是用来显示彼此的亲密程度的，以防止那种法国式不拘礼节的亲热，体现人的谦卑)”我必须指出一点，某些新式基督教作家赋予教会以控制写作的权利，连最严格遵循正统的教皇也未曾想到过的权利，巴尔扎克竟也赋予公爵以种种特权，连一向推崇公爵地位的圣西门也会为之愕然：“公爵匆匆看了卡米佐夫人一眼。那是世间的贵人们所特有的眼神,仿佛能看透人的一生,洞察其灵魂一般。哎呀!法官的老婆若是知道公爵有这种本领就好了。”如果在巴尔扎克的时代,公爵们当真有这种本领,那就不得不承认,俗话说得好,今时不同往日了。

当然,巴尔扎克并不总是那么直白,他为自己最微不足道的言论所激发的赞叹之情有时是借着出场人物表现的。他有一个著名的短篇小说,题目叫《妇女研究续篇》。小说由两个故事组成,没有什么大场面,几乎所有巴尔扎克的人物都被安排在叙述者的周围,就像法兰西剧院为了周年庆典、百年纪念而上演的“应时剧”、“专场演出”一样。每一个人物都上来讲一段话,像是作者刻意安排的死人之间的对话,旨在回顾整整一个时代。人物接二连三地出现。德·玛赛一开场就说政治家是一种冷血怪物。“您让我们理解了为什么法国的政治家这么稀有了,杜德莱老勋爵这样说。”德·玛赛接着又说:“这种怪物之所以如此,全靠了一个女人。”“我觉得我们的政治是破坏性大于建设性。”蒙柯奈夫人微笑着说。纽沁根男爵夫人说:”如果这是一次爱情的历险,我真希望它不要掺入什么道德说教在里面。”“道德说教太煞风景了吧。”约瑟夫·勃里多大声说道。“他不肯留下来吃宵夜。”德·赛里齐夫人说。“哎哟!饶了我们吧,您的那些警句吓死人。”德·冈夫人笑着说。接着,在他的提示下,德·埃斯巴侯爵夫人、德·图希小姐、旺德奈斯夫人、布隆代、达尼埃·德·阿泰兹、德·蒙特里沃侯爵、阿达姆·拉金斯基伯爵等等,相继念出了他们的台词,就像剧团的成员在莫里哀诞辰演出时从诗人半身像前鱼贯走过并献上一片棕榈叶一样。只不过,这一群人,完全是被巴尔扎克生拉活扯到一起的,因为巴尔扎克本人就是这一群人的代表,他们又为他代言。当德·玛赛作出如下的反思:“唯一的真正的爱情会在人进入沉思状态的时候产生一种肉体上的淡漠感。心灵把一切都搅乱了,然后又心力交瘁地生出各种臆想,捏造种种事实，引发许多的痛苦，这种嫉妒心真是既甜蜜又痛苦。”一位外国的内阁大臣在回味此话的真理时，也不禁哑然。随后，他以一个不太漂亮的比喻来总结他对他的一个情妇的描述，巴尔扎克当然是喜欢这比喻的，因为在《卡迪央王妃的秘密》中可以找到类似的写法：“在最美丽、最善良的女人身上永远隐藏着一只最出色的猴子。”巴尔扎克说，一听到这个话，*所有的女人都垂下眼帘，像是被这个经过冷酷的观察得来的残酷真理刺伤了*。

德·玛赛继续说道：“‘我度过的那一夜、那一周，我什么都不会告诉你；政治家的身份让我再次认清自己。’——这话说得如此动听，我们真是不得不佩服啊。”德·玛赛接着又解释说，他的情妇装作只爱他一个人的样子：“他没有我就活不下去，等等；总之，他把我看作他的上帝。”女人们听到德·玛赛的这番话，都面露愠色，像是受到嘲弄了一般。德·玛赛又说：“‘正派女人可能遭人非议，但切不可被人说三道四。’‘这些话都说得太正确了。’卡迪央王妃说（最后这一句话恰巧被卡迪央王妃的声名所证实了）。”此外，对于我们即将欣赏到的一场盛宴，巴尔扎克也不忘事先给我们铺垫一下：“只有在巴黎才随处可见如此的才情……只有巴黎，这品位之都，才懂得这门学问，能把一场谈话变作一场唇枪舌剑……机智的回答、敏锐的观察、绝妙的嘲讽，还有入木三分的刻画，真是电光石火、刀光剑影，让人既享受又深受启发。”（我们已经看到，巴尔扎克在这一点上说得很有道理）但我们不总是像这些听众一样急于叫好的。确实，我们没有办法像他们一样去欣赏讲述人的模仿技巧，虽然巴尔扎克提醒我们说，没有模仿，“这种引人入胜的即兴表演”就无法实现了。事实上，我们还真的只能相信巴尔扎克的话，因为他告诉我们说，德·玛赛在讲俏皮话的时候，他总是“挤眉弄眼、摇头晃脑的，还有各种带暗示性的撒娇弄痴”，或者，“勃隆代在开玩笑的时候装模作样，惹得女人们忍俊不禁”。

Hall
WILLIAM
McGREGOR
PAXTON
EX LIBRIS

于是，巴尔扎克非要事无巨细地向我们透露这些机智的言谈是如何引起强烈反响的。“这发自内心的呼声引起了宾客们的共鸣，激发了他们的好奇心，而此前他们的胃口早就被吊得老高了……”“这些话在任何地方都能鼓舞人们的热情，新闻记者在描写议会演说时把这种热情叫作：轰动。”巴尔扎克是否想借德·玛赛的话来向我们传达他，巴尔扎克本人，参加那场我们并未亲临的晚宴时所体会到的得意之情呢？或者他仅仅是陶醉于这些从自己的笔尖流出的台词呢？也许两者兼而有之。我有一个朋友，他在我认识的人当中属于为数不多的真正有才华的人，他的骨子里就是典型的巴尔扎克式的傲慢。有一次，他去一家剧院演讲，我没有参加；事后他给我讲述当时的盛况，不仅说得头头是道，还不时地模仿现场的观众鼓掌。他鼓得很是用力，很是热情，时间也特别长，让我觉得他是真的在为自己鼓掌，不光是为了让我感受现场气氛这么简单。

然而，这正是巴尔扎克的书迷们所喜闻乐见的；他们也会笑着说：“阿梅莉这个下贱的名字。”“‘《圣经》上的？’菲菲娜惊奇地答道。”“卡迪央王妃是最擅长梳妆打扮的女人。”要热爱巴尔扎克！连圣伯夫这么喜欢给“热爱”下定义的人也要为巴尔扎克改一改腔调了。这是因为，对于其他小说家而言，人们热爱他，就要臣服于他；人们从托尔斯泰的书中学到真理，就是把他奉为比自己更崇高、更心怀宽广的人物。而巴尔扎克呢，他所有的庸俗性，人们都是知道的，一开始还有点抗拒，后来才慢慢地喜欢他、爱他了，于是对于他本人所特有的那股傻乎乎的劲儿，人们也就含笑接受下来；我们固然是爱他，但这爱中也带有一点讥讽的意味；我们了解他的乖戾，知道他种种的小伎俩，但这些都是巴尔扎克身上最鲜明的特点，我们无法不爱屋及乌。

巴尔扎克在某些方面是很粗糙的作家，人们大概以为他不会细致地将人物的语言客观化，或者即使客观化了，也未能时时注意个性化。但情况恰恰相反。他一向是把他对历史、艺术等等的看法不加掩饰地和盘托出，却把更深层次的意图隐藏起来；他让人物的语言自然地流露出真实性，决不会刻意地去强调他的艺术企图，这样反而容易被人们忽略掉。美丽的罗甘夫人[①]有着巴黎女人的才智，对于图尔这个城市来说，她又是省长夫人，当巴尔扎克要她说一说罗格龙家中的装修情况时，她闹出的那些笑话只可能是“她”的，而非巴尔扎克的！

此外还有文员们开的玩笑，伏特冷吟唱的“特兰—拉—拉—特兰—特兰！”以及葛朗利厄公爵与帕米埃主教代理官之间索然无味的谈话：“主教代理官说：‘蒙特里沃伯爵死了；这个胖人太喜欢吃牡蛎了，简直让人难以置信。’‘他吃了多少？’葛朗利厄公爵问。‘一天十打。’‘不难受吗？’‘一点也不难受。’‘真是太神奇了！爱吃这玩意儿没有让他得上结石吗？’‘没有，他很健康，他死于一场意外。’‘原来如此！他肯定生来就爱吃牡蛎的，他的身体需要这些玩意儿。’”又如吕西安·德·吕邦泼雷，他即使是讲悄悄话，也带有那种俗不可耐的快活情绪，那种缺乏教养的青年人的习气，但伏特冷就是被这些气质所吸引。“吕西安想，‘啊哈！他是会玩布伊奥特[②]的。’‘我逮住他了。’‘天生的阿拉伯人！’吕西安对自己说，‘我要让他露出真面目。’‘这是个狡猾的家伙，比起我来，他也算不得什么善人。’”实际上，喜欢吕西安的除了伏特冷之外，还有奥斯卡·王尔德。早期的王尔德并不懂得生活的痛苦远比书籍带给他的痛苦更为尖锐、更加沉重，他曾说“自从有了湖畔诗人一派，泰晤士河上才有雾”，也曾说“我生活中最大的痛苦是什么？《烟花女荣辱记》中吕西安·德·吕邦泼雷的死”。当时的王尔德正处于他一生中最辉煌的时期[③]，他对吕西安有这种偏爱和同情，其中自有某种非同寻常的戏

①见《皮埃雷特》。

②一种牌戏。

③法洛瓦注：从此句开始至本段末均是从手稿中另一处选出而插入的。

剧性。他为吕西安的死伤心,的确是因为他像普通读者一样站在伏特冷的立场,也就是巴尔扎克的立场来看待此事。并且,由于他自身的特殊性,他又比普通读者更由衷地认同这样的立场。然而,人们始终没法忘记,若干年后王尔德本人也落得和吕西安·德·吕邦泼雷一样的下场。后者在巴黎锒铛入狱,因为有事实证明他同一个死刑犯来往密切,他的光辉前程也化作了泡影。从现在看来,吕西安的结局无非是预示了王尔德将要面对的厄运罢了,只是王尔德当时并不知情。

在巴尔扎克"四联剧"[①]第一部的最后一幕(巴尔扎克的小说很少能自成一体,基本都是环环相扣,组成一个循环,一部小说只是循环中的一个组成部分[②]),每一句话、每一个事件都埋有伏笔,但巴尔扎克没有给予读者任何提示。这种埋伏笔的写法源于一项专门的心理研究;除开巴尔扎克之外,没有人做过此类的研究。因此,要对伏笔进行甄别、分析,这是一项很细致的工作。但是,所有的一切,从伏特冷在路上叫住吕西安,当时他并不认识吕西安,只是受到吕西安俊美外表的吸引;一直到他不由自主地挽起吕西安的手臂,这一切都背离了有关支配、友好协定等等的非常明确、鲜明的意义,而伪装成教士的伏特冷,他正是假借着这些支配、友好协定等等的名义来掩饰他的真实想法的,不仅是针对吕西安,还可能针对他本人。另外,作者还插入了一个细节,说一个男人忍不住要把纸片吞进肚里去,这不也是极高明地隐射了伏特冷这一类角色的性格特点吗?——纸片就相当于他们最喜欢的一句争辩的台词,或者他们即将泄露的小秘密。当然,写得最微妙的还是两个旅行者从拉斯蒂涅城堡的废墟前经过的那个精彩片段。我认为这是"同性爱的奥林匹欧的忧伤"[③]:"*他深愿再看到那一切,泉水旁的*

①四联剧,在古希腊,由三部悲剧和一部讽刺剧组成。

②普鲁斯特注:巴尔扎克的手法是:情节酝酿阶段缓缓推进、展开,主题环环相扣,然后闪电般收拢结束(如《金眼姑娘》《萨拉金》《朗热公爵夫人》等)。同样还有时间的穿插(《朗热公爵夫人》《萨拉金》),很像是不同时期的熔岩混结在地层之中。

③《奥林匹欧的忧伤》是雨果著名长诗,后两句即为原诗第13行。

池塘。"我们知道，在《高老头》中，伏特冷曾试图在伏盖公寓控制拉斯蒂涅，后来又在吕西安的身上实施了相同的计划。伏特冷虽然没有控制住拉斯蒂涅，但拉斯蒂涅毕竟已经卷入了他的生活：伏特冷叫人杀了泰伊番的儿子，让拉斯蒂涅娶了维克多丽娜；后来，拉斯蒂涅与吕西安相仇，伏特冷便戴上面罩，要拉斯蒂涅想一想伏盖公寓的某些事，并强迫他对吕西安进行保护，甚至在吕西安死后，拉斯蒂涅还经常派人到某一陋巷去会见伏特冷。

若不是巴尔扎克独树一帜地将相同的人物贯穿于其多部小说当中，这样的效果是难以取得的。也正因为如此，一道强光才能从他的整个作品系列的深处照射出来，穿越时空的隧道，浑浊而忧郁地照耀在多尔多涅的一所乡村别墅和两位驻足于此的旅人身上。但圣伯夫根本理解不了这种不同作品中保留相同人物的做法，他说："这样的企图最终将他引入歧途，与我们的审美情趣背道而驰；我的意思是说，他总是让人物反复出现在不同的作品中，如同跑龙套的配角一样。他的此种手法只会严重挫伤读者的兴趣，因为兴趣是建立在推陈出新的基础之上的，出其不意正是小说的魅力所在。总不能让人随便翻到哪一页，看到的都是些老面孔吧。"[①]在这里，圣伯夫确实没有领悟到巴尔扎克的天才之举。当然，有人会说，巴尔扎克的创新思想亦非一蹴而就的，但这又何妨。瓦格纳在构思《帕西法尔》之前就创作出了《耶稣受难日奇迹》，后来才将该乐曲纳入《帕西法尔》之中。巴尔扎克突发奇想地为他的作品建立起新的关联，为它们赋予新的内涵，注入新的活力，让各个零散的部分成为一个有机的整体，这不正是他最伟大的天赋和直觉吗？巴尔扎克的妹妹曾经讲到他获得上述想法时的激动之情；在我看来，无论这想法是他在创作之前或之后产生的，它都是一个了不起的想法。它就像

---

①见圣伯夫《当代人物肖像》。

一道黎明的曙光，突然间包裹住了他所有的作品，让那些原本零散、苍白的作品融合到一起，给予它们生命和光亮，而这道曙光无疑是他伟大思想的一部分。

圣伯夫的其他批评也同样荒谬。他先说巴尔扎克“文体上放纵”，可不幸的是，他自己正好就缺少这样的“文体上的放纵”；他又说巴尔扎克缺乏品位，但这毛病在他身上是再明显不过了，连他所举出的例子，也是从巴尔扎克众多的精彩片段中撷取的一个句子，这句子的风格完全受到思想的驾驭和重塑，因而形成了一个有机的整体——这句子写的是：老姑娘们“分布在城市的各个角落，犹如一株植物的千千万万条毛细导管，她们以绿叶对雨露的饥渴来探听每一户人家的消息、秘密，不假思索地将它们吸收下去，再传递给特鲁贝尔神父，就像绿叶把吸收到的雨露传输给植物的根茎一样”[①]。几页之后，圣伯夫又发现有可指责的句子：“那些经由了不起的女性毛细导管透露出来、在整个图尔市闹得沸沸扬扬的传言，其大概意思也就是如此。”他竟然认为巴尔扎克是通过美化女人的弱点，尤其是那些青春不再的女人(《三十岁的女人》)而获得成功的：“我的一位十分严谨的朋友说，亨利四世靠攻陷每一座城市来征服法国，巴尔扎克却是靠吹捧每一个弱势群体来征服那些病态的读者。今天是三十岁的女人，明天是五十岁的女人(还有六十岁的女人)，后天则是贫血症患者，还有克拉埃家族的畸形女人，等等。”巴尔扎克在法国各地受到欢迎，风靡一时，圣伯夫甚至说：“这是因为他巧妙地选择不同的地点来展开他的故事情节。在索缪尔，游人能在大街上看到欧也妮·葛朗台的住房，在杜埃，克拉埃的住宅也很可能得到了确认。作为格勒纳迪耶尔[②]的所有者，这个淳朴的图尔人，他一定会沾沾自喜、洋洋自得。作家把他的人物安排到各个城市活动，取悦这些城市，赢得好感。”圣伯夫在谈到缪塞承认自己喜欢糖果和玫瑰的时

①见《图尔的本堂神父》第9章。
②这一住宅名称已被列为巴尔扎克风俗研究私人生活场景中一部小说的题名。

候，曾说：“一个人的爱好如此广泛……”[1]如果他把这句话也用到巴尔扎克身上，人们是可以接受的。但这样一来，他就该对巴尔扎克宏伟的构思和丰盛繁复的描写颇有微词了，就该说那是杂乱无章的堆积了：“拿掉他的故事《三十岁的女人》《弃妇》《新兵》《格勒纳迪耶尔》和《单身汉》，拿掉他的小说《路易·朗贝尔》和著名的《欧也妮·葛朗台》，他还剩下大量的作品，一大批故事，各类小说，什么滑稽小说、经济小说、哲理小说、磁性感应小说，还有神智学小说！”[2]——实际上，他所指责的正是巴尔扎克的巨大成就之所在。他说巴尔扎克把十九世纪当作他的创作主题而全身心投入，他说社会是一个女人，需要她的画师，而巴尔扎克就充当了她的画师，为了描绘这个野心勃勃、搔首弄姿的社会，他完全不顾传统，对自己所运用的方法、技巧进行了全面革新，因为这个社会注定是空前的、无可比拟的。但巴尔扎克并不满足于这样简单的描绘，至少不满足于纯粹的形似。他的作品都源自于崇高的理念，或者也可以说源自于绘画的崇高理念（因为他向来以一种艺术形式来思考另一种艺术形式），即崇高的艺术效果、崇高的图画概念。他既然能将一种艺术效果视为一个崇高的理念，也同样能将一部书的思想视为一种艺术效果。他的想象力为他勾画出一幅图景，图景里面有些非常原始、让人难以抗拒的东西。试想一下，今天还有哪位作家能坚持以不同的视角来表现相同的主题，如此反复不下二十次；他竭力想创作出某种深刻、精细，具有力量感和原创性，能征服人心、激动人心的作品，就像莫奈要画五十幅大教堂、四十幅睡莲一样。作为一个狂热的绘画爱好者，巴尔扎克偶尔也会一厢情愿地认为自己的某个理念足以创作出一幅颠倒众生的画作；但理念终归是理念，它具有支配的力量，而不是像圣伯夫所说的即兴而起的描画。若以圣伯夫的标准来衡量，就连福楼拜也不会比巴尔扎

①普鲁斯特注：他专门喜欢谈论这一类事情，对于夏多布里昂也曾谈到这一类事情。
②见圣伯夫《当代人物肖像》。

Aus der Bücherei von Heinr. Pallmann Dr. phil.

克更富有计划性。请注意《萨朗宝》《包法利夫人》的色调。从一个他并不满意的主题入手。什么顺手,就先弄点什么。然而,所有伟大的作家都有相通之处,他们就好像是同一个天才生活在不同的时代,尽管有时候彼此矛盾,但他们的生命走向与人类的历史是相一致的。福楼拜与巴尔扎克的相通之处就在于他说的:“我必须给费莉西泰一个光辉的结局。”[①]

巴尔扎克的小说贴近生活、反映现实,我们读到他的小说,不仅感受到日常事件中的文学价值,也不免怀疑这些事件是否太过于偶然。但他的作品要体现的正是这偶然性的规律。我们不必再去回顾他笔下的人物以及人物的故事。我们之间没有必要去重复别人所讲的话。但是,譬如说,一个生活不幸的女人读过巴尔扎克,她在一个没人认识她的地方产生了真诚的爱意,同时也得到了对方的回应;或者,一个有不光彩的过去的人,如一个在政治上名誉扫地的人,来到一个没人认识他的地方,结交了许多朋友,周围关系相处甚好,但他难免要担忧,这些人很快就会追究他的真实身份,到时候可能会弃他而去,他必须设法避免这样的悲剧发生。他独自一人行驶在度假区的小路上,他即将离开这里,而他的秘密也将在这里揭开,他的心中产生了一丝焦虑和忧伤,但他又很享受这样的感觉,因为他读过《卡迪央王妃的秘密》,他知道他此刻的处境是具有某种文学性的,他能从中获得美的感受。马车载着他在一片秋色中行进,等待他的是仍旧信任他的朋友,他的焦虑也从诗情的魔力中得到缓解(假如这世上没有诗歌,连爱情的烦忧也会缺少魔力的)。如果他身上所负的种种罪状都只是无中生有,那么,在他的密友德·阿泰兹、拉斯蒂涅和德·玛赛名誉扫地之时,他就更加无法忍受了。巴尔扎克笔下的人物处境往往隐含着震撼人心的现实,只不过,这现实具有一定的偶然性和个别性,人们往往通过记住处境下的人物来记住处境本身,比如拉斯蒂

①福楼拜短篇小说《一颗单纯的心》中的女主人公。

涅娶了他的情妇但斐纳·德·纽沁根的女儿为妻，吕西安·德·吕邦泼雷在与葛朗利厄小姐结婚前夕被捕，伏特冷继承了吕西安的遗产，而这份财产原是他想法设法为吕西安弄到手的，就像德·朗蒂[1]的财产是借助红衣主教对一个阉人（一个人人敬畏的小老头）的爱情获得的一样。此外，还有许多微妙的现实，从那些光鲜亮丽的生活表面汇总而来，却具有十足的普遍性，让人在很长时间之后还能感叹一句：这是多么真实啊！（在《夏娃的女儿》中，旺德奈斯夫人和蒂埃夫人两姐妹，她们的婚姻如此不同，却仍然互敬互爱，大革命之后，非贵族出身的妹夫蒂埃有了官职，而费利克斯·德·旺德奈斯却丢了官职；另有两位好姐妹，德·旺德奈斯伯爵夫人和侯爵夫人，竟因为姓氏相同而有了诸多不愉快的遭际。）有些现实是更为深刻的，如帕基塔·瓦尔代斯，她爱上了一个男人，而这个男人长得很像与她同住的一个女人；如伏特冷，他供养了一个女人，这个女人每天都可以见到她的儿子萨勒诺福；又如这个萨勒诺福，他娶了德·莱斯托拉德夫人的女儿。事实上，在戏剧的表层情节之下运行的是情感与人性的神秘法则。

我们如此地阐释巴尔扎克的作品，唯一的担忧便是，以上所说的恰恰是他在书信中从未涉及的；他在书信中谈过几部最不起眼的作品，他认为很了不起，谈过《金眼姑娘》，口气又鄙夷至极，对《幻灭》的结局，我曾经说到的那个精彩场面，他竟不置一词。我们都觉得夏娃这个人物没有多少可取之处，他却称之为又一伟大的发现。这其中的原因，大概要看他有哪些书信是存世的，甚至说，有哪些书信是他亲自写的。

对于巴尔扎克，圣伯夫仍旧采用了他惯常的批评手法。他不谈巴尔扎克笔下的三十岁女人，却大谈与巴尔扎克不相干的三十岁女人；他对巴尔塔扎尔·克拉埃（《对于绝对的探索》）点评几句之后，就扯到现实中的某一个克拉埃身上，说此人

①见《萨拉金》。

也留有一部关于他自己的“绝对之探索”的作品，然后还大段大段地引用这小册子上的文字——不消说，这些内容毫无文学价值可言。他以错误的、恶意的文学家标准来居高临下地批判巴尔扎克对《贝姨》中斯坦卜克的苛刻，因为此人是个艺术的业余爱好者，无所领悟、无所创造，不知道艺术家须为艺术献身的道理。同时，他还对巴尔扎克说的“荷马……与缪斯姘居共处”大为恼怒。这句话的表述也许不讨人喜欢。但事实上，要对经典的作品进行阐释，我们就必须站在作者的角度去判断，而不能仅仅从作品的外部，以学术的敬畏之心站在远处观望。若说文学创作的外部条件自上世纪以来已经发生了变化，文学家的职业也变得更具有专业性和排他性，这是有可能的。但创作活动内在的、精神的规律并不会改变。说一位作家偶尔展露下才华，其余时间就可以舞文弄墨，过点闲情逸致的名士生活，这简直是极荒谬、极幼稚的想法，就好比说一位圣徒生前遵循了最严苛的修行，以便死后到天堂享受俗世一样。通过巴尔扎克的视角，而非圣伯夫的视角，我们能更接近古代的伟人。舞文弄墨、闲情雅致的业余精神从来就创造不出什么来。即便是贺拉斯，他距离巴尔扎克，也肯定比距离达吕先生或莫莱先生更亲近一些。

德·盖尔芒特先生眼中的巴尔扎克

当然，像其他小说家一样，巴尔扎克也拥有自己的读者群，甚至有过之而无不及。他们读他的小说，不是为了欣赏什么文学作品，而纯粹是为了寻求想象的刺激和贴近生活的乐趣。因此，他们不仅忽略了他风格上的缺陷，更忽视了他的才华和他不断探索的内心。每逢周日，德·盖尔芒特先生[1]听到第一声门铃响的时候，就赶紧躲到三楼的小书房里去，对妻子的客人们避而不见；等到要吃点心的时候，自然有人给他送去

①亨利·德·盖尔芒特先生，后来成为《追忆逝水年华》的主要人物之一。

果子露和饼干。在他的书房里，巴尔扎克的书是应有尽有，金黄色的小牛皮面精装本，书名印在绿色皮面上，由贝歇或威尔代出版[1]。对这两位出版家，巴尔扎克曾写信说，他要倾尽全力地给他们寄去十页，而不是六页的样稿，读者们对这本书可是翘首以盼啊，希望二位能相应地支付他更多的稿酬。我去拜访德·盖尔芒特夫人的时候，如果她感觉我对在场的客人提不起兴趣，就总是对我说："你是不是上楼去找亨利？他说他不在，可是你，他肯定要见的！"（德·盖尔芒特先生采取种种预防措施，不让人知道他躲在家里不露面，不让人数落他有失礼数，这下子可功亏一篑了）。"叫人领你到三楼书房去吧，你会发现他正在读巴尔扎克。""啊！你要是让我丈夫读起巴尔扎克来！"她常常这样说，半是担忧半是恭维的样子，仿佛巴尔扎克来得不合时宜，害得人迟到爽约，打乱外出的计划，但他同时又是德·盖尔芒特先生的特殊爱好，这种爱好他不随便与人分享，唯独对我格外开恩，我该是不胜荣幸了。

对于某些不知情的人，德·盖尔芒特夫人会解释说："你知道的，我丈夫，他研究起巴尔扎克来，就跟立体镜一样；他能告诉你每一张照片是怎样拍下来的，拍的是什么地方；我真不知道他怎么会记得这么清楚，但巴尔扎克和立体镜完全是两码事。我想不出他怎么能同时痴迷于这两件事情。"这时候，德·塔珀侯爵夫人，一个讨人嫌的亲戚，就总是一副冷冰冰的表情，好像她不屑于听，不屑于关心，但又很不以为然；她觉得波利娜[2]简直是在闹笑话，说话不知轻重，既然德·盖尔芒特先生"痴迷"的事情如此之多，总有些事情是比读小说和研究立体镜更伤脑筋，更需要他的妻子理解的。说实话，我算是很幸运的人了，只要我在场，他们

①七星丛书版注：巴尔扎克的《私人生活场景》与《巴黎生活场景》分别于1834、1835年由贝歇出版；《外省生活场景》开头两卷在1834年也由贝歇出版，其余两卷在1837年由威尔代出版，此外《哲学研究》（1835—1836）与《神秘之书》（1835），也由威尔代出版。

②德·盖尔芒特夫人的名字。

都是愿意把立体镜拿出来展示的。立体镜里面装有澳大利亚的照片，我不知道是谁送给德·盖尔芒特先生的，如果是他亲自拍摄的那些他首先发现、开垦并移居过的地方，那“展示立体镜”就成为一个极宝贵、难得的机会，能最迅速地了解到德·盖尔芒特先生的科学成果。的确，即使在雨果的家里，有客人在晚餐后提出想听听雨果朗读他未发表的剧作，他也不比一个胆大妄为的人在德·盖尔芒特先生家要求伯爵拿出立体镜来看更感觉到心惊肉跳。听到这样的不情之请，德·盖尔芒特夫人往往会举起双手，做出一副“你要求得太多了！”的样子。可是，在某些特殊的情况下，为了向一位客人表示敬意，或是显示一下人们不会忘记的仪式，伯爵夫人就会以十分敬畏、神秘又激动人心的语气小声说“我看，吃过饭后，德·盖尔芒特先生一定会拿出立体镜来的”，好像她既不愿让人抱有太大的希望，又要让人觉得她还是有一定把握的。如果德·盖尔芒特先生真的为我拿出立体镜来，她又可能说：“哎呀，你们也看到了，我真不知道我的丈夫什么都肯照顾那个年轻人。”于是在场的人都以羡慕的眼光看着我；其中有一位韦勒巴黎齐家的穷表亲，她向来喜欢讨好盖尔芒特一家人，此时便装作很酸不溜秋的语气说道：“也不光是马塞尔先生啦！我可忘不了我的表兄给我看过立体镜的，还是前年的事情，你记不得了吗？噢，我可是忘不了的，我太荣幸了。”只不过，这位表亲连进入三楼书房的资格都没有。

书房很凉爽，木制的百叶窗一直紧闭着，天热的时候，连窗户也紧闭着。在雨天，窗户是打开的，书房里的人能听见雨水滴落在树上的声音，但即使雨停了，伯爵也不允许打开百叶窗，因为他担心别人从楼下看见他，将他的行踪暴露了。要是我靠近了窗户，他也会立刻把我拉回来。“当心别人看见你，又要猜出我在这里了。”他对我说。他并不知道他的妻子已经当着众人的面说过：“你到三楼去见我的丈夫吧。”我感觉，在他的心里，雨水滴落的声音并没有将那种纤细、凝结的香氛给一点一滴地抽绎出来，它是如此稀有、脆弱的物质，肖邦在其著名的前奏曲《雨》当中将其延展至极致。肖邦是一位体弱多病、气质敏感，以自我为中心又追逐时尚的伟大艺术家。他的音乐往往以短促而优美的方式来揭示内心的多重矛盾，内心始终处于不断变化的状态，一段和缓的旋律过后，马上就有截然不同的东西来插入、打断，形成冲突；然而，永恒不变的是内心深处的苦闷，是疯狂中的自省，是丰沛的感受力和对心血来潮的摒弃，尽可能地实现最强烈的情感表达，而拒绝有气无力、轻描淡写，或像舒曼那样掺杂什么非个人的成分。这音乐的优美宛如一位夫人在凝望窗外不散的阴云，这淡淡的冲动，不过于在潮湿的房间里，她抬起一只手，轻拢肩上的豪华皮草披肩，却始终鼓不起勇气，打破这弥散的笼罩着她的静默，起身，走到隔壁的房间，说一句和解的话语，让空气流动起来，温暖起来，生动起来的话语——时间一分分地流走，她只能听任自己的意愿化作水，听任自己的身体僵硬下去，仿佛她吞咽下的每一滴泪，流走的每一分钟，滴落的每一滴雨，都是从她身体里流淌出来的血，都让她变得更加虚弱、僵硬，更无法摆脱这病恹恹的天气和情绪。

此外，假如雨水落在树上，树上的花冠和绿叶却毅然挺立着，好像在预示阳光和温暖即将回归一样，这样的雨便没什么可担忧的，相当于给花园浇浇水，只是时间稍长罢了。然而，下雨天听见窗外的雨声，或者烈日炎炎的下午，听见远处传来军乐队的演奏声或集市上的嘈杂声，好似闷热、干燥的空气又被镶上了一层金边，不论如何，德·盖尔芒特都非常享受书房里的时光；他一走进书房，关上百叶窗，就把阳光从沙发和那张挂在沙发上方的安茹王国[1]的旧地图上赶跑了，像是对阳光说："快躲开，小子，给我腾个地方。"然后他就一直待到需要什么东西

①中世纪安茹王国所辖地区包括今日法国曼恩-卢瓦尔、马延、萨尔特、安德尔-卢瓦尔、维埃纳五省。

SPOLEK SBĚRATELŮ
A PŘÁTEL EX LIBRIS

或者命人准备车马的时候了。

有时我的父亲正好要外出办事，伯爵因为认识父亲，又经常有些邻里之间的小忙要他帮，就赶忙跑来和父亲打招呼，替他整理外套的衣领，握了手还不够，还要攥着他的手从家门口一直把他领到门房。有些贵人就是这样，为了显示自己亲和、没有架子，便一个劲地讨好你，殷勤得像个仆人，甚至跟妓女一样厚颜无耻。但伯爵的缺点就是手心老出汗，父亲总要假装没见到他，或者没听见他说话，甚至连人家问他话，他也不搭理人家。伯爵也没有在意他的不理不睬，只是喃喃地说"他肯定在想心事"，然后转身去找自己的马车了。

他们[①]有几次在花店发脾气，用脚踢破了门窗的玻璃和花盆。伯爵本不愿意承担责任，但花店老板却威胁说要把他告上法庭；于是他认为花店老板未免可恶，"因为大家都知道伯爵夫人为这栋大楼和整个社区做出了巨大的贡献。"可花店老板并不买账，不仅不相信什么"为这栋大楼和整个社区做出了巨大的贡献"，反而还奇怪伯爵夫人宴请宾客的时候为什么不到他这里来买花；因此，他对伯爵破坏他财物这件事耿耿于怀，伯爵也觉得他的行为可恶。另有一点，花店老板老是称呼伯爵为"先生"，从未叫过"伯爵先生"，他也是暗自不快的。有一次，刚迁居五楼不久的德·普罗斯子爵一边和伯爵谈话，一边向花店老板买花。花店老板不知如何称呼他，竟开口以"普罗斯先生"相称。伯爵为了向这位子爵表示友好，笑道："普罗斯先生，妙极了！现在世道变了，还没有人叫你'普罗斯公民'，你也是万幸了。"

伯爵平时都在俱乐部吃午饭，只有星期天在家里和伯爵夫人一起用餐。气

---

①此后八段文字七星丛书版不录，认为法洛瓦本从手稿第五册中摘出，应属《追忆似水年华》的草稿部分，与圣伯夫、巴尔扎克无关。

候宜人的季节里，伯爵夫人每天下午的两三点钟都要接待客人。伯爵会自己走到花园里抽雪茄，一边询问老园丁："这是什么花？今年能有苹果吃吗?"老园丁对此十分感动，好像他才是第一次在花园里见到伯爵，连他说话的语气都是感激多于尊敬——既然伯爵问起了这些花花草草，他理应代表它们表示感谢。接着第一声门铃响了，伯爵夫人的第一位客人已经到了，伯爵飞也似地钻进书房，仆人们把准备好的维希-黑茶藨子酒和矿泉水送到花园。

傍晚，在狭窄的花园里，常常可以看见X公爵或Y侯爵，他们每个星期都要过来几次；尽管上了年纪，他们却不怕麻烦地穿上晚礼服，规规矩矩地在不大舒服的椅子上坐一个晚上，花园实在太小，除了黑茶藨子酒，也没有什么可值得期待的，而在那些大金融家的豪宅中，他们是可以穿着便装，舒服地坐在沙发上，享用丰富的酒水和雪茄的。显然，他们在伯爵夫人的家里所寻求的是一种独特的乐趣，牛排、咖啡，不受俗人庸见的侵扰。他们是有教养的人；伯爵经常会心血来潮地领一个"谁也没听过"的年轻人来参加聚会，他们也懂得聊一些年轻人熟悉的话题来博取对方的欢心，("先生，你是建筑师吧?")以相当的学识、品位，甚至亲和力(只要说冷冰冰地说一声"再见"，这亲和力也就荡然无存了)来体现自己的魅力。新来的年轻人前脚刚走，他们还要等不及地、发自内心地赞扬他，似乎是庆幸有人把他领了过来，说他既聪明又举止得体，还反复念叨他的名字，像在练习一个新学到的、生僻又十分拗口的词汇。他们聊起筹备中的家族联姻，男方一般都是个优秀的年轻人，他们也很为伊莎贝尔高兴，但不知道她的女儿是否在家世背景上更胜一筹。这些出身名门、家境富裕的人总是喜欢强调那些显然不如他们的人是如何显赫，如何富有的，说得好像是在羡慕他们。比如，伯爵常说："这可是一大笔财产呢!"或者"这也是很古老的姓氏了，同最上等的人士、最显赫的世家都有联系，确实如此。"尽管他自己就有高贵的出身和十分优越的姻亲关系。

如果伯爵夫人做了什么令他们不满意的，他们决不批评指责，也决不建议伯爵或伯爵夫人应当怎么做。这是良好教养的一部分。此外，他们的谈话都进行得很缓慢，声音也压得很低。只有在谈到亲族关系的时候，伯爵才会兴奋起来。比如，一说某人的名字，他马上就大呼："她可是我的表亲啊！"那股激动的劲儿，好像遇到了什么料想不到的好事，让人很想泼上一瓢冷水："我们又没说她不是！"不过，他的这句话主要是针对外人说的，因为X公爵和Y侯爵在这个问题上不需要他来提醒。有时候，他们会抢在伯爵的前面说："阿斯托尔弗，那是你的表亲，蒙莫朗西家的。""当然，当然。"阿斯托尔弗大声答道，唯恐X公爵说的还不够绝对，不够确信无疑。

伯爵夫人偶尔会模仿"乡下人"说话的俏皮样子。她说："这是阿斯托尔弗的表妹，笨得像着（只）鹅，德·鲁昂公爵夫人（把罗昂说成鲁昂）着（在）赛马场上。"不过这些语言从她的口里出来，听起来很是迷人。伯爵的谈吐就不一样了，是要有多俗气就有多俗气；语言艺术中那些个糟粕、渣滓，他几乎都用上了，仿佛一片乌七八糟的海滩，让动物学家们看到上面尽是各种各样的软体动物。比如，"我的韦尔巴黎齐姨母，是个好样的。"或"是个会说话的"，或"是个带刺儿的"，或"真是个好瘟神"，"我保证他不得休息了，他还在跑。"如果说，去掉了冠词或混淆单复数的用法可以让这世界庸俗化，你就完全有理由相信，伯爵的做法正是如此。正常情况下，我们说一个车夫以前给罗特希尔德家的某一位成员当过班，他却说"他给某一位罗特希尔德当过班"，这样他就不指明是哪一位认识的罗特希尔德，说得好像只是街上的平民百姓——他尽管出身贵族，由耶稣会教士教养成人，说话的口气却像平民百姓，竟说什么"某一位罗特希尔德"。本来"小胡子"一词最好是作为复数使用的，他却非要使用单数，说“他有一个小胡子”。假如有人让他牵着某位女士的手离开，碰巧X公爵也在现场，他就说：“我可不想走在X公爵*前面*。”书面上的问题更加严重，他从来都是词不达意的，经常把词汇生拉活扯地随意拼凑。“您是否愿意到农业协会来见我，因为从去年起我就*加入*到这个*场所*了。”“未能认识布尔热先生，我深感遗憾，我很想与他卓越的思想握手。”“您的来信十分感人，特别是结尾部分。”“我很遗憾未能给这次精彩的盛会鼓掌。”（他确实还多此一举地加上了“这些美妙的音乐”这样的字眼，就像手不干净要戴上灰色手套一样）他感觉把音乐用作复数很优雅，跟说“你的真诚朋友”，而不说“你真诚的朋友”一样。

然而，除此之外，他说话的时候提到的人名是比普通的词汇要多得多的。他的交际实在广泛，只要随口一句“恰巧”、“实际上”，就能把社会上那些所谓的“趣闻逸事”都带进谈话中来，通常都类似于这样的：“那恰巧是一八六——，对了，一八六七年，我正好在德·巴德大公夫人府上吃饭，实际上，她是亲王的妹妹，当时的魏玛亲王，后来的王位继承人，他娶了我的韦尔巴黎齐家的侄女；我记得清清楚楚，大公夫人，她非常客气，承她好意，把我安排在她的旁边，甚至还向我透露了一个保存裘皮衣物的秘方。请原谅，我这么说不免有点俗气，她确实掏心掏肺地跟我唠叨了好几次，说要放削下来的小红萝卜皮，而不要放樟脑丸。我可以向你保证，我决没有把她的话当耳旁风。我们还把这个秘方告诉了凯蒂·德·德勒-布勒泽和露露·德·拉·夏佩勒-玛里尼埃尔-絮尔-阿弗尔，她们非常吃惊。不是吗，弗洛里阿娜？”伯爵夫人的反应倒是跟任何贤妻良妇一样：“是啊，妙极了！朱利埃特，你拿自己的皮衣试试吧，效果确实很好。要不要我派人给你送一点去？我们这里的下人都准备好了，他们还能教教你那边的下人。非常简单的方法，一学就会。”

侯爵时常来探望他的哥哥，他们见面的时候总喜欢“亲近”巴尔扎克，因为他们年轻的时候读过不少巴尔扎克，就在他们父亲的书房里，读的又都是相同的作品；现在这书房连同巴尔扎克都被伯爵所继承了。他们对于巴尔扎克的品位仍旧反映出早期的读者对于巴尔扎克的喜好，淳朴而自然；那时候，巴尔扎克尚未成为经典，还没有饱受文学界的争议。假如有人提到巴尔扎克，而这个人又是个Persona grata（受欢迎的人），伯爵就引出几部书名，在我们今天看来都不算最受欢迎的巴尔扎克作品。“啊！巴尔扎克！巴尔扎克！”他说道，“他很值得一读！比如《索城舞会》！您读过《索城舞会》吗？顶好的小说！”他实际对《幽谷百合》也是这么感叹的：“莫尔索夫夫人！我猜你们都还没读过吧！夏尔（叫他的弟弟），莫尔索夫夫人，《幽谷百合》，多么好啊！”说起《婚约》，他用的是小说最早的那个题目《豌豆花》，还有《猫打球商店》，也都是那几句话。有些日子里，他确实对巴尔扎克很痴迷，甚至把罗歇·德·博瓦尔或赛勒斯特·德·夏多布里昂的小说也当作巴尔扎克写的了。但这也不能完全怪他。因为他的小书房里——当他躲在小书房里读书的时候，果子露和饼干就给他送到楼上小书房里来，如果天下雨，没有人能从楼下看见他，他就在小书房窗前接受杨树的致敬，大风吹得杨树摇摇摆摆，几乎每分钟都要施礼三次——不仅有巴尔扎克的作品，还有其他人的作品，如阿尔方斯·卡尔、赛勒斯特·德·夏多布里昂、罗歇·德·博瓦尔和亚历山大·杜瓦尔，书的装帧又很相似。你打开这些书，同样的薄纸页上，同样的大字体将女主人公的名字呈现在你的眼前，仿佛是她本人伪装成书的轻便模样来到你的面前，微微地散发着胶水、灰尘和古旧的气息，简直如同她醉人的呼吸一般；对于这些书，要想人为地给它们分类，不管是按照小说主题也好，卷轶的外观也罢，都十分勉强。它们以清晰得带有欺骗性的印刷文字来向你讲述布朗诗·德·莫尔索夫等等人物（你只需要翻动书页就能倾听它们的讲述，这些书页已经在岁月的流淌中变得透明、发黄，但又不失细布料的柔韧），你不得不相信讲述者就是那同样的一个人，而你手中的《欧也妮·葛朗台》跟一个法郎的平装本巴尔扎克小说也未必就不如欧也妮·葛朗台和德·梅尔公爵夫人的关系来得亲密。

我必须承认，我是能够理解德·盖尔芒特先生的，因为我小时候的读书经历跟他一样，《高龙巴》这本书，有好长一段时间，“他们都不允许我读其中的《伊尔的美神》。”（这里的“他们”就是你了，妈妈！）我们过去第一次读到一本书的时候，书的装帧就好比我们初次见到一位女士时她所穿着的衣裙，我们能从中判断出这本书即将带来什么样的感受，我们又该如何去阅读它。寻觅这些初次读到的书籍版本，也成为我研究文献的唯一方式。这些版本的书籍给我留下了最初始的印象，对我来说，也就是唯一的“初版”、“原始版本”，十分珍贵。此外，我只想把它们当作回忆的对象。它们的书页已经陈旧，布满了细微的小孔，随时都能把今天的新鲜印记给吸收进去，因此我很担心一旦今天的新鲜印记融入其中，我就再也找寻不到我过去的记忆了。每当我想起这些书的时候，我都希望把它们翻到那保留了记忆的一页——我曾坐在台灯下，或花园的藤椅上读到那一页，然后把书合上，还常常听到父亲在耳边提醒我：“要坐直了。”

有时候我很疑惑，是否我今天的阅读方式还是更接近于德·盖尔芒特先生，而非当代的批评家？一部作品对于我始终是一个有生命的整体，从第一行开始我就与它相识了，我总是毕恭毕敬地倾听，只要同它相处，我就完全地、毫不争辩地顺从于它。法盖先生[①]在他的《批评文集》中说《弗拉卡斯上尉》[②]第一卷很精彩，第二卷很平庸，说《高老头》中写高老头的手法属于一流，写拉斯蒂涅的属于末流，对此我真是难以理解，就像听到有人说什么贡布雷周边的乡村在梅齐格利

①埃弥尔·法盖（1847—1916），法国批评家、理论家。

②《弗拉卡斯上尉》（1863），诗人戈蒂耶的小说。

EX LIBRIS
REINHOLD U. GRETE
KOLLMAYR
TEUBEL

斯一侧是丑的，而靠近盖尔芒特家一侧是美的。法盖先生接着说，戈蒂耶的爱好者读到《弗拉卡斯上尉》的第一卷就读不下去了，而我却非常喜欢读第二卷，只好为那些爱好者们感到可惜了；但他又补充道，第一卷是为爱好者写的，第二卷是为小学生写的，于是我对于爱好者的同情立马转变为对自己的鄙视，原来我的品位还停留在小学生的水平呐！最后，他断言戈蒂耶写第二章时处于一种极度无聊的状态，我不得不感到奇怪，这么无聊的状态写出来的东西日后读起来竟然会如此兴味盎然。

巴尔扎克也是如此，经过圣伯夫和法盖的挑选、分析和整理，他竟成了开头很值得一读、结尾毫无意义的作家了[①]。对于这样的观点，我自童年以来取得的一点点进步，也可以说是我与德·盖尔芒特先生唯一的不同之处，就在于：我将这无可改变的世界，这难以分解的整体，这业已存在的事实稍微拓宽了一点点，我因而不再以单独的书本来看待它，而是一位作家的全部作品。我看不出这许多作品之间有多么大的差别。有些批评家像法盖那样把巴尔扎克的《小青年的家庭生活》视为杰作，又把《幽谷百合》视为垃圾中的垃圾，我对此非常疑惑不解，感觉就像德·盖尔芒特夫人今天认为X公爵很智慧，明天又认为他很愚蠢一样。我自己对他人的智力的看法也可能发生变化，但我知道变化的只是我的看法，而不是他人的智力。并且，我不相信智力是可变的，可随着上帝的意旨时强时弱的。我相信，智力所达到的精神高度是恒久不变的，也正是在这样的高度上，它注入到与过去相连通的容器之中，即巴尔扎克的全部作品之中，不论《小青年的家庭

①普鲁斯特原注：圣伯夫说："有谁比他更擅长描写复辟时期的公爵夫人呢？"这话说得滑稽，也说得相当抚慰人心。法盖先生对他笔下的公爵夫人就大笑不止，为此他把弗耶先生也抬出来了。最后，喜欢对事物做出区分的布鲁姆先生赞赏他写的那些公爵夫人，不过，并不认为她们代表了复辟时期的公爵夫人。在这里，我承认，我很想像圣伯夫那样也问一下："是谁告诉你的，你怎么知道的？"还有，"在这一点上，我宁可相信认识她们的人的意见，而且……首先是圣伯夫。"

生活》或《幽谷百合》。

德·盖尔芒特先生认为勒内·隆格维尔或费利克斯·德·旺德奈斯的“生活多有变故，生出众多事端”，故事很“吸引人”，但他实际是说这些故事写得有趣、可作消遣，并没有多少真实性可言；相较之下，他对巴尔扎克的观察力才是真正推崇的：“诉讼代理人的生活，确实是这么回事；我跟这些人打过交道；《赛查·皮罗托》和《雇员》，写得很到位！”

有一个人和德·盖尔芒特先生的看法不同，由于她代表了另一种类型的巴尔扎克读者，我想向你介绍一下，她就是德·韦勒巴黎齐侯爵夫人。她根本不相信巴尔扎克的描写是真实反映生活的。“这位先生说：我让你见识下诉讼代理人是如何谈话的。诉讼代理人根本不是这样谈话的。”尤其让她不能接受的是巴尔扎克试图对上流社会进行描写，她说：“首先，他从来没有踏入过上流社会，没有受到过邀请，他如何去了解呢？说到最后，他无非是认识了德·卡斯特里夫人，可在她的家里，他又能见识到什么呢，她本来就不算什么有头有脸的人物。我曾在那里见过他一次，当时我刚结婚不久，我见到的就是个普普通通的人，讲了一些无聊的事，我都不愿意让人把他介绍给我认识。后来他千方百计地娶了一位波兰女子，这女子和我们的表亲察尔托里斯基家族还有点亲戚关系。整个家族都为这桩婚姻感到震惊，我可以肯定地告诉你们，提起这件事他们就觉得脸上无光。此外，这桩婚姻的结果也非常糟糕。结婚没多久他就死了。”她一脸不高兴地低头看她的羊毛衫：“我可是听说了不少下流事呢。你说他本该进法兰西学院，当真吗？（说话的语气就像对赛马的骑师一样）。首先他没有那个‘本钱’。其次，学院的人都是‘精英’。啊，对了，圣伯夫这个人么，才是一个有魅力的人物，又智慧又绅士，从来不唐突，别人不想见他的时候，也不会主动找上门去。跟巴尔扎克完全不一样。此外,他曾经到过尚普拉特勒,上流社会的事至少他还能讲一讲。但他很谨慎,不轻易地讲,因为他也算是体面的人。其实,这个巴尔扎克,是个坏人。他写的东西看不到什么美好的情感,看不到善良的天性。读他的书,让人感觉难受,因为他总是看到事物的阴暗面。他的眼里只有这些。就算写一位可怜的神父,也一定要叫他遭到不幸,叫所有的人反对他。"——"您可不能这么说啊,"伯爵提出了异议,这时他的身后已经围拢了不少听众,正津津有味地听着这场辩论,还你推推我,我碰碰你,好让大家都能注意到那位"发脾气"的侯爵夫人。"姨母,您说的应该是《图尔的本堂神父》,您不能说它写得不好。外省生活就是那样嘛!"侯爵夫人只回答了一句"确实如此",然后就展开了她最喜爱的推理之一,也是她用于衡量一切文学作品的标准:"他写的这些东西我知道得并不比他少,他凭什么叫我感兴趣? 有人说:外省生活就是这样。说得没错,但我知道这种生活,我在那里生活过,还有什么可稀奇的呢?"这一番道理,让她很感自豪,几乎成了她的杀手锏。因此她把在场的人都看了看,眼中闪烁着骄傲的光芒,但为了缓和气氛,她又自谦地说道:"也许你们觉得我傻气,可我必须承认,我读一本书,就是想学习点新的东西,充实下自己的头脑。"之后的两个月里,甚至连德·盖尔芒特夫人的远房亲戚都在议论说,这天在盖尔芒特府上的聚会真是能想象出来的最最有趣的事了。

作家读书的时候,作品对社会的观察是近是远,立场是悲观或乐观,这些都是既定的条件,作家并不予以争辩,甚至都无所觉察。但是对"有理解力的"读者来说,作品中可能"虚假"或"阴暗"的成分就成为了作家本人的缺陷,读者在作家的每一部作品中反复遇到这样的情况,甚至发现这缺陷有夸大的趋势,好像作者是没有能力改正它了,感觉是既惊奇又可笑。最终,由于有了这样的缺陷,作家在读者的眼中成了缺乏判断力或思想阴暗的人,让人敬而远之,以至于书商向读者推荐巴尔扎克或艾略特[1]时,读者都拒不接受了:“谢谢,我不要!不是写得太假,就是太阴暗,这本新书肯定比以前的还要糟糕,我可不想再受罪了。”

至于伯爵夫人,当她听到伯爵说:“啊!巴尔扎克!巴尔扎克!他很值得一读,你读过《德·梅尔公爵夫人》吗?”她不过是说:“我不喜欢巴尔扎克,我觉得他太张扬。”一般说来,“张扬”的人她是不喜欢的,因为这些人的张扬等于是在批评像她这样不事张扬的人;比如,有些人小费给多了,太“张扬”了,反而把她显得过分小气了,还比如,有些人对亲人的故去表现出超出平常的悲伤,有些人为身处困境的朋友帮了过多的忙,有些人甚至专程跑到展览会上去看一幅画,这画既不是某位名人的肖像,也不是什么“必看的”对象。至于德·盖尔芒特夫人,她是毫不张扬的,有人问她展览上是否看到某一幅画时,她只淡然地说“如果展出来了,我就看到了”。

这个家族里受巴尔扎克影响最大的一个人,是侯爵……[2]

在巴尔扎克众多的读者当中,年轻的德·卡尔达耶克夫人是受其影响最明显的一位[3]。她出身福舍维尔家族,她的丈夫在阿朗松有一处福舍维尔的老宅,宅子的正大门十分宏伟,就坐落在小镇的主广场上,像《古物陈列馆》中描写的那样;此外,宅子的花园沿斜坡向下一直延伸到葛拉西厄河,这又很像是《老小姐》中描写的场景。德·福舍维尔伯爵本人不愿“让自己埋在”阿朗松,所以将宅子交由园丁打理。这位年轻的侯爵夫人后来把宅子打扫干净,每年都要回来住几个星期,她觉得这个地方富有“巴尔扎克式的魅力”。她从福舍维尔城堡带来了几件旧家具,是以前福舍维尔城堡伯爵的祖母用过的,款式过时,早被束之高阁了;

①指英国作家乔治·艾略特(1819—1880)。
②法洛瓦注:指的是德·凯尔西侯爵。
③这是普鲁斯特以其构思中的小说人物来谈巴尔扎克。

另外她还带来了各式各样的古董，有些是有历史价值的，有些是与家族情感和贵族传统有密切关联的。实际上，她已经成为了巴黎贵族少妇中以审美情趣来固守其尊贵地位的一员；这些妇人倚赖过去的贵族传统，就像圣米歇尔山精明的旅店老板或"征服者威廉"倚赖于诺曼底或布列塔尼的平民百姓一样——她们从文人那里学到了怀旧的魅力，虽然这些文人最初只是被她们的个人魅力所吸引，但她们意识到，她们这个阶层的魅力恰巧就在于古老、悠久的传统，因而她们的美学当中就引入了兼具文学和当代(尽管带有世系的色彩)审美的眼光。

在阿朗松的宅子里，有几位当今最美贵妇的照片摆放在老橡木的曲腿桌上，那桌子的样式就跟科尔蒙小姐家的差不多。可惜的是，照片上的贵妇摆出一副副很过时、很教科书式的姿态，让人不禁联想到那些经典的画作和文学作品，联想到过去的优雅，无非是为当下增添一点艺术的色彩罢了；我们从第一眼看见门口的仆人开始，一直到听见客厅里主人们的谈话，都毫无疑问地生活在当下。因此，巴尔扎克式的宅子对那些品位多于想象力的人才最有吸引力。这些人懂得如何欣赏，但必须有实物可供欣赏，欣赏到之后，又心满意足地离开。对我而言，这是十分令人沮丧的。当我听说德·卡尔达耶克夫人在阿朗松住的房子跟科尔蒙小姐或德·巴日东夫人的府邸极为相似时，我就知道我经常在脑子里想象的东西是真实存在的了，这种强烈的先入为主的印象也很难被现实中的差距所改变了。

最后，在向巴尔扎克道别之前，我必须承认：德·卡尔达耶克夫人尽到的地主之谊是最具巴尔扎克精神的。她对我说："您要是愿意，明天就和我到福舍维尔走一趟，您会看到镇上的人有多么的大惊小怪，就跟科尔蒙小姐驾着牝马到普雷博代一样。我们再好好地吃上一餐。您如果有余力待到周一的话，周一的晚上是我'待客'的时间，您就能亲眼见识下杜·布斯基耶先生和德·巴日东夫人，有这些贵宾在场，玻璃大吊灯也会为他们亮起，你应该记得，吕西安·德·吕邦泼雷见到这些吊灯可是震惊得很呐。”

德·卡尔达耶克夫人如此忠实地再现外省过去的贵族生活，了解内情的人会将其归因于福舍维尔家族的影响，但我个人觉得应该是斯旺家族的影响。虽然她不知道自己有斯旺家族的血统，但仍旧继承了其智力和品位，甚至从智力上脱离了上流社会（不论她在行为的动机上如何地依从于上流社会），把它当作一种陌生的、无用的、已死亡的事物，并从中寻求一种艺术的魅力。

HOLY BIBLE
REV. W. T. BREE M.A.
Mosley